作 者 简 介

　　王久辛，首届鲁迅文学奖诗歌奖获得者，中国诗歌学会副会长，中国作家协会诗歌委员会委员。出版诗集《狂雪》《香魂金灿灿》《初恋杜鹃》《灵魂颗粒》《大地夯歌》《蹈海索马里》等八部，散文集《冷冷的鼻息》，随笔集《他们的光》，文论集《情致·格调与韵味》，等等。2008年在波兰出版发行波兰语版诗集《自由的诗》，2015年在阿尔及利亚出版阿拉伯语版诗集《狂雪》。

制高点文库·散文

王久辛 ◎ 著

王久辛自选集
刻骨双红豆

百花洲文艺出版社

图书在版编目（CIP）数据

王久辛自选集 / 王久辛著. — 南昌：百花洲文艺出版社，2024.2
ISBN 978-7-5500-5290-1

Ⅰ.①王… Ⅱ.①王… Ⅲ.①散文集–中国–当代 Ⅳ.①I267

中国国家版本馆CIP数据核字（2023）第188650号

王久辛自选集
Wang Jiuxin Zixuanji

王久辛 著

出 版 人	陈 波
责任编辑	郝玮刚 蔡央扬
书籍设计	方 方
制　　作	何 丹
出版发行	百花洲文艺出版社
社　　址	南昌市红谷滩区世贸路898号博能中心一期A座20楼
邮　　编	330038
经　　销	全国新华书店
印　　刷	湖北金港彩印有限公司
开　　本	720mm×1000mm 1/32　印张 11.5
版　　次	2024年2月第1版
印　　次	2024年2月第1次印刷
字　　数	253千字
书　　号	ISBN 978-7-5500-5290-1
定　　价	58.00元

赣版权登字　05-2023-377
版权所有，盗版必究
邮购联系　0791-86895108
网　　址　http://www.bhzwy.com
图书若有印装错误，影响阅读，可向承印厂联系调换。

前 言

抓住当代中国散文的"纲"

王久辛

在中国当代文学中,散文似乎没有小说的地位显赫,写散文的作家似乎比写小说的作家分量要轻?而且写散文的作家若再从艺术上考量,似乎较之写诗歌的又显得弱了则个?我不以为然。

我们可以把散文放到中华五千年文明史,特别是有文字之后的三千年历史上来看,我以为孔子的儒家思想与老子的道家思想,这两个中华思想渊源上的学说,运用的阐释、表达与传扬的体式,恰恰都是散文。我们看看《论语》,再读读《道德经》吧?那哪一篇哪一章不是散文呢?散文这个体式,承载着传继中华文明的历史重责,包括先秦诸子百家与唐宋八大家,以及之后明清民国的康梁"直滤血性""炙热飞扬"直击人心的澎湃文章。严格考究一下,毫无疑问,一以贯之,都在文脉上,那结论自然肯定是非散文莫属的啊。

且那风骨、那风华、那坚韧饱满、那犀利厚实的文风，辞彩熠熠，贯通古今，令我至今思过往，不肯认今朝啊！

所以说，散文在传承文明、教化民风民俗上，一直都是扛大鼎的。虽然说"《诗》三百，一言以蔽之，曰：'思无邪'"，确也在淳化民风世风与文风上，发挥过不小的作用，然而若与散文较起真来，就显得"阳春白雪"了。那么小说呢？鲁迅先生在《中国小说史略》中，的确是追溯到了小说的历史可以直达秦汉，然而事实上，小说却一直都是引车卖浆者流的街谈巷议，属于"上不得庭堂，入不了庙堂"的市井嬉戏。对人当然会有些影响，亦无大碍，几乎没有哪朝哪代把小说当作教化民风民俗的工具，它倒是常被当作伤风败俗的玩意儿加以防范，甚至遭遇查封禁止。而散文就大不相同了，不仅士大夫上奏文书要用，后来的科举考试，纵论策论之类治国安邦的道德文章，也都是要考的，而所用文体，也统统都是散文。可见经国之大事，须臾不曾离开，散文乃我国之重器也。

确是。如果往小往下说说呢？相对于小说，散文似一位平和严谨的雅士；相对于诗歌而言，散文则又显得和蔼诚挚，像一位厚道的兄长。虽然诗歌更古老，可以说是散文小说的老祖宗。但从对文字的苛求上看，诗歌还真是比小说散文要规矩得多，也严格得多。尽管诗歌骨子里的自我与自由放肆，也是顶级的。好在语言上，诗歌还是抠得紧，水分也拧得干净。不过呢？在作家的笔下，小说描写人物命运的跌宕起伏，性格冲突，情节铺陈，较之诗歌来，那又是碾压式的覆盖，几无可比性；倒是散文敢于负隅顽抗，因为与小说比较起来，我们看到的《边城》《城南旧事》等等散文化的小说，似乎就在嘟嘟囔囔：我有我的表现方式，而且我还可以更诗意更优雅地表达，既可以有小说惯常的叙述，又可以有诗意的深情挥洒，岂不更妙吗？是的是的，散文甚至还可以有哲学的玄思冥想、史学的深耕渊博。若再比较一下，小说岂敢在叙述中大段大段地讲述哲学原理、大肆兜售历史知识？即便偶尔冒个险，那也常常会招来各种非议，挡都挡不住。包括诗歌，那更不敢乱来了，两三行下来，出离了意境，读者立刻就会撂挑子翻篇儿不看了。这样说来，散文最是恰到好处，有人文历史、哲理思想、山水田园、现场纪实，还有五花八门的各样散文，自由得一塌糊涂啊。然而呢？也许正因为有这样的"一塌糊涂"，读者反而不知如何选择了。尤其改革开放45年来，出版界出现了空前的大繁荣，古今中外图书应有尽有，如果没有一个主心骨，进了书市还真是目不暇接、眼花缭乱，究竟该如何选择，果然是个大问题呢！因为他们不知道该读哪一种散文，且不知道哪一位作家的散文能开启他们的心智灵性，哪一位作家的散文又能够别有洞天地引领他们进入一个新天地，总之，他们明确地知道要读散文，然而却又失去了选择什么样的散文才算正确的标准。这可怎么办呢？

莫急莫急，这其实不难。只要我们把最优秀卓越的作家作品出出来，问题不就迎刃而解了吗？然而说得轻巧，优秀卓越的作家作品在哪儿呢？这才是问题的关键。莫急。古人早在《尚书·盘庚》中，就提供了一个好办法，即"若网在纲，有条而不紊"，说的是抓住了关键环节，一切都不在话下。这与"壹引其纲，万目皆张"和后来演化出的"纲举目张"，都是一个道理，就是说：在处置各种复杂问题时，只要紧紧抓住关键的、主要的矛盾——"纲"，之后的"目"，也就自然而然地张开了。我这样征引比方的意思，是想拿这次由我主编的百花洲文艺出版社的"制高点文库"来拆解这个难题。我们说，环顾当下东西南北中，优秀作家层出不穷，且林立如山，到处都是拔地而起的三山五岳，而他们的佳作又卷帙浩繁，哪位作家是优秀卓越的呢？总得有个标准吧？所以啊，还是要按"纲举目张"法，首先要抓住那些至少在我们国家获得了举世公认的文学大奖的作家，他们都是经过真正的专家反复遴选出来的，无论思想的成熟与新锐度，还是艺术的丰富与先锋性，都较之一般优秀的作家更卓越。是的，我指的是茅盾文学奖、鲁迅文学奖的得主。这两个全国最高的文学大奖——茅盾文学奖1981年设立，至今42年；鲁迅文学奖1997年设立，至今26年，若加上1986年创立的前身全国优秀中短篇小说奖、全国报告文学奖和全国优秀散文杂文奖，至今亦已37年啦。几十年一晃而过，虽然偶有异议，但口碑仍在。无论在作家中，还是在出版界与广大读者中，这两个奖项至今仍然具有崇高的信誉与荣誉。所以，与其去漫无边际地找，不如抓住这些大奖的得主之纲，以"纲举目张"的方法，实现以一当百，表率天下，坚持不懈，打出品牌，来满足广大读者阅读的渴望与需求。在我与百花洲文艺出版社看来，如果抓住这个关键，立刻下手，凭借这些获奖作家所具有的卓越品质与才华，推出一批崭新的经典佳作，应该没有什么问题。我们共同计划，以"制高点文库"来集结获奖的诸位大作家，试图将最优秀卓越的作家作品，奉献给广大的读者，奉献给我们这个伟大的时代。

作为这套书的主编，我内心欣喜无比。此刻，我已夜以继日伏案通读了各位大家的佳作，得到了高境悠远、闳言崇议、挚爱深情、才气纵横的强烈感受，一个个真不愧为文坛翘楚啊！老子曰："道生一，一生二，二生三，三生万物。"今得此之一，让我信心满满。咱这一库新著锦绣尚未央，隔年再看，依然是花团锦簇才子梦笔写华章。且慢，且慢。在这里，我先代表出版社谢谢大家，再代表诸位大家，谢谢出版社啦。一帆悬，都在风波里，努力前行，叹息在路上，收获也在路上，加油。

2023 年 8 月 5 日凌晨于北京

目录

上编　玫瑰是有门的

天籁游 / 3

"久辛"这方印 / 13

想象文天祥在白鹭洲书院读书 / 19

玫瑰是有门的 / 29

嘉鱼的神 / 35

刻骨双红豆 / 44

潜蛟可与魂游 / 60

暑夜揣度刘盛之《樊敏碑》 / 69

老铁引 / 76

良渚三考 / 82

"小康样本"行过记 / 87

情深到梅根 / 94

遍地风流 / 100

桑蚕事纪略 / 124

料青山见我应如是 / 132

虎门遗堞遗思记 / 147

光·影·驰骋·大森林 / 153

沙颍河漫游的月光 / 161

制伟器之文港兮 / 169

品质样貌依然震古烁今 / 176

冬之祭 / 184

下编　紫色的山谷

大于童年的舌尖 / 207

还书记 / 242

《山海经》之源 / 250

紫色的山谷 / 253

上林大龙湖游记 / 258

静园的品质 / 263

延川走笔 / 267

丹霞山水的内涵 / 273

盛唐之名 / 280

文野之合谓之雅 / 283

昆仑堂小记 / 288

活着的古歌 / 290

碑帖小记 / 301

藏品与名节 / 305

上高坡记 / 307

清明观展小记 / 314

阴山下，天似穹庐爱笼四野 / 318

我今生今世见到的唯一真名士真豪杰 / 329

文明是融合后的创造 / 333

红柳花开的时候 / 341

上编 玫瑰是有门的

小学二年级，那时最时髦的是"大春期领"，我和
令狐哥哥跑到三桥照像馆，各拍了一张

天　籁　游
——忆少年

一个人，在少年时代受天籁之辽阔、宽广、无垠的自然滋养与哺育的多寡，直接关涉着他成年以后心灵的丰简、润枯、博乏与宽窄。

今日立秋，酷热了一个月的盛夏，终于进入了尾声。然而我心灵深处的夏天，却充满着清凉浓荫的诗意。小时候，我与姐妹弟弟常常围坐在院子里的大槐树下听奶奶讲《牛郎织女》《三国演义》《水浒传》等不同的传说和故事，无尽的碧空伴着那生动、曲折的情节，给了我无限的想象，仿佛我是一个长不大的孩子，一直都乘着天籁万象之音味，始终沉浸在少年时代的梦想之中，幼稚、缓慢、自然地成长着——而且始终有梦，从不觉得漫长。

小时候是幸福的。我与院前院后的小伙伴们，像野草一样地疯长，无拘无束，撒欢尽性，每天都爬高下低，无所畏惧。于今想起：沿着铁梯爬上三四十米高的大礼堂顶，掐腰远望，毫无惧色的感觉，真是有点小兵张嘎的英雄气概；在两拃宽的小学校的围墙上迅跑，如在平地上比赛似的奋勇向前，也大有小武侠的精神风貌。那时候人小胆大，无所谓可与不可、能与不能，凡事只要想干，拍拍屁股就去干了。怕？统统都是后怕，从来没有一开始就怕的事情。雷厉风行的作风，也许就是那个时候养成的，几十年转眼就过去了，想起我们的少年时代，再看看今天的孩子，真是心疼他们的好时光！以后他们长大了，拿什么来回忆？拿什么趣事讲给再下一代的孩子们听呢？对周边的自然，几乎没有进入更没有生成游戏而痛痛快快地玩过，凭补习班上学的那点儿吹拉弹唱，能代替天籁自然的启智发蒙？我怀疑。我想，我是该给我的和大家的孩子们讲讲我们少年时代的疯野之玩了，比丰子恺的《缘缘堂》更有意思得多了去啦……

  我小时候玩得很野，几乎见什么玩什么，虽然都未玩精，可我当时也并没有非要把什么玩精的远大目标，玩就是玩，投入百分之百，畅游全过程。可以数出来的玩物，不是小汽车小积木，这些当然都不在话下。我就亲手做过滑轮车，然后绑在脚上，在工厂家属区的大小街道上疯野似的滑着乱窜；我也做过小汽船，在郊区的小河沟里试水；做过小吊车，摇着摇把东吊西钩，一玩就是一个晌午；冬天，我踩着自己用竹板做的滑冰鞋在雪地上撒野，春夏秋三季，我用自制的各种刀枪剑戟，与小伙伴们一起玩耍……我打小洪拳、乒乓球，下象棋、围棋、石子棋，练书法，拉二胡，吹笛子，说相声，自己买二极管，自己装无线电耳机，自己爬树架天线，自己扎糊风筝、在旷野上狂奔，自己做酸梅汤，买青红丝自己做甜点吃……我最珍爱我的网球鞋，破了用一块兽皮自己补，针脚细密整齐，父母表扬奶奶夸奖……备战备荒"深挖洞、广积粮"的那个时期，我们和大人一起挖地道、睡地道，之后就在地道里玩地道战，不过瘾，又从地下玩到地上，跑到火车的交车线上玩铁道游击队打鬼子的游戏……小小的年纪，内心充满着英雄的形象和情节。我常爬到二十米高的大树上捋槐花、榆钱儿吃，也常与小伙伴一起翻墙进太液池果园，摘那里树上未熟的果子吃；我打乒乓球，在全校是前三名，偶尔谁能赢我一局，那他回家准会高兴一个星期！虽然我干什么都没有干出啥名堂，但是要说这个玩儿，我可真是玩得没个边儿。所以，我日后的写作，只有不会写的字儿，需要查字典，没有不会写的事儿，都有经历体验，想象也是瞬间即来，什么时候都能入定而伏案一挥而就。我一直以为：文学与科学不是一回事。科学是乖乖孩儿的事业，文学是野孩子的天堂。爱读书琢磨事儿的人，老天要他们去研究科学，是对的；贪玩心野有经历的人，命运安排他去从事文学创作，那也是天意。

比如说对大地的理解，对泥土气息的敏感，对万物灵长的好奇，这都不是从书本上可以得到的，当然，也不是凭想象就能获得的。这需要对土地的进入，对生物多样性的观察，对一个个具体灵物有相视交流与投入把玩才行。我对土地的理解源于少年时代捉逗蛐蛐、吊"巴巴猴"、恋蜻蜓、捕蛇、钩鳖、抓鱼、养猫养狗养鱼种花，甚至是与小伙伴们一起，夜晚偷吃农民地里的西红柿、黄瓜……中，得来的。什么是土地，土地就是丰盛的动植物园，它要给予我们的永远是意想不到的滋味，而且全是充满鲜活气息的万物灵长的出其不意与讲出来都是充满着意境与人情天性的故事。小时候，小时候的记忆，是最本真的东西，闪着银亮的光，永不褪色。

冬天，天寒地冻，按说是没什么好玩的去处，然而那时的小伙伴们，却愣是能够找到好玩的事情来。寒冬腊月，是捉麻雀的最好季节。开始，是奶奶帮着在家门口，用一个系了细绳的木棍支起箩筐，箩筐内撒一些小米，来诱捕麻雀。说实话，这个办法太小儿科了，是当年的迅儿与闰土的小把戏，现在的麻雀早精掉了几十年了，根本不灵。有时候一上午也见不到一只麻雀上当入筐。院子里大点的孩子小奎哥哥有办法，他不知道从哪里弄来一副渔网，告诉我说要我和他弟弟小钟，明天早上四点出门，和他一起去网麻雀，并告诉我说他已经在雁雀门水车边的土房子里面做了窝儿，即撒了很多的小米，估计会有很多麻雀避寒入室来吃米，单等我们几个小伙伴明早趁麻雀睡觉不注意，一起张网，驱赶麻雀来自投罗网了……兴奋的我，几乎一夜都没敢合眼，我睡在我家门口的小床上，只听小奎哥小声冲我家门喊了一声"老久"。我便咻溜一声，麻利地穿上了衣服，小心翼翼地溜出了家门。天是黑的，像鲁迅先生小说《故乡》里刺猬、扎獾猪的小英雄闰土，我们顶着月亮便向雁雀门快步走去。

水车边上的土房子，原来是夏天给浇地的农民休息用的。浇地农民要不停地挖开渠梁，放水进一块一块的田里，待水浇灌满了，再将渠梁堵上，挖开下一块田地的渠梁。往往浇灌完整片的田地，天也就差不多要亮了。于是便进房向铺了竹席的地上一躺，一会儿就打呼噜了。冬天，这个房子是空的，几乎没有人来。而且门窗从来不关,于是就成了麻雀避风霜躲雨雪的天堂……我和小奎哥,还有小钟哥蹑手蹑脚、小心翼翼地接近了土房子,小奎哥交代我和小钟:你们两个张网堵在窗户口上,我去关门。网口上绑了两根竹竿,刚好,我与小钟哥一人一个,把网撑开,罩着窗户口。小奎哥一边说"握紧罩严",一边双手就拉住门环,将两扇房门用力地一关!"咣当"一声,门楣都震下了土。几乎没有停顿,小奎哥又将门打开半扇,然后又是用力一关!又是"咣当"一声……只见麻雀们受惊不小,几乎是一齐夺命般飞也似的冲向了窗户口……结果,麻雀的头全都钻入网格,被套得死死的,小翅膀还扑棱着呢……我和小钟哥迅速将竹竿两边的网口一合,小奎哥从腰间取出早就准备好了的面口袋,罩着网口,然后将麻雀头一个一个取下,顺手就扔进了口袋里……猜猜看,这一网麻雀有多少只?四五十只呢!那年月买肉凭票供应,而我们院子里人家吃肉,却是如此这般地就地取材,自己动手,全是野味。那晚说好了,我到小奎哥哥家吃饭,可临出门时,我妈却怎么都不让我出去,我又不敢说是去别人家里吃饭,硬是没去成。还是第二天早上,小奎哥哥给我带了几只吃,真香!一个难忘的冬天,至今仍然温暖着我的心……

夏天是最好玩的了。我二姨的大姑娘宝凤姐姐和我老舅王春泉在陕西省蔡家坡的机械设备厂工作。九岁那年,暑假一到,我便坐火车"咣当咣当"地来到了蔡家坡。先在老舅家住,后到大表姐家住。表姐夫玉堂是个大能人,心灵手巧,干什么都不在话下。尤其是打猎弄野味,他更是一个绝。傍晚，他一下班，便带上家伙什，推出他倒蹬腿的德国造的自行车，一前一后，带着我和小外甥真真一起，向厂区外的美丽田园进发……到了农民的稻田边，拣蛙声大的地头停下，表姐夫玉堂先给我们做示范：一个竹竿儿头上，吊系着一根细绳，绳上扎一团白棉花，然后伸到水稻田里上下颤抖，不一会儿，就有青蛙（现为国家三级保护动物，禁止捕杀）跳着吞那白白的棉花团儿，吞上了，就甩不掉。因为青蛙的牙是上下两排的倒刺儿，咬着棉花团是挣脱不了的。表姐夫玉堂将竿儿收回，顺手抓住青蛙，一扯，便扯下来了，扔进布袋里。问我和小外甥："会了吗？"我们笑嘻嘻地说："这么简单呀？"于是，我和真真一人一个竿，便吊起了青蛙……真是太好玩了，一会儿一个，仿佛我们的身手获得了某种魔力，青蛙奋不顾身地向我们两个的白棉团冲击，前仆后继……

而此刻的表姐夫玉堂在忙什么呢？在我们吊青蛙的叫声中，他提着一只甲鱼笑嘻嘻地向我们走来，将甲鱼往车后的竹篓子里一扔，说："我钩鳖，你们吊青蛙，回家一锅鲜。"我非常好奇，想看看他是如何钩鳖的。便不吊青蛙跟着他一起，来到一个水稻茂密的田垄边。只见表姐夫玉堂取出一个小瓶子，里面是猪血或鸡血，向水稻田里洒下，然后取出一小块带血的生肉，插到钩子上。说："不许动，不要说话，蹲下。"……半个小时过去了，一点儿动静都没有。我有点着急了，而表姐夫却一点也不急，还冲我笑呢。来了、来了，从他小心翼翼地将钩子慢慢伸入水中的动作中，我能感觉得到甲鱼来了……说时迟那时快，水面刚一动，钩子就迅猛地向上一挑，一只咬钩的甲鱼就被钩子钩得牢牢的了。我激动地喊："真真，快来，又钩上一只！"钩鳖需要耐心，表姐夫说："甲鱼看着笨，其实非常机警灵敏，比青蛙难对付多了。"那个夏天，我在表姐夫的带领下，对田野有了切近身心的理解，那里不仅长稻谷粮食，也生鱼鳖青虫，只要用心，万物灵长都是你的。没有什么是不可能的，没有什么是人不可以掌握拿捏的，通灵性，万物皆有灵性，关键的是：你是不是一个有灵性又用心的人，是，就可通万物，可与神游。

秋天是丰收的季节，也是我们少年最快乐尽兴的季节。各种瓜果都上市了，但那时人家都不富裕，也只能找些零碎的小钱给孩子们买几回瓜果尝个鲜完事。我们家在西安西郊，每天晚上都有马车拉着瓜果蔬菜往城里送，于是，我们几个小伙伴便埋伏在水泥路边，车一过，我们就悄悄跟在车后，把车上的瓜果往背心里塞，有时赶车的农民生气了，就用马鞭向车后边甩，我的一个小伙伴叫巴黎，就被赶车的马鞭抽着了，一道血印子，真是吓人。但见他满不在乎的样子，拉开背心口，从里面掏出一个西红柿，看都不看就是一口……在我的记忆里，吃西瓜吃得最过瘾的一次，是我姐上山下乡那年的夏天，姐姐回家几天后要回乡去了，我觉得在家没事，便和姐姐一起骑着自行车回泾阳知青点，上午八点出发，一直到下午三点才骑到。姐姐他们点是十二三个人，我一去，几个姐姐说："久辛弟弟来了，李琦、和平晚上弄几个瓜吃吧？和平大哥是有名的拳王，在我们工厂乃至所有的知青点都知道他很厉害。他刀枪棍棒与拳脚都要得很精，我特别佩服、崇拜。他说："没问题。"泾阳产大枣，正是即将打枣的季节，当时常有别的队的知青趁夜深人静时，到枣林偷打枣，生产队便想了个办法，让男知青来看护枣林，记双工分。他们接受了任务，白天睡觉玩耍，晚上带着铺盖卷儿和凉席睡到枣林里，我觉得太新鲜了，从来没有在户外野地里睡过觉，便嚷着和几个大哥一起去看护枣林。那一年，我十五岁。

在枣林，我们把竹席铺在地上，然后就躺在席上数星星、看月亮，四野八荒全是蛐蛐和各种虫的嘶叫声。枣，已经熟了。据说，队里要等霜露打一下，枣更甜了，再打下来卖。陈伟大哥问和平和李琦："几点去弄瓜？下半夜吧？"李琦哥说："好，那我先睡一觉。"和平哥没接话，拉开架势，开始他一年四季早晚都不曾间断的练功。他的功夫真是好，一招一式、潇洒利落、弹跳劲道、拳脚如风，我练过一年小洪拳，一看和平哥的这个功夫，我连说自己学过的勇气都没了……后半夜很快就到了，我们四个人开始向邻队的西瓜地进发。出发前他们不让我去，但拗不过我，所以说好了，只让我在快到的地头边上等。我答应了。之后，我看见和平哥提了一个布袋，李琦与陈伟一人带了一条裤子，只是把两条裤腿系在了一起。陈伟哥说："装三没问题……"月如白昼地亮，我心说，估计很难得手。……三个大哥动作很快，刚刚交代我"蹲这儿别动"，转眼就不见了。……十分钟后，李琦哥背着裤袋回来了，拉起我就走，后面是陈伟和和平哥……然后我听见地头那边在骂娘"驴日的！偷瓜贼！抓贼啦！"我们四个人一路小跑就回来了。那晚上，我吃了自己今生今世吃到的最甜最爽的西瓜。哈哈，第二天，书记队长来知青点转悠，看见院子里的一堆瓜皮，在笑。我心说："不好。"队长说："各队都丢瓜，你吃我的我吃你的，却是一个偷瓜贼也没有抓住过，老百姓嘛，不这样，都掏钱买瓜吃，谁吃得起？"听了这话，和平哥哥说："就（他每次说'就'，听上去像'纠'）是的嘛，一个瓜卖八毛，这就是一个强劳力一天的工分了！"书记问："还有瓜吗？"陈伟忙说："有，有！""杀一个，咥。"队长说。李琦迅速进屋，从床底下抱出了一个大个西瓜，说："这是和平摘下的。"一刀下去，黄沙瓤，咬一口，甜得入心。……一晃，眼前的这一切都变成四十多年前的故事了。这些故事也许没有什么意义，但是经历过这些往事的孩子，却在这样的经历中成长，那一道鞭痕、那一声"抓贼"的叫喊，现在都变成了冷硬无比的道德底线，而那西红柿、大西瓜，则告诉了我们什么是大地丰收的滋味……又是秋天了，又是瓜果飘香的季节了，对于瓜果，我早已没有了兴趣，今天的人们怕也早已不再稀罕，然而这块土地与土地上的万物生灵之上发生的往事，却一直在我的心上弥漫。

"星月皎洁，明河在天，四无人声，声在树间。"是，是在树上的枝叶间，这秋蝉的嘶喊与过去了的秋蝉的鸣叫，还真是没有什么区别，有区别的是心灵。我不知道今天的孩子们的内心能存储多少如此的天籁万象之音味儿，他们会不会觉得这些感受与体验毫无意义呢？天地万物，唯心为本，而唯有心灵的宽阔，才能使人从拳拳之心的窄门出发，走向天籁之万象，走向八荒之无极，走向天外的天。愿我们的孩子们都能有一颗与天籁万象相通的心。

2019 年 8 月 8 日黄昏于京华

"久辛"这方印

"久辛"这方印,是我至今仍在用的、原西安车辆厂一位工程师为我刻制的。在我书柜珍藏的、购于二十世纪七十年代六七年间的上百册图书的扉页上,除有我的签名、购买日期外,就是还有钤着的这方印记。也就是说,这方印已经有了四十五年以上的"生命历程"。在我集纳印章的盒子里,最少收藏了金石好友为我刻制的三十多方印章,唯有这一枚,才是我最最珍爱并一直沿用至今的。它的制作者,我再重述一下——马学正,一位远离名利场的理工老头儿。当然,在四十五年前,他应该不到四十岁,转眼之间,他应该接近或超过八十岁了吧?而他刻制的这方印,也已成为历史陈迹,成为"文物"。乖乖!令我恍如隔世,唏嘘不已。

这方印真正的高光时刻,是1994年12月,也就是《狂雪》诗碑落成并先后在兰州东方红广场与南京江东门侵华日军南京大屠杀遇难同胞纪念馆南侧悼念广场对面展览的日日夜夜——两地人民前拥后挤地前来观赏诵读镌刻在紫铜诗碑上的长诗《狂雪》,而在题头我的签名之下,就钤盖着这方印章"久辛"两字。古雅清俊,并立遗世,默无声息,像一对同胞兄弟,"亲密有间",各领风骚。虽然这两个字放大了十倍以上，却依然如故，毫无一丝违和之感；又像我的双眼，虽然大小微有不同，却也是目视前方，绝无丁点儿睚视。我曾无数次看到游人手指着碑上的这方印赞叹，却没好意思告知于人——这是一位在金石篆刻界未曾有过哪怕丁点名气的人刻制的，一如江南人家俏丽的小妹，从未想过要嫁皇家豪门，却偶一露面，就惊艳了世人的眼目。

获赠此印那年，我也就16岁左右。说来也非常奇怪，当时我还那么小，又不曾向马师傅提出过要求，他怎么会突然想起来，为我一个刚上高中的学生，刻一方印呢？说起来，我与马师傅相交，还是缘于我常去工厂的单身宿舍楼，找我的乒乓球教练段师傅，巧的是马师傅与我要找的段师傅，刚好都住一楼，又门对门，有次我的段师傅不在，对门的马师傅却开了门。他问我："是不是找小段？"我忙应说："是。"他就招呼我："进来等，进来等，别站在门外了。"于是，我便进门，坐在了他写字台一侧的椅子上。我被他桌上的笔墨纸砚和双层架子床上摞着的书、整洁干净的床褥，特别是他衣着西装的质地与内衣的纤尘不染所吸引，心想，在单身工人的宿舍楼里，怎么会有这样一位旧社会里绅士般的人士？而且不仅戴着近视眼镜，还戴着一顶鸭舌帽！太不寻常了吧？我被唤进他的宿舍后，两只眼睛似乎不够用了，四下张望，感觉十分新鲜。马师傅说话和蔼可亲，琴棋诗书画无所不通，且说起话来娓娓而谈，在情在理，很是入心。那时候我的爱好多，又学乒乓球，又学书法，因为写作文常受表扬，还爱上了文学，偷偷摸摸地天天写诗，所以遇到了一位这样

"全能"的马师傅,自然地就主动"黏"了上去。后来去得多了,也随便了。每次去,我都要向他提出很多问题,他呢,也总是怕我不明白,不厌其烦地反复讲,我常常在他的宿舍聆听,一坐到深夜……

尤其令我难忘并铭记终生的是:他向我推荐阅读了苏联著名的教育家、作家安东·谢苗诺维奇·马卡连柯的三卷本长篇小说《教育诗》,每一卷马师傅都用画报纸包了书皮儿,虽然有些年头了,却依然如新。当时我就想:以后我也要这样保护书,也要用质量好的画报纸包,我书柜里的一部分包着书皮的《罗丹艺术论》《散文选》、黑格尔《美学》等书,虽都过去了30多年,因为包了书皮儿,至今仍有虽旧犹新之感。那天,接过马师傅递给我的第一卷《教育诗》时,他对我说:"这个马卡连柯啊,可是非常了不起,他依靠自己在高尔基工学团和捷尔仁斯基公社16年的教育实践经验,把3000多名流浪儿童和违法乱纪的青少年,改造成了工程师、教师、医生、科学家,有的还成了英雄和模范。"他又叮嘱我说:"看完一本,来换一本。千万保护好,弄破一点儿,就再也别想看了。"他拿了一张旧报纸,又要过我手里的书,将之包裹好,才又递交给我。那一刻,我似乎觉得获得了一种使命。所以,我翻读每一页每一行,甚至每一个字时,都不仅仅小心翼翼,谨小慎微,而且还有了捧读经典名著般的虔诚。尽管那时候我已经读过了《铁道游击队》《艳阳天》《青年近卫军》《钢铁是怎样炼成的》《水浒传》等等书籍,但是用心看完了这三卷本的《教育诗》,我才真正觉得人是可以进步提升的，人品是有高下境界的，灵魂是可以充盈起来的，文学是世界上最神圣的，是可以净化人心灵的……此刻，我得认真回答自己：是的，《教育诗》是我今生读到的第一部使我发蒙并获得新生的著作，它是我后来理解所有伟大著作的奠基石，是我的文学观与诗学理念最坚实的底座。我记住了马卡连柯，不容一点马虎。其中就发生过一件，甚至影响我前途的事情，那是因为我军校的一位老师，讲课时误把马雅可夫斯基当成了《教育诗》的作者，我立刻举手纠正，从而惹得老师非常不满，给我穿了一路的"小鞋子"。2007年11月29日—12月8日，当我随中国作家代表团团长蒋子龙、副团长张炜等一行，来到俄罗斯新圣女公墓参观时，竟十分意外地发现了《教育诗》的作者安东·谢苗诺维奇·马卡连柯先生的安葬地——他的墓碑和墓碑上的半身雕像以及依偎在一米二高的墓碑下的一个男孩儿的雕像。那个男孩子在倾听、仰望着的神情，使我突然就觉得那个小男孩儿应该就是我，我在马学正师傅的指引下看到了马卡连柯先生启迪人心智灵魂的思想，又在他思想的感召下，使自己对文学、对诗歌的创作有了精神的追求——那不正是一个仰望着的孩子所蕴含着的日后必定会成长起来的形象概括吗？

我没有叫过他马老师，我对他最最亲切的称呼，是工厂里最常用的——师傅。是的，我的马学正师傅，面色白净，瘦高的个子，大连人，哪里毕业？从哪里来的？家庭情况如何？等等，我一概不知。那时候我的父亲还未"解放"，但是知道他。父亲曾对我说："马学正家庭出身不好，是历史反革命，来往时要小心，不要过从太密。"然而对我来说，马师傅却像一块巨大的磁铁一般，深深地吸引着、诱惑着我的心。我不仅没有减少与他的来往，甚至丝毫没有影响我对他的喜爱以至崇拜，去的次数反而更多、更勤了。于今让我想来，那时候的马师傅，一定非常非常寂寞孤独，而正因为如此，他才能于此境遇中沉进琴棋书画、文史哲思，才能学什么像什么，获得多才多艺的美誉。记得20世纪70年代中后期，工厂里搞运用"华罗庚优选法"进行技术改造的活动，想想看，那几万国企的职工与所谓的干部，能有几个知道华罗庚的？又有几个知道"优选法"的？要运用它搞技术改造与革新？那不是做梦吗？我的马师傅竟然自告奋勇、毛遂自荐，成了当时工厂唯一的一个能把"优选法"讲得头头是道，并带着大家一起大搞技术革新的领头人。之后不久，我就在工厂俱乐部前的"灯光宣传窗"里，看到了他带领着一群人攻关的好几个项目上了"光荣榜"，尤其是他戴着大红花的形象，真是风光了好一阵子呢。

一次，我去找段师傅练球，不巧，师傅又不在。对门的马师傅拉门露头一看是我，便高兴地说："久辛！来来，我正想找你呢，我给你刻了一方印，你来看看喜欢不喜欢。"进了宿舍，他从抽斗里取出这方印，我一看，印头上是一只张翅欲飞的和平鸽，甚是精美。然后，他打开印泥盒，摁沾了印泥后，在一张不大的宣纸上按印了一下，抬起，便见含着小篆又劲拔端正的两个字，那正是我的名字：久辛。当时，我的心真是快乐得要飞起来了！那是我的名字第一次被刻在石头上，而且还这么地富有艺术的意味。我连声道谢："谢谢马师傅！谢谢马师傅！"

"久辛"这方印，随我"南征北战"，先是上山下乡插队落户，后是入伍从军到西凉戈壁沙漠，再后来随我上军校提干，又后来再随我调兰州上北京，这一路下来，我是满天飞了，而这方印上和平鸽的翅膀，却不知道什么时候被撞掉了。于今想来，马师傅为什么会选择一块雕着鸽子的石材为我刻制印章？莫不正是希望我展翅高飞？谢谢我的马师傅——此刻，我的双眼满含着热泪，仿佛您就站在我的身后，望着我写作的背影……我拿起您刻制的这方印，凝视着那上面自己的名字，突然感悟道：我的马学正师傅刻制的这方印——"久"字顶上一撇一横折，右下边的捺，刻得稍向内偏了一点，刚好像一根结结实实的顶梁柱；而"辛"字更是端庄劲挺，一竖扎根；两字并立，端端正正，那正是一个学正人君子、走端庄大道的暗示——嗯，我会意地笑了，默誓今生今世定当铭记，并钤于心上。

2022年10月4日凌晨于京华

想象文天祥在白鹭洲书院读书

想象不需要雨，但如果是探访书院或准备深情地回忆，那最好能遇到雨。听雨打芭蕉，观檐上吊珠，像为探访与回忆配了溪流婉转的音乐——那是美的呢。

唉，因为没有资格回忆，所以我决定用想象。关于文天祥，或关于白鹭洲书院，因为要探访古人和古书院，我只能动用我的想象了。这也是没办法的办法啊！谁让有资格回忆的人都死了呢？我猜，即使他们都还活着，怕也是避之唯恐不及吧？想象有时的确是可怕的，因为它常常直抵真相，甚至比真相更真实。虽然我的想象并不比任何人厉害啊，却很有可能更生动更形象一点儿？现在的确没有雨，而且是阳光直射的正午时分，因为热，我的前襟与后背已被汗水浸透。但是我探访得劲头十足，而且想象温婉、跃跃欲试，而且还精微，从哪儿开始呢？

事实上，文天祥在白鹭洲书院只读了一年书。在此之前，少年文天祥主要跟着父亲文仪读书。其父嗜书如命，常常孤灯黄卷到天亮。有记载说，其父通宵读书至天色微明之时，仍手不释卷，毫无倦意，甚至会推门出来站在屋檐下，再借着初照的曙光继续读书。文天祥家学渊博深长，经史子集与天文地理医卜鸟兽虫鱼等等，无所不通。最重要的是文仪读书，还有着强烈的济世情怀，与人闲谈，常经天纬地，礼义廉耻，这对儿子文天祥的影响，绝对入脑进心，深入骨髓。

文天祥生于1236年，1255年因仰慕江万里而来到白鹭洲书院求学读书，那一年他不到20岁。此前，他除随父读书，还在固江圩镇的芦西井头村的侯城书院就读，那说起来话就长了，据清版《庐陵县志》与民国版《吉安县志》记载，侯城书院的古柏，乃"宋文天祥手植"。这让我想来，似乎有点儿离奇，因为文家在富田，距侯城书院50多公里，为何如此舍近求远，跑到外地来种树？嗯，这就又与宋代的游学传统有关了，想想文天祥顺富水乘舟过赣江到这里读书，水路两岸风光旖旎，似乎还很浪漫呢，并不是什么千难万险之事。不过，从这里传说文天祥种柏立志的举动来想象，我以为20岁之前在侯城读书的他，一定在家父的调教引导与自我的发奋中，已经成长为一个英姿飒爽、胸有大志向大抱负的青春少年了。据《宋史》记载，文天祥"体貌丰伟，美晳如玉，秀眉而长目，顾盼烨然"，想想那个"顾盼"，一般都是形容女孩子的词儿，怎么还"烨然"了呢？嗯，那就是说两眼放光吧？哈哈，文天祥如此体貌出众，加上腹有诗书，这个"青年才俊"一定是个引人注目的美少年。现在，他来到了白鹭洲书院，而他的到来会给他的精神世界增添些什么呢？又会得到什么样的教诲与启悟，使之成为国之栋梁、民族英雄呢？这是我最感兴趣与最渴望想象与求证的地方。

有文引李白《登金陵凤凰台》中"三山半落青天外，二水中分白鹭洲"两句，说"白鹭洲书院"乃取自李白诗句。我站在书院桥看无人机航拍回来的白鹭洲前后左右的视频画面，这个洲似乎还真有李太白的诗意，中分二水的白鹭洲，郁郁葱葱，苍翠中露出来的房檐屋角，各具形态。可惜事实却并非如此，此洲非彼洲，李白写的是秦淮河西入长江，被横截其间的白鹭洲一分为二，那是另一个白鹭洲；而且在唐，与在宋的这个洲完全不是一个时空，说明李白写的绝对不是庐陵的白鹭洲。不过他的名头太响亮了，而诗中的景象又实在是太像了，宋人江万里硬要攀高枝，借"白鹭洲"这三个字儿作为新建的书院大名，这当然是珠联璧合的千秋美意，倒也无妨，倒也无妨啊！

这就说到了文天祥的老师——江万里（1198年—1275年），初名临，字子远，号古心，江西都昌县人，南宋末年民族英雄、政治家、教育家。他1241年创建白鹭洲书院，文天祥1255年入院求学。那时书院已在江万里的经营中有了14年的办学经验，尤其江万里从政45年，为官任职达91种，秉性耿直，为政清廉，经历丰富又以民疾为忧怀之志，他办学，自然与凡俗的办学目的与方法完全不同。特别是他极为重视表里如一、言行一致，与学以致用、学用结合。据多篇研究资料记载，江万里不以官身自居，长期挤时间给学生上课，白天政务繁忙，他就晚上亲自驾舟渡江上洲给学生们讲课。在白鹭洲上，时常与学生们同吃同住，同漫步，同畅谈，不分彼此，亲切可人。我想象着少年文天祥在这样尽心尽力的老师教导培养下，会获得怎样的精神滋养呢？"天地有正气，杂然赋流形"，这里的"杂然"是纯正的杂然，所赋之的流形，自然也是纯正的吧？要不怎么说要与第一等的人交往，要住在一等一的文字里呢？在最好的"杂然"中接受涵养涵育，获得的当然、必定也是最好的品质了。

想象文天祥在白鹭洲书院那短暂的一年里，不知道获得了江万里多少次的耳提面命、言传身教。我想象，那些个日日夜夜，江风渔火，月明星稀，他们师生品世象、谈理想、说人生、论天下，哈哈，那个口若悬河，那个神采飞扬……一定在文天祥眼里栩栩如生，在心在梦，在一切的生活中……尤其是20年后，江万里一家在鄱阳湖投止水自尽的壮烈之举，包括江万里最后说："大势不可支，余虽不在位，当与国家共存亡。"言毕，偕子江镐及家人17口从容投水。之后尸积如叠的情景，在我想来，如此壮烈牺牲的言传身教，绝对是百倍的耳濡目染亦难得到的刻骨铭心的精神给予，对当年的文天祥和后来的文天祥来说，我想那应该都是对他极致的钻心刺骨的教育，对他做人要做顶天立地的大丈夫、大英雄之气贯长虹的警世钟般五雷轰顶的教育，前无古人，后无来者，得此一育，难道不是文天祥三生有幸吗？！

"古之学者必有师。"文天祥的老师就是江万里。文天祥之所以来白鹭洲书院，就是要求拜老师多多赐教，渴望从老师那里获得经天纬地之才华，报效国家，为民奉献。其实，有这样强烈报国愿望的年轻人太多太多了！可以说古今中外，层出不穷。问题是有那么多江万里这样的好老师吗？"师者，所以传道授业解惑也。"这是作为老师的基本职能，要教育好自己的学生，那一定是要用一切心力心智来教育的，包括用生命。江万里说自己"平生士气之乐，唯鹭洲一事"。可见，白鹭洲书院是一个什么样的书院啊？！那就是一个人的命，江万里的命。用文天祥的话来评价江万里，就是"都范（范仲淹）、马（司马光）之望于一身"。并在《贺江左丞相除湖南安抚使判潭州》一文中，对老师江万里的学问名节，有过深情的回忆。他写道："修名伟节，以日月为明，泰山为高；奥学精言，为天地立心，为生民立命。"我不认为文天祥在这里所用的"修名伟节"是一个词组，更不以为他用"奥学精言"是四个字的拼接，这样的极致之言通过热血与诚智的心之思虑而出，完全是江万里在白鹭洲上对他心授神予、悉心教诲的必然结果。

在我的想象里，20岁的文天祥，可以说他的心灵，完全是一块洁白无瑕的通灵宝玉，而他之所以是幸福的，就正在于此——即在最好的青春年华，遇到了最好、最渊博、最卓越、最无私、最乐于奉献的老师。虽然时间很短，也就短短的一年！然而在我的想象里，这就足够了。所谓的石破天惊、云开雾散，不都是刹那间的震撼人心与照彻心灵吗？人这一生啊，有那么一次真正的开蒙启智也就足矣！像文天祥这样志洁行芳的俊彦，这一年的教养，足以令他一以贯之、万古不朽！是的呢，我想象文天祥是深知江万里老师的心念的。"星拆台衡地，斯文去矣休，湖光与天远，屈注沧江流。"文天祥把江万里老师一家的投江，比喻为屈子的又一次殉国，在我的想象里，也可以说那是江万里给学生文天祥上的最后一课——这也是江老师理学之"体用"的身教形容,更是其"性情"之说无言的启智比方,是真正的体立用行与性情充斥,这样的楷模范式哪里找得到啊?真乃千古一师,文天祥何其之幸运!又何其之幸福!

让我再诵读一遍"天地有正气,杂然赋流形。下则为河岳,上则为日星。于人曰浩然,沛乎塞苍冥"。如此纯良美质、浩荡动人之诗,究竟是从哪里来的?让我想想,让我想想看。太明显了吧?太明显了。江老师如影随形,相伴终生,甚至于在文天祥的诗句里,都能看到江万里老师魂魄的影子。什么是好老师?哪里有好老师?孙中山先生说:"世界文明,唯有我先。"这自信不是从域外学来的,而是从江万里这样的老师们身上摄取提炼而来的,并且不止一个,而是一个接着一个,一代连着一代,仅哺育文天祥的老师,就不止江万里,还有欧阳守道……

没办法,写文章不是拍电影,不可以全息拍摄投影,我得一个人一个人地交代,一个字儿一个字儿地写出来。文天祥在白鹭洲书院读书的那一年,也是欧阳守道受江万里之聘出任学院山长之任上,关于欧阳守道,文天祥有这样的介绍——

先生之文,如水之有源,如木之有本。与人臣言依于忠,与人子言依于孝。先生之心,其如赤子。先生之德,其兹如父母,常恐一人寒,常恐一人饥,而宁使我无卓锥。其与人也,如和风之著物,如醇醴之醉人。及其义形于色，如秋霜夏日，有不可犯之威。其为性也，如檗水之静，如佩玉之徐。其处人之急，如雷霆风雨互发而交驰。其持心也，如履冰，如奉盈，如处子之自洁。其为人也，发于诚心，摧山岳，沮金石，虽谤与毁来而不悔。其所为也，天子以为贤，缙绅以为善，类海以为名儒，而学以为师。

从上文字可以想得：文天祥对老师欧阳守道的认识与理解，与对江万里是一样地无出其右，都是入心进魂的透彻明慧，显然超越了他的同学同道，虽然他在老师的门内，与在江万里门内一样，也仅仅一年。可见他识人之能，也是了得啊！山不在高，学不在短，然一日长于百年，一年便足以永垂青史。我这样想象似乎有点儿夸张了吧？没有。非凡之人必有非凡之举，欧阳守道与江万里一样，他们都是非常之人，包括教育出来的学生文天祥，也是非常之人。要么怎么就一飞冲天了呢？

欧阳守道，字公权，初名巽，晚号巽斋，学者称巽斋先生。他注重学生人品气节与学问气象的一致，以教化心灵为第一，带领学子在庐陵"四忠一节"牌位前礼学先典、砥砺学风、提振精神。他与江万里一样，都以行为师范为教育学生最好的方法。他出身贫寒。少年时，逆境攻读；为官时，不曾有丁点儿发财的念头。欧阳守道常对学生们说：任何人，如果把学习的目的寄托在升官发财上，而不是国家民族的利益上，那都是气节的丧失，是可耻的。他鄙视醉心科场、一心钻营的小人；他认为一个人如自幼便把个人利益当作目标，那他日后就很难保持住大节，并会为日后留下变节腐败的隐患；他特别器重知识分子，却又担心他们沦为游末之士、吏青之士与盗窃之士。他对学生们说：读书人一旦成为蚕食百姓、鱼肉乡里的人，这不仅仅是读书人的耻辱，而且是国家不幸的征兆。所以，他在讲学中总是苦口婆心、谆谆教导，一边抨击时弊，一边要求学子们严于律己、培养浩然正气。他大声地、一遍又一遍地告诫他的学子们：浩然之气，人人有之，不必外求，只需内养。并进一步阐发说：浩然正气，能使人获得强大的战胜一切艰难险阻而决不被强敌所屈服动摇的精神力量。在白鹭洲书院，文天祥与他的同学们，夜浸日润，耳濡目染，接受着老师这样的教诲。即使在今天，如果老师们能如此地忠于教育，我坚信：当代的与未来的孩子们，也一定会成为新一代的文天祥……

江万里是这样评价欧阳守道先生的。他说："其事亲孝，谨身如玉，淡然无世间荣利意。"他痛恨贪渎，呼吁遏制"仕进自肥"的腐败现实。想想古代的先贤硕儒，想想文天祥，我就无限地感慨，他在白鹭洲书院遇到的两位老师，都是如此内外纯净至透明的人，他的"天地有正气"的信念，自然而然就"养"了出来，节义与忠孝，也就自然一理贯通。

欧阳守道的兄长早逝，侄儿由他抚养。长大结婚要钱，欧阳守道拿不出来，还是文天祥援助才将婚事办成。《宋史》记载，他去世时，就五个字"卒，家无一钱"。想想他那么大个官人，走得竟如此干净。文天祥在祭文中说，"橐无赢赀",家徒四壁,只好"诸生为集丧事"。此情此景,学生们怎么能不被感动,他们"泫然而哭吾私",责怪自己太自私,只想自己而没有关心照顾好老师。"穷且益坚,不坠青云之志。"这样有着青云之志的老师,带出来的学生,自然而然就有着"穷且益坚"的心志与抱负,愈挫愈勇,愈穷愈坚,以一当十,其力自能断金。想想和文天祥一起读书的学子,我还真是万分无比地羡慕他们,他们真是精良美善优秀的学生,不以老师的穷困而垂头丧气,更不以老师宦海沉浮为追随去留的风向标,这要放在今天,让那些精致的利己主义学生遇到了,还不跑个精光?

在白鹭洲书院,我特意和江万里、欧阳守道的塑像合了个影,良师优渥,苦穷弘毅,他们的人格魅力没有因为穷困与沉浮而消减一分一厘,相反却更坚定了文天祥和他的同学们对老师的敬仰,学生们是老师九泉之下含笑的原因,他们的心志不在利禄与荣华,在穷理之志,在践行之志,在求公平正义、求社稷太平、求民足国富的理想。我在想:如果说《正气歌》是中华民族的精神瑰宝,那么,我更愿意把这块瑰宝当作一棵参天的大树,而五千年来无数的江万里与欧阳守道的行为师范与诲人不倦的默默耕耘,才是《正气歌》真正的根脉;而正是因为有了这个根脉,我们这个国家,这个民族,才能永远都有层出不穷的文天祥,因为我们有真正的活着的灵魂。

让我再来想象一下当年在白鹭洲书院读书的少年学子文天祥吧?700多年过去了,斯人已逝,唯余教楼空空荡荡。

为什么不下点雨呢？如果有一场大雨哗哗啦啦地在楼前楼后泼着，让我的想象也多一点江南的水汽，我想我的文字会不会飘出些氤氲的气息呢？现在，我又站在了棂星门前那座文天祥的塑像前，回忆着刚刚看过的书院历史的介绍——

白鹭洲书院的学子们在宝祐四年，即1256年丙辰科举：有文天祥高中状元，又有40名学子考中进士。当朝理宗皇帝高兴，亲题"白鹭洲书院"匾额相赠，以示奖励。史记：遂使书院声名隆起，云云。

对此，我不以为然，不以为然！在我心中熠熠生辉的、最真实、最高洁、最神圣的白鹭洲书院，与那个昏庸皇帝没任何关系！而且，我觉得书院的大名倒是因了江万里、欧阳守道两位先生的行为师范而有了隆誉飞升，包括伟大的民族英雄文天祥的以身殉国的爱国壮举所造就的宏伟气象，我觉得他们都是最真实纯洁、丰富庞大的血肉灵魂，都是大写的——人，是一口饭一口饭，一个字一个字，一个理一个理，一段情一段情，一片爱一片爱……喂养大的，虽然默默无声，却是很伟大、很伟大的——人！

人间烟火把我们养大，那么，我想问问：是谁喂养的他们和后来的我们？

我看到，天地间一直都飘着两行诗，似乎在对我说：人生自古谁无死，留取丹心照汗青。

2021年10月5日于京华

玫瑰是有门的

——且为崇明岛树碑

玫瑰是有门的。且直接通到心门。只有从心门出来，经过必须经过的路径——心路，比如痴迷、忘我，专注于游丝般的情感，而且目标始终如一，恒定、长久、不变，才可能发现罅隙如茸茸之毛的门缝儿；然后，又必须合着她的茸毛之小而又小、窄而又窄的缝儿，才有可能叩开跻身进入玫瑰之门，探得玫瑰心之堂奥广庭。

是的呢。她的渺小就是她的高大。她的狭窄就是她的宽阔。你不顺着她的小、她的窄，你就别想进入她庞大得无涯无际的世界。当然，一旦进入，豁然开朗，瞬间绽放，那个高大宽阔的感觉，如被大海吞没，云洋蒸腾。不过呢？这些都是形容词儿，事实是：玫瑰能瞬间让一个人爱上另一个人，像一个人瞬间看到了昙花一现的伸展腰肢、绽开金色花蕊，又通过散放出来的玫瑰的香精之魂的弥漫，将每一粒儿的空间充满了沁袭人心脾的力量。那是谁呀？我有迷魂招不得啊！是李太白先生吗？被玫瑰香魂缠住了心儿，一缠就是两千多年，走不了了吧？出不来了吧？那你就待在唐长安的兴庆宫吧？那儿的玫瑰有七种不同的颜色呢，出不来就出不来吧。反正是被玫瑰迷了，如入仙境幻觉之界。美着呢。

有一个人，他看到了此情此景，他说，他自信地说，深信不疑地说——我有一个小岛，当然是心之岛，那谁谁？那个叫玫瑰的少女散发出来的玫瑰香，一直怂恿着他，要他在他的心岛之上遍植玫瑰，她说她喜欢玫瑰。是吗？你喜欢？为什么我也喜欢呢？这就是情投意合吗？牵强了啊！但是为什么我们会同时喜欢到了一起呢？其他的都不重要，重要的是：我们都喜欢、他们都喜欢。这个问题很关键，是关乎一个岛的未来与两个三个四个乃至N个人幸福的大事情。值得想象。

他在问：我心上的小岛是圆的吗？嗯，是的呢。自问自答。好。是圆的我就绕着圈儿地种，一圈儿又一圈儿，圈圈儿里面又圈圈儿，圈圈儿种玫瑰，玫瑰圈圈儿种，一直把小岛种成一个大大的圆形的玫瑰园，刚好可以把十五的月亮套进来圈进去，也可以把早晨初升的太阳圈进去套进来，然后，将玫瑰的红艳与月亮的银白、太阳的金黄，融合在一起，上下天光，通红无比，香漫天涯，像我的心，可以献给她，她会感动吗？他点点头，又摇摇头，自言自语："我不知道。"不知道才能产生要知道的力量。是的呢，此刻，力量开始汇聚了。

不过，不过那岛若是八角形的呢？是八角形的，我就沿着边一个角一个角地种玫瑰，种成一个大大的八角玫瑰园，让玫瑰盛开的玫瑰红、玫瑰黄、玫瑰蓝、玫瑰紫等等，向四面八方散射弥漫玫瑰香。不管她从八方的哪一个角儿上岸，都能被玫瑰的芬芳拥抱,我要让她知道——香魂红艳艳黄艳艳蓝艳艳紫艳艳围绕着她的香,就是她的呼吸,就是她的娇喘,让她每一次的呼吸,都是玫瑰花的色香味,都是玫瑰花的含情脉脉……能不能感染她,让她心动情动如潮涌?他不知道,也无法知道。那好吧,没有办法的时候,就去劳动,就去种玫瑰。世界上最难的事情,莫过于让一个人被另一个人感动,并热烈地爱上他。这是件无法想象的难事儿,必须用一个最劳累的事情,死死地拽着他摁着他,让他为此而什么都不去想地劳动着,才能勉强抵抗这件难事儿给予他的痛苦。好吧,好吧,我去种玫瑰了,什么也不想了……

他在种玫瑰。挥汗如雨地种玫瑰。还是在那座心之岛上吗?是的呢,还是。这回小岛变成了一座山,而且是巉岩嶙峋、猿猱都要愁攀缘的山。艰难无比,险阻道道,他不管不顾,就顺着山根儿一株一株地往山上种,沿着山脚儿一棵一棵地往山上种,沿着山崖畔畔儿一簇一簇地往山上种,种各种颜色的玫瑰,一团团,一片片,一直种到了山尖尖儿上。山尖尖儿上有蝴蝶;山尖尖儿上有蜜蜂;山尖尖儿上有她美丽动人的大眼睛,大眼睛里面有玫瑰,玫瑰的花蕊蕊里面有个她的幻影呢。

  山上的玫瑰开呀,
  我到你的心上来;
  你心上有座山呀,
  嗬满山的玫瑰开……

玫瑰是有门的。他这是要进玫瑰门了吗？嗯，山高人为峰。峰上那位种玫瑰的男人心上，是漫山遍野的红玫瑰黄玫瑰蓝玫瑰紫玫瑰……那是玫瑰的波谷浪峰，是玫瑰的奇香弥漫。在太阳下，是斑斓的交响；在月光下，是浮游的香魂灿灿。人世间最美的风光，莫过于从心而外的风光，完全彻底地融汇在一起——眼前的，是心上的；心上的，是眼前的。置身于这样的情境之中，谁能不被感染，不被征服，不被深深地爱上呢？

嗯，一定有人被感动，

并且被爱上了。

这动人的，也是刻骨铭心的境界，只有心力之上的坚韧不拔与智慧才华的集合——才能创造。绝对不是神话，不是传说，是我根据一个人种玫瑰的亲身经历而幻化出来的一个真实的寓言，甚至也不是寓言，就是一个男人种玫瑰的个人经历。谁的经历？这并不重要。重要的是：你可以把他想象成王先生、李先生、张先生等等，因为他就是一个普通人——这是一个普通人创造的一个普通人创造不了的业绩，包括这个业绩中的爱情主人翁的爱情故事……

现在，这位主人翁就坐在我的身旁，当我问他种玫瑰的缘由与经历时，他的脸腾的一下子就飞红了，头也立刻羞涩地低了下来。这是一位非常内向而心灵又非常丰富且细腻的男人。不善言辞，只重行动。嗯，您欣赏过男人的羞涩吗？玫瑰在将开未开之际遇到风的询问时，也会这般羞涩呢；还有月亮将圆未圆时遇到云的打量时，也会这样地含羞呢。也许传统观念里的男人都是刚毅果敢地只有行为，几乎没有什么人会在意男人的腼腆与羞赧，而实际上男人害羞的窘态正暴露了男人内心深处的光芒，那是被看穿了心思后的自然反应，也是遮掩不住内心深处真感情的无处安放的赤诚流溢。要知道，我所要介绍的这位种玫瑰的男人，他可是全国的拳击冠军呢！

嗯，我们来想象一下他在拳击场上击败一个又一个对手时的情景吧？凌厉、迅猛、准确、灵活，缠斗的僵持与被打的躲闪腾挪，被冲拳打晕了却腾跃而起的狂猛进击……他桂冠的赢得与他种玫瑰的付出，我几乎不能区分出哪一个多了那么一点，哪一个又稍稍少了那么一点儿。我能感觉到的是：那都是他拼了命的赢得，没有一丁点儿的水分。

然而呢？讷于言而敏于行的他没有告诉我他种玫瑰的缘由、过程与细节，是怕说起来比较费劲吧？务实之人都喜欢直奔主题，于是我看到，他下意识地回身，从他的产品——玫瑰香精的系列包装盒里，取出了一张照片，照片上的美少女，不用问，无疑就是他的心上人——没错，您也一定猜中了。他为她的喜欢玫瑰而爱玫瑰种玫瑰。而且是一种就种八百亩、一千三百亩、一千八百亩，不仅花岛上种，而且老家无锡种，还种到了德国，种到了法国……

他不是要附和着心上人说"我喜欢玫瑰"，而是要爱就真的爱，用行动去爱，用一棵一株一团一片去爱，用具体到一棵一棵地种成一条河、一片海、一个汪洋恣肆的世界——

去爱。女人最受不了的，就是这种在人心上种玫瑰的爱，层层叠叠，复压三百、五百、一千、八万，爱得实实在在的行动……

男人嘛，干就干到极致。

于是乎，他又开办玫瑰花系列产品工厂，从吃的到用的，从摆的到闻的……最重要的是：他所有的产业都源于对玫瑰花的爱，包括产业主更是他爱的核心，即从心而外都是他初心的玫瑰——现在，他美丽的妻子全权打理经营着他所有的玫瑰产业，他说他现在只负责一个字的工作，那就是——爱。

嗯，玫瑰是有门的。

2021 年 11 月 3 日于京华

嘉鱼的神

那是神一样的存在,虽然看不见、听不到,甚至也闻不到它的味道,但是,它像远方的亲人,神一样地存在着。连呼吸的气息,我都能感知到。

其实,我说的是一个人一个家一个国,一直都有的那个让人仰仗、自豪,时时刻刻都环绕着笼罩着人们的,那个——神。

是什么样的神呢?

一个多月了,我从《诗经》上《南有嘉鱼》篇的所在地——湖北省嘉鱼县归来,不知为何,总会想起在嘉鱼的日日夜夜,而且一直就觉得那个"神"在我的意识之外游荡。我寻思着这个神秘的存在,回想着在嘉鱼遇到的每一个人脸上的表情神态,走过嘉鱼的每一个地方,以及每一个地方的风物人情……的的确确,我能意识与体味到嘉鱼人和嘉鱼这个地方所弥漫出来的从容自信与热情大方,尤其作为嘉鱼人的那种独有的自豪与骄傲——嘉鱼人对自己鱼米之乡的感情是神圣的,无论说到北京还是上海,抑或是纽约巴黎,他们都有一种走过、见过,却不置一词的省略式的间歇性跳跃——直接就转接到了自己家乡的某个地方的某一种吃食的味道上,而且津津有味,毫无保留。

这时候，我会突然走神儿：他们是觉得谈论"外地"多余？还是觉得浪费口舌？嘉鱼人是自负的，而这自负的骨子里，就是那种有所仰仗的自信、自豪与骄傲，似乎含着老北京的"甭费事儿，看我的"——那种决不旁顾而专心于一的劲头儿。伏案想想那一个个的神情，不知咋的，就有一种敬畏之情油然而生。除却故乡，所有的他乡都不在话下——这样的状态里，绝对有一种神圣的下意识地既留有余地的不评论其他又含着"看俺的"自信的滋味儿在荡漾。我不能说他们执拗，但我能不能说他们是含蓄地自大呢？

嘿嘿，我觉得还是有一点点的吧？陪同我们漫游嘉鱼的时任县政协主席葛婷女士，是土生土长、从最基层干起来的领导，却有着大都市大公司里高级白领的气质。她首先向我们介绍的，是县里一位民营企业家创办的嘉鱼文博馆。她笑嘻嘻地恭维着我们说："想着你们都是大文人，也许会感兴趣。说心里话，我原想一个县级的文博馆，又是民营企业家办的，能有多少真东西呢？"这个怀疑，我相信换了任何人，恐怕都会产生。我当然也不例外了，现在我们从报章上常常能看到"藏富于民"的字眼儿，然而呢？这个"富"一旦展现在眼前，乖乖，那个震撼才是真正的震撼，这次在嘉鱼，我算是被应验到并真正地被惊艳到了！

进去一看，各种各样的古生物化石和各式各样的上古史与史前史的文物琳琅满目，真是令我有些目不暇接、眼花缭乱。按葛主席的安排，我们这一天要参观七八个点，而这么丰富的藏品要是一件件地仔细看过来，那得多长时间啊！葛主席看出了我的心思，对我说："看看镇馆之宝吧？"顺着葛主席的手指，我看到了庞大的展馆深处的中央，有一个灯火辉煌、状若古戏台的诱人之处。那是？葛主席说："那是五进千工拔步床。"展厅密闭，漆黑一片，只有那片"辉煌"被包裹在一个古戏台状的门框之内，璀璨莹莹，闪着金光。

很快，我就步到了这个"五进"的大床前。太震撼了！我是第一次听到、见到，这床还可以和宅院一样，按级分出一三五七九的"一进一进"来制作？！我知道，在古代，平头百姓能有住的就很不错了，而能有个宅院的，绝对应该都是地主豪绅。所谓的"一进"，就是个口字形的院子，"二进"就是目字形的院子，依此类推，可以推至"七进"以上。不过"三进"以上应该就是绝对的官员了，而且是大官员。过去的商人没有地位，要住、建"三进"以上的大宅院，就必须去官府衙门里捐个三品左右的官衔，否则就是你有再多的钱，也是绝对不敢建、不敢住的。我知道，包括古代官人住的院房，也是有讲究的，绝不能僭越，否则，一旦被追究，轻则丢了乌纱帽，重则掉了脑袋也是家常便饭。

所以，我对嘉鱼的这个产于江南，据说就是古代嘉鱼人及周边地区富贵人家使用的这个"五进千工拔步床"非常感兴趣，尤其是——这个床竟然有"五进"！肯定是"大豪门"家的专属品无疑，让我大开了眼界。那么，如何解释眼前的这个古董呢？在北京故宫和沈阳故宫及承德行宫，我亲眼见到的皇帝的龙床，是与天下百姓差不离一样大小的床，无非材料是名贵的紫檀之类，做工也是能工巧匠的精工制作，床头与床腿儿及边沿儿，镶金嵌玉，象牙骨片，是精益求精的花雕，龙飞凤舞，栩栩如生，但那也没有炫富到几进几进甚或来个"五进"啊！

我莫名其妙地兴趣盎然了起来。联想到在欧洲访问时，曾看到过的彼得大帝、罗马大帝与拿破仑大帝的"龙床"，当然是欧式的穷尽奢侈，绸帐华盖，锦绣精美，而那床毕竟还是床啊！即使大，也大得有分寸，并没有非得要个几进几进呀？由此，我展开了对嘉鱼人古代生活的想象：这个"五进千工拔步床"的拥有者，我猜测，应该是一个军机大臣或内务府的大官人，或者是他的直系亲属。也就是说，他人虽然在官府衙门里上班，但家族的一干人等，却享受着一品大员的待遇。因为只有具有这个待遇的人，才有可能把自己的想象变成现实，变成自己的床。我这样臆断地想。

再仔细欣赏欣赏这个珍贵的"五进床"？如果一进一厅，那它就是厅厅套厅厅，厅厅里面又一厅——最里面的"一进"才是睡觉的第五进厅——床厅。每厅都有地坪、长廊、窗户、桌凳等；床体外，又设踏步，踏步上又设架起屋，有飘檐画栋、拔步花板；床围有挂栏及横眉，均为精雕细琢的莲花和龙凤缠绕……从里到外，层层递进，浑然一体，辉煌至极，称之为古代的艺术精品，当无一点夸张。

想象遥远的古代，即使是享受生活，也有一部分人或极少极少的一些人，要按艺术的样式去生活，而能够把自己的艺术想象做成艺术品，并在这个艺术品之上来享受，这难道不令人叹为观止？！不令人为之惊艳？！之后难道不会陷入长久的沉思？人比人气死人啊！如果你真的觉得相比之下自己白活了，我以为你这样想想也是对的，因为你没有艺术的想象力，或者有却没能力把想象的艺术造出来，自卑一下子也是可以的吧？

什么是化腐朽为神奇？如果没有抵御边患的需要，我们就没有万里长城可登了；如果古代没有一部分或很少的一部分大富大贵的官宦人家的艺术想象式的生活，也就不会有这个"五进"的"千工拔步床"。而我想说的是：就算这个床是古代的腐败分子生活腐败的证据，那么，今天当我们的人民逐渐富裕起来之后，会想到、能做到，在艺术之上享受生活、享受艺术吗？最少，我们的先人是有过这种生活的，我说的不是要人人去睡"五进"的"千工拔步床"，而是说我们要有创造艺术生活并在其之上享受生活的能力。人民对美好生活的向往，就是我们的奋斗目标，不是吗？

"世界文明，唯有我先。"一个世纪以前，当孙中山先生吼出如此豪言壮语的时候，中华大地上绝大多数如蚂蚁般的子民们，还过着饥寒交迫、水深火热、毫无尊严可言的"生活"。也许孙先生知道，在他说此话的更早的古代，有极少极少的人，已经过上了艺术之上的生活，包括嘉鱼的这个床的主人。

嗯，他们仰仗的就是那个看不见、摸不着的"神"。与贫富无关，与贵贱无关，一个民营企业家，耗尽所有，把这个床买回来，无私地供人观瞻欣赏，为了什么呢？一个神圣得无色无香又无味无声的神谕——谨遵心命的力量，是从哪里来的呢？

这张床，现在为我提供了一个认识嘉鱼人的独特视角，使我恍然大悟。在嘉鱼，几乎尽人皆知，他们的县名就取自中国最早的诗集《诗经》的《小雅·南有嘉鱼》，而嘉鱼人说到此时，我注意到他们的脸上，总会有一种要翻开诗页就诵读的感觉流溢而出。想想，年轻的妈妈会怎么给孩子讲解自己的县名呢？我能想象到的是：所有的嘉鱼人肯定都给自己的孩子讲述过自己身处之地的地名，而一旦说出，一旦进心，《诗经》这个来自遥远古代的"种子"，就会深深地扎埋在孩子的心底。细思？细思起来极其美好！极其幸福啊！而生为嘉鱼人，从记自己的出生地开始，就有了诗歌无形的进心与滋润，就有了神一样的诗魂飘入，即使他们不知道什么是仰仗，但是凭着初心埋下的种子，他们也能获得与其他地方不一样的神情。像收购"千工拔步床"的那位民营企业家，不就是从这张床上看到了一种传承的责任与诗意的生活而将之奉献出来供人观瞻欣赏了吗？这与父亲母亲们给孩子们讲述地名源于《诗经》的自豪与骄傲，又有什么区别呢？

从嘉鱼文博馆出来，对面就是嘉鱼县船博馆。自长江禁捕之后，县里的有识之士就担心：如果禁捕的十年间，孩子们都不知道鱼是如何捕捞的，长大后全无一点打鱼的知识，那会不会是一种乡愁的中断、记忆的丧失呢？而一旦解禁了，他们又会不会面对着滚滚长江而不知所措呢？父辈打鱼的生活似乎很平常，但是如果真的被子孙后代忘得干干净净了，那个乡愁又如何能留得住，那些个艰辛又如何记得住呢？文化的终极目标，不就是记忆吗？

嗯，记忆"神"来了！

葛婷主席告诉我：为了把"神"留住，她几天几夜睡不着觉，到处找人、求人，要把废弃不用的渔船买回来，找个地方开辟建个"船博馆"。说干就干，她亲自调研亲自写政协提案，又亲自上下左右做工作找钱找人，从第一条船到第一百条船……终于把这个馆建成了。现在，不仅孩子们常来这里玩耍，许多渔民也来，他们三三两两地坐在船沿上，聊着昨天的故事，憧憬着明天的美好，记忆连续上了，"神"在环绕着渔舟唱晚，仿佛又有了依靠和仰仗……

把根留住，青山不老。在嘉鱼，做一个女孩子也是幸福感满满的呢。史书上三国时的绝色美女"二乔"——大乔小乔，就是嘉鱼女孩子们脚下踩着的土地上的同乡姐姐。女孩子们只要有闲暇，随时随地都可以到新建的双乔公园两位姐姐的塑像前，来仰望两位姐姐的绰约风姿与娇媚丽容；甚至可以登上双乔塔追思两位姐姐动人的故事。我想那感觉，是不是像"神"进了心一样的美妙？无形中的存在，与存在于无形中的精神，在嘉鱼是可以随时感受到的，传承在传说中继续流传着，常想常新，常思常新，温故知新，日日更新……

其实，这日夜流动并环绕着嘉鱼人的默默传承，事实上是非常大胆浪漫而又非常扎实敦厚的，它是美不是妙，是美中含着妙的一种史无前例的得意自豪，甚至是含着一束光的光宗耀祖、功成名就的喜滋滋的骄傲莫名。因为，这是一位老农把梦想变成现实变成眼前的事实，变成脚跟前的高楼大厦，变成一股一股的红利分到家家户户的实惠……

我该说一说官桥镇官桥村八组了。他们要仰仗的"神"，不是看不见摸不着的，而是请回家来的"神"——大学，对，我没写错，是大学，是他们心中神一样的存在。

这个八组，即一个村子分成十几个小组中的其中一个小组：排行老八，即"八组"。现在，它的另一个名字叫"湖北田野集团"，他们的土地不过3.25平方公里，人口仅仅247口，在组长周宝生的带领下，由一个纯农业组，一跃而成集科研、开发、生产、经营于一体的股份有限公司。现在的固定资产达2.3亿元，人均拥有资产近百万。

有如神助，事就干大了。神？神在哪里呢？我真的不知道他们怎么就会想到搞高科技，总之，这个无影无踪的存在，就进了他们的心、入了他们的脑，而且顺手就拿来了。现在，他们的产品安装在宇宙间的卫星上正常地运行着，他们生产的钢缆在连接大江大河的桥梁上结结实实地用着劲儿呢！八组，官桥的一个生产小组，竟然创造了那么多的奇迹，这难道没有神助攻吗？一定有，然后呢？他们很快就尝到了甜头，而且这些农民的目光并不短浅，他们还要让子孙后代一代代地接续着甜蜜下去，他们知道该怎么办，知道要永远立于不败之地，就一定要让子孙后代获得知识获得智慧，这不是农民过小日子的精打细算，而是永远富裕的长远的谋划与发展的战略，于是，他们就又干出了一个令人瞠目结舌的事儿——"泥腿子"办大学。

所有的异想天开之所以是异想天开，关键的关键就在于"异想"。什么是"异想"？又是那个看不见摸不着、无色无味无香无声的神——神思。组长周宝生抓住国家鼓励社会办学的机遇，大胆异想，勇于开天。2003年7月，与武汉大学合办武大东湖分校；2011年，转设为武汉东湖学院；2014年，他们办的大学，一跃而入本科第二批次招生学院。异想，想的是什么？天开，通向哪里？

神，从来都不是救世主，但神是异想的仰仗，是开天的精神。从八组组长到田野集团董事长再到东湖学院董事长，周宝生学着三国赤壁大战中诸葛亮、周瑜、鲁肃的样子智勇双修，学着南宋岳飞抗金为民的赤胆忠心，他获得了鱼米之乡给予他的胆魄和毅力，不仅让家乡人民在物质上获得了巨变，精神上也获得了前所未有的飞升。他们仰仗着脚下那片土地上，古远的点点滴滴的历史陈迹所弥散出来的精神与改变现实的勇气和力量，仰仗着党的领导和英明的决策，不由自主地就接续上了深沉丰厚的历史精神和现实的担当。于是，他们就获得了"神"的眷顾，获得了创造新世界的精神和力量。

有来路，就有去向。我站在水绕山环的嘉鱼大地上放眼望去，水几重山几重，重重的水绕着重重的山，在水绕山环的绿荫中弥漫开来的——是嘉鱼人获得的改天换地的精神，那是民族魂的领受，是快乐地生活在高层次文化艺术生活中，又在其中创造着更新更美的生活……嗯，"神"来了吗？不，"神"一直都在嘉鱼人的心中，一直都在，那是他们真正的仰仗，从未离开……

2021年5月27日凌晨于京华

刻骨双红豆

一个人，像一盏灯，一直散发着光和亮——不管你离他远还是近，是看他还是不看他，是想起他还是忘记他，是他生前还是他身后，他始终依然故我地散发着光和亮……

在漫漫人生的长夜里，有一盏灯，始终在眼前照耀着，该有多么幸福啊！

然而，芸芸众生，能够真正感知到先生光芒的人，却是少之又少。一如我自己，也是一个懵懂无知者。早在20世纪80年代初，我就有机会与大先生的灵魂相遇，那是我第一次看到他作的歌词，真乃古国神采、九州精华，无比喜爱、敬慕，而且还有模仿与揣度，甚至于还有反复研习他歌词妙境与雅韵的经历；可惜却并未进一步深度地研究与挖掘先生的思想和精神。于今想来，真是有眼无珠，悔之当时的粗心大意、不求甚解，又因无人引导与教诲，而与先生的精神思想，有了失之交臂的深深的遗憾。是的，我说的就是大先生李叔同，即后来的弘一法师。阿弥陀佛。

当年，就是1983年到1984年，根据台湾作家林海音小说改编的电影《城南旧事》在大陆公演，影片中的歌曲《送别》乍一飘入，便如一剂醒脑液，沿着我的颅后勺儿往下浸漫至脊椎骨尾，麻麻如电流穿过，瞬间惊夺了我的身心，一过进心，终生酷爱。我那时就想：长亭外，就是风雨长亭的外面吧；古道边，就是已经有了几百上千年历史的道路边上吧；芳草碧连天，为什么是芳草而不是野草漫到天边呢？他用"长亭""古道""芳草"，一下子就把眼里的风景过滤了，同时又赋予了文化的意味，几乎每一句都是沉浸式的心灵表达，而且是去了俗世烟火气的、有文字涵育的精准表达。这得读干多少青灯油，翻破多少黄卷册，才能得此一字万钧的内蕴与力量，获得大美千古之风流雅韵呢？而且，你看先生似乎并不用力，只拈出几粒字儿，一拼，一句一阕，满目旖旎，即成骚辞，好不令我梦绕情牵！那是宋词的余韵与西诗意象腾挪跳跃的有机融汇，也是让我顽固坚信，新诗的发展一定要汲取古人精良的源头活水之原因。可惜，当年我并没有循词而入地去学习先生的思想和精神，如果那时我能举一反三地沿波讨源，不断深入地学下去，或许我获得的精神滋养会更多，那也是难说得很呢。

　　第二次与大先生作品相遇，是我结婚的1989年初，挚友蒲源送我一幅小斗方作为贺礼，上面是他用居延汉简体书写的"刻骨双红豆"五个字，并注"弘一句"。没有署他书写者的名字，只钤了一枚闲章在下边。蒲源说："这是我最喜爱的一句词，道尽了人间真爱。希望你们夫妻像这句词一样，不仅'刻骨'，还能像'红豆'，永远都是晶晶莹莹的一对儿。"我傻笑了一下。他又诚恳地望着我说，"真的，我说的是心里话。"看着那五个字，我莫名地感动了，仿佛有一种爱，神圣至极，刹那间就在我周身弥漫开来，使我立刻严肃了起来，忙回说："谢谢兄弟！"后来，我就开始寻找这句词的出处，我在《李叔同诗词全编》中找到了，一读全词便热血沸腾，那爱的表达至今都是绝顶的极致。蒲源兄弟有心了啊！这真比送我一桶黄金还金贵。全词——

金缕曲·将之日本，留别祖国，并呈同学诸子
披发佯狂走。莽中原，暮鸦啼彻，几枝衰柳。破碎河山谁收拾，零落西风依旧，便惹得离人消瘦。行矣临流重太息，说相思，刻骨双红豆。愁黯黯，浓于酒。

漾情不断淞波溜。恨年年，絮飘萍泊，遮难回首。二十文章惊海内，毕竟空谈何有？听匣底苍龙狂吼。长夜凄风眠不得，度群生那惜心肝剖？是祖国，忍辜负。

大先生李叔同从个人的"刻骨"到"双红豆"的寄寓，再到"度群生"替生民离苦的发愿，至"那惜心肝剖？"的誓言之自叩凿凿，其情其心其志，都在一个"剖"上被极致淋漓地表达了出来。他的为苍生是直至"心肝剖"，用字成句是完全彻底的白热化，是出了雅的精神气，又是入了世的锦绣词，我完全能够想象到先生当时写作的情景。这样的爱国赤子的诗篇，再一次地征服了我。我惊叹蒲源兄弟竟然能从如此浩然的大爱之词中，撮取出"刻骨双红豆"来赠予我，一如他从大海舀出一瓢水来，顺手就递给了口干舌燥的我，而我竟然就毫不客气地一仰而饮尽了，真痛快啊！

大我连着小我，小家连着大家，是祖国，忍辜负——那是为了祖国可以辜负一切的志士。这一次，我是自受大先生的诗教，感觉感受，体会体验，从这首词的每个字，理解到了一个心的浩瀚无垠与决绝彻底。而蒲源兄弟送给我的这五个字儿的书法作品，难道是一句偈语吗？有一首外国歌，叫"You Raise Me Up"（《是你鼓舞了我》）。我不敢直接这样唱，应该说是他的诗词于无声之中暗地里扶助了我。事实上，无论是当初的李叔同，还是后来的弘一法师，其实他始终都是我心向往之的榜样，尤其他的一以贯之、言行一致。我坚信这样的人，无论做什么都必定有成果，而且是善果，是硕果。是的，他影响了我，毫无疑问。

  关于李叔同或弘一法师对我的影响，有一个例子，似乎更能证明：1991年北京大学百年校庆，受北大团委与中央电视台委托，我为纪念北大建校100周年拍摄的电视系列片《北大故事》创作主题歌词。记得当时我先写了三稿，但始终都不满意。因为是用白话写的词儿，虽然狂放大气，但总觉得与北大百年的历史风华不相契合。我苦想：白话新诗也就七八十年，而白话歌词的历史就更短了。所以，用一个不及百年的艺术形式来唱诵纪念北大百年校庆，显然头大帽子小了吧？蓦然间，我想到了李叔同的《送别》，想到了宋词的韵致，于是立刻就重读宋词与李叔同的诗词，其间的感觉，好像北大突然被历史接续上了一样，使我抬腿一脚就跨到了燕园前，仰头看去，天下小雨了……我仿佛是沿着"长亭外，古道边"写下来的，"微雨后，燕园前，当年青丝可依旧？

白发带笑颜……"非常自然，毫不费力，一挥而就，写出了这首《可鉴流年》。后经制片人张铁中赞同，作曲家方兵谱曲录制，作为系列片《北大故事》片尾曲，在央视一套黄金时段播出。据说此歌受到了许多北大老人的赞扬。作曲家方兵说："这个词，我读了一遍，旋律就有了。"值得一说的是，在这首词中，我还变通式地将"刻骨双红豆"，改作"刻骨若红豆"嵌入了词中，寓意北大人对母校"骸骨迷恋"的心志情感。当然，同时也留下了我受先生浸淫之深切的印记。全词——

可鉴流年——为北京大学百年校庆而作

微雨后，燕园前，故人青丝可依旧？白发带笑颜。

忆少年，说浪漫，尊师伴垂柳，可鉴流年。

情似水，酽胜酒，两眼热泪对无言。刻骨若红豆。

颤双手，抖丹心，青春伴理想，梦绕情牵。

我没有北大学籍。也就是说我没有在北大上过一天课，能写出这首词，全凭的是热爱北大，酷爱诗歌，尤其不能不说的是，这是自受李叔同熏陶感染，模仿弘一法师的《送别》写成的。若干年过去了，至今我心里最在意的一个评价，是作曲家方兵告诉我的：《可鉴流年》播出后，被台里同事称赞为《送别》的姐妹篇。这样类比，殊为不妥，我是真的高攀不得；然而心下，我却是实实在在地窃喜至今。我欣悦至诚地体会到了，哪怕能沾上大先生李叔同、弘一法师一丁点儿的灵气，写出来的东西，就绝对不一样。阿弥陀佛。

我一直都以为先生是在杭州圆寂的。这又一次证明了不求甚解的我，只看重文本而忽视文本背后人生经历的毛病。还是这次采风，我才知道他竟然是在泉州仙逝西行。据传：李叔同39岁剃度入杭州虎跑寺那年，他的日本籍妻子曾拉扯着三个孩子，从上海来到杭州，在寺院门前苦苦求他不要撂下他们不管，并质问他什么是爱。他说了两个字：慈悲。说罢转身就走，再未回头。而他的这位妻子，据说乞求了他三天三夜。关于这段往事的真伪，一直都有争议。但是，在电影《一轮明月》（2005）中，似乎展现得更有诗意，即：日本籍妻子是在西湖的船上与弘一法师对的话，我相信这是导演的精心设计，但是，我亦以为依日本籍妻子追随大先生到中国的果行毅然来看，她到杭州来找寻自己的丈夫，完全是必然的，不管有没有史记录证，我都这样认为。因为这是真心挚爱的深情展现，是慈悲为怀的痴情女人的又一例证，她不可能不为之。然而，人间万物之大慈大悲，是没有穷尽的吧？弘一法师能如此"断舍离"，不过是他生命过程中的这一个阶段的这一个"果"罢了，那么，此"果"的"因"在哪里？要探究起来，似乎并不容易。然而，既然我已经追踪至此，那再怎么不容易，我也要追溯下去了。

翻查《弘一年谱》和相关资料信息与他直抒胸臆的诗词联语，我似乎终于了然了少年赤子李叔同的至洁至纯至粹的深情之源。嗯，是的。那也是一个又一个肝肠寸断的"断舍离"。于今让我遥想起来，那似乎正是他命运的量子纠缠中的另一个时段的生命反应,而那句"刻骨双红豆"的由来,应该就是他"痛失我爱""永失我爱"的自然流溢,是他绝对个人痛苦体验的表达,举世无双,无法复制。而正是有了这个个体的体验,他的诗词联句才有温度有真情有哲理有灵性有禅意,加上他的旷世之才华,才有了他不朽的绚烂之极的诗词与佳联妙对,才获得了流芳百世的资格。

从这个意义上说,所有人的命运,似乎都有一个平衡。凡人有凡人的排遣法,伟人有伟人的平复则。在我的眼里心底,李叔同的出家绝对不是"出世"而是"入世"。是他发现了一个可以为像他一样心怀痛苦的芸芸众生,去奉献,或者说是去贡献余生的方式。所谓的"遁入空门"的"空",正是清扫出俗世的所有杂念,一心不二地进入度化苍生大悲大痛的更高境界。诚如他的《晚钟》等一系列诗词中所道:"众生病苦谁持扶?尘网颠倒泥涂污。惟神愍恤敷大德,拯吾罪恶成正觉。誓心稽首永皈依,瞑瞑入定陈虔祈。"又如"惟愿灵光普万方,拔除痛苦散清凉"(摘自《月》)。再如"翻倒四大海水,众生皆仙"(摘自《化身》)。还如"长夜凄风眠不得,度群生那惜心肝剖"(摘自《金缕曲》),等等。这些忧患苍生黎民疾苦,誓言奉献余生"那惜心肝剖"的诗句,透露与展现了他决然悖逆常情人伦出走的真正原因。他不是出世而是入世,不是逃避而是迎难而上。有人说他李叔同是"将慈悲给了众生,把绝情留给了深爱自己的女人"。然而呢?他缘何而绝情?在他浩瀚渊深的心上,究竟承接着多少位与他缘分或深或浅,或悲痛欲绝或铭心刻骨的女人呢?刻骨双红豆,如果一颗是他,那么另一颗是谁?或者说刻在他心里的若是一对儿红豆,那么其中的两个红豆女人又分别是谁呢?他总不至于在这么一首忧民忧国皆非常的、严谨亦非常意义亦非常的诗里,无缘无故地放上一句轻浮的情诗吧?而且还不止一个,而是"双红豆"?!

连日来,我一直因埋在大先生心里的一个或两个红豆女人究竟是谁而朝思暮想、游移徘徊,我翻遍了他的著作与诗词,用心体察体会他的言行,终于,我豁然开朗了!没错:初心刻骨,骨肉连心。他心上刻骨的"双红豆",绝对不是深爱他的日本籍妻子,当然也不是他的正妻俞氏。虽然她们俩人都为他生儿育女,辛劳万般,而且都是挚爱他绝对能达至"刻骨"的"双红豆",但是很遗憾,"忍辜负"——不是她俩。这里面的"辜"就是他自己,"负"的面很大人很多,是他心里面所有对不起的人和事,特别是她们俩人。所以,才是"忍"痛的辜负了。这或许也正是法师生前从不提及这些尘缘痛苦的难言之隐的真实原因吧?那么,他心上的"双红豆"究竟是谁呢?

在我的想象里,只有弄清楚这两颗红豆的归属,才能真正认识先生。那是他爱的渊薮,发愿的根由,更是他义无反顾的决心。李叔同是他68岁父亲的三姨太,即他的母亲,于19岁时生下的。之后,叔同刚5岁,72岁的父亲就病逝了,而其时他的母亲也才只有24岁。就是说,他的母亲从19岁开始抚养他至45岁因病撒手人寰,他与母亲或母亲与他,有26年在阳世共生同息的生活,从喂他吃的第一口奶到一起吃的最后一顿饭,从教他认的第一个字到最后一次看着他读书作文,切肤之爱堆积如山,共情的场景历历在目。这位可怜的李家的三姨太连名字都没有,在李叔同或弘一法师的文集中,提到她时,均以王氏或王母代之。她教幼儿时的小叔同熟读诗书,亦带着他嬉戏玩耍,诚如李叔同诗中所写:"……回忆儿时,家居嬉戏,光景宛如昨。茅屋三椽,老梅一树,树底迷藏捉。高枝啼鸟,小川游鱼,曾把闲情托。儿时欢乐,斯乐不可作……"(摘自《忆儿时》)"昨宵梦王母,猛忆少年欢。"(摘自《人病》)"秋娘颜色娇欲语,《小雅》文章凄以哀。昨夜梦游王母国,夕阳如血染楼台。"(摘自《春风》)是的,少儿时的欢乐难以形容,以至于他一个劲儿地梦见少年的欢乐,看到母亲在鲜红的夕阳下神采奕奕……唉,母亲毕竟还是去世了呀!难过的心情挥之不去:"人生如梦耳,哀乐到心头。洒剩两行泪,吟成一夕秋。慈云渺天末,明月下南楼。寿世无长物,丹青片羽留。"(见《题梦仙花卉横幅》)无尽的哀思萦绕在心头脑际,弥漫在天边尽末之渺杪,所有的东西都丢了个精光,现在只剩下两行泪水还挂在脸上涟涟潺潺地流着……

据《弘一法师年谱》载:1905年3月10日,叔同母王氏病逝,时年26岁的李叔同扶柩从上海送母灵回津安葬,举丧时亲写悼词并唱诵《挽歌》。之后,叔同改名李哀,字哀公,以示对母亲无尽的哀思。而那首包含着"刻骨双红豆"句的《金缕曲》,就正是他于三个月后决定东渡日本求学拜别诸友时所作。我以为那两颗红豆,其中必有一颗归属于他的母亲，那是叔同心里无人可以取代的——非她莫属。

那么，另一颗属于谁呢？这一颗红豆又包含了怎样的一个李叔同呢？据载，李叔同父亲李世珍，号筱楼，官至吏部主事，相当于今天的中组部部长吧？后引退经营盐业与银行业，是津门巨富。他的葬礼是清廷首辅李鸿章亲临府宅主理，可见李家权势之重、威名之高。或许正是这个原因，李叔同才在成长过程中获得了优渥的教育，同时也有了富豪子弟纨绔放浪的生活。母亲年轻寡居，闲时以看戏消遣，小叔同伴随左右，久而久之，也对戏曲有了痴迷。随着年龄增长，二十一二岁的李叔同，对戏园里的杨翠喜姑娘心生爱慕，如痴如醉，之后但见她上场，便是一掷千金，热烈捧场。很快，两个人就坠入爱河，一个风流倜傥，一个万种风情，郎才女貌，十分般配。而这一段少年最最纯真美好的姻缘，却被庆亲王奕劻之子给劫夺了！一个叫段芝贵的马屁精，把杨翠喜悄悄赎身送到了王府。这对李叔同心灵的伤害可以想象，那个痛不欲生，是平生的头一遭。而这个痛苦谁来抚慰？谁又能抚慰呢？本来就失去依靠的母亲，又能给叔同多大的支撑呢？意想不到的锥心刺骨，完全没有准备的一场入骨进髓的浩劫情殇，不是同样痛失过的人，很难理解这个灵魂被劫掠后的空空荡荡……

关于这个"永失我爱"的经历，我在李叔同年谱和有关他的历史文献中没有找到记述。我想这完全可以理解：年谱由家人修订，不可能把正房妻子放在一边而记述这个没有结果的陈芝麻；而且此属个人隐私又不可能见诸李叔同的正式文书。所以查寻不到在意料之中。但是，庆亲王奕劻之子是否在叔同二十一二岁时纳了妾室？是杨翠喜还是李翠喜？这个不难查询。而我在李叔同的诗词中，似乎也可以看到些许不同寻常的极致表达，虽然不一定是特指这场情殇，但那下意识的文字流露，还是能够看到他劫后余生的精神样貌。如"伊谁情种说神仙，恨海茫茫本孽缘。笑我风怀半消却，年年参透断肠禅"（摘自《和补园居士韵又赠苹香》1901）。"残漏惊人梦里，孤灯对景成双。前尘渺渺几思量，只道人归是谎。谁说春宵苦短，算来竟比年长。海风吹起夜潮狂，怎把新愁吹涨？"（见《西江月·宿塘沽旅馆》1901）"风风雨雨忆前尘，悔煞欢场色相因。十日黄花愁见影，一弯眉月懒窥人。冰蚕丝尽心先死，故国天寒梦不春。眼界大千皆泪海，为谁惆怅为谁颦？"（见《前尘》1904），等等。这些诗词，都是李叔同 21～24 岁之间所写，说明李叔同爱慕杨翠喜或与之相恋已有经年。之后不久，还是在这之前、之间，他的初恋情人被庆亲王之子劫夺？资料显示杨翠喜"约"1889 年出生，比 1880 年出生的李叔同小 9 岁，如此，21～24 岁的李叔同是与 11～14 岁的杨翠喜热恋，并写了那些赤诚深挚的诗？由此我推断：杨翠喜的"约"1889 年出生，很可能真是大约出来的。否则李叔同母亲，带着小叔同在戏园子里认识并产生爱慕之情并与之相恋的姑娘，就不是杨翠喜。但种种资料显示得都非常清晰，就是杨翠喜。所以我大胆推断：杨翠喜不是 1889 年生，而很可能是 1884 年或 1885 年出生，如果按资料记载她杨翠喜 14 岁初次登台，后在天津协盛茶园等戏园唱花旦戏,渐露头角,16岁时到哈尔滨演出。两年后回到天津,声名鹊起,叫响津门,引来众豪客捧场,一时为女伶之冠。那时翠喜18岁,而李叔同二十二三岁,正是雌雄相逐、至死不渝的妙龄期,他们在此期间由眉目传情,到诗书传爱,再到盟誓约婚,我以为都是非常自然而然的。而这中间发生的李叔同初恋情人杨翠喜被庆亲王之子劫夺,则将他们的爱情推向了高潮,亦将这一对情人的心,按进了冰窖。所以叔同的诗中才会有"人归是谎","恨海茫茫"之"忆前尘"之"心先死"之"皆泪海",特别是"谁说春宵苦短,算来竟比年长"句,更是泄露了天机。为什么会"比年长"?因为每每想起"前尘"与杨翠喜在一起时的"春宵一刻",便会生出"十日黄花愁见影,一弯眉月懒窥人"的失恋情态。而思念起失去的情人,那真是一年年的绵延,挥之不去,历历在目,能不比年长吗?这样的表达是"过来人"的体验概括,而那个"前尘"的"春宵",却是有所专属的,既不可能是他正妻俞氏,也不可能是他的日籍妻子(那时叔同还未出国留学),因为她们都不存在让他生出"恨海"的问题,也不存在"前尘"一说,无须"忆",更说不上是值得珍惜的那个绵长的"春宵"了。所以在我想来,他心中的另一颗红豆,应该就是这个令他"年年参透断肠禅"的杨翠喜,无疑。第一颗是骨肉连心,第二颗是初心刻骨,一个是骨肉情,一个是儿女情,这两个情的极致深入与扩张,使李叔同和后来的弘一法师,真正尝到了人间之苦情,加上他走南闯北,随处可见的穷苦人生与破碎河山,都怂恿着他最后出家并发愿为普度众生而奉献自己，从而获得了精神的升华与超越。

这样说来，李叔同对他的正妻俞氏与日籍妻子似很不公正，谁又能替她们度出苦海呢？这是个不能回避的问题，我相信在弘一法师那里，也是一颗比黄连还苦的心。他没有分身术，又躲避不了命运与使命的安排与召唤，这也许就是他皈依佛门寻求超度的另一个说不出来的原因吧？但是，且住。值得注意的是，李叔同很早就发誓"愿将天上长生药，医尽人间短命花"（1900年秋，20岁），"誓度众生成佛果，为现歌台说法身"（1907年春，27岁）。也就是说：他20～27岁时，就已经有了成为法师，为大众普度苦海的"凌云之志"，之后愈演愈烈，直至实现了梦想。请诵读——

  仰碧空明明，朗月悬太清；
  瞰下界扰扰，尘欲迷中道。
  惟愿灵光普万方，荡涤垢滓扬芬芳。
  虚渺无极，圣洁神秘，灵光常仰望！
  仰碧空明明，朗月悬太清；
  瞰下界暗暗，世路多愁叹！
  惟愿灵光普万方，拔除痛苦散清凉。
  虚渺无极，圣洁神秘，灵光常仰望！

这是李叔同34～39岁出家之前写的另一首题《月》的诗篇。从诗的内容体察与整首诗的思维和所用的佛词语汇来看，我觉得他的心也是早已经剃度入寺了，并且宏愿已经展开。之所以39岁才出家，以我浅陋的理解和想象，应该是他下意识地要度过心理的准备期和他必须经历的较为全面的发展之后，才能真正地去践行他的理想，担当起他心头的使命。是的，在这中间，他去了上海，去了很多地方，又经历了不少的事情，他以为这样就可以度出痛苦了，甚至又有了情人，然而很快，他就厌倦了。于是，他又出国留学，他学音乐、学美术、学戏剧、学文学，专心致志，刻苦发奋，各科都是一顶一的卓越。但是，痛苦并不因为他的出色优异而消减一分，甚至于还蔓延了开来，越来越痛苦，从自己个体的痛苦演变接通了他年轻的雄心——要为更多的人超度大悲大苦大痛。在李叔同或弘一法师的诗词与禅联中，这样的痛苦表达无处不在，如影随形，最后的最后，终于把他"逼"进了寺院，开启了他后半生的僧侣生涯与真正的理想生活——普度众生……

我们泉州采风团是2021年12月中下旬抵达的，因参观内容太多，我只能挤时间，在临别最后一天的上午，赶在中午登机前，去开元寺与承天寺拜谒了弘一法师的行过之处。我在法师的手植菩提树下留了影，在月台别院观赏了先生为生民写对联的蜡像。陪同我的连真老师说：弘一法师修的是律宗，待人接物有很严格的仪规。他在泉州14年，走遍了城乡的大街小巷、角角落落，住过的地方有十几二十多处。而他所到之处的当地市民乡民，都去找他要字。弘一法师总是有求必应，来者不拒，不知道他14年间为市民乡民书写了多少千万个条幅，而且每每写完之后，还要鞠躬作揖地把人不分贵贱老少地送到门外。连真老师说，至今，泉州不少人家的手里，还有他的字。按说，依大先生李叔同富裕充盈的家境生活来说，他的阳寿应该在80以上，但是，因为他对自己的要求非常严格，一直坚持"过午不食"，又长年消耗而得不到营养的补充，导致法师的生命受损，只有63年寿数，实为可惜。

在承天寺小山丛竹的晚晴室，我怀着无比崇敬的心情，瞻仰了法师的卧榻，即弘一法师的圆寂处。据史载：1942年10月6日，法师宣布绝食。拒医。之后口述两条遗嘱：一、圆寂前后助念时，若看到眼里流泪，这并不是留恋世间、挂念亲人，而是在回忆一生的憾事，为一种悲欣交集的事情所感。二、当呼吸停顿，热度散尽时，送去荼毗，身上只穿这身破旧的短衣；遗体停龛时，要用小碗四个，填龛四角，以免蚂蚁闻臭走上，焚化时损害了蚂蚁的生命。早在1933年，法师54岁时，曾在《人生之最后》的演讲中说过："当病重时，应将一切家事及自己身体悉皆放下。专意念佛，一心希冀往生西方。能如是者——如寿已尽，决定往生；如寿未尽，虽求往生而病反能速愈，因心至专诚，故能灭除宿世恶业也。"他坚信此理，所以绝食拒医，一心一意专心侍佛。10月10日下午，弘一法师起身书"悲欣交集"临终绝笔，交妙莲法师。10月13日，农历九月初四晚八时，在妙莲法师的助念声中，弘一法师于泉州温陵养老院晚晴室安详圆寂灯息。7日后，在承天寺荼毗。阿弥陀佛。

今年，是弘一法师圆寂80周年。离开泉州的那天上午，我站在弘一法师化身处的纪念碑前：双手合十，敬鞠三躬，以誓隔世弟子铭记深恩，承继先志，弘扬光大其精神之决心。

一盏灯，至今燃烧着，散着光和亮……

2022年2月1日（壬寅正月初一）于京华

潜蛟可与魂游

——龙港印记

"神龙不现首尾,潜蛟可与魂游。"2012龙年,我写《龙赋》这首小诗中的这两句时,完全没有料到今天提笔写龙港时会令我灵犀飞动,大有目力陡增之感。虽然2005年我来过一次,但记忆中的龙港,绝对不是今天展现在我眼前的这座新型的现代化的漂亮城市——龙港。

那时的她,还没有从一只"丑小鸭"蜕变成于今的"白天鹅"。在我的印象里,这里的人非常忙碌务实,匆匆忙忙的,几乎顾不上换一件衣服,或喝一口清静的热茶,总是有那种十件事要赶着先去办最要紧的几件,然后还要拐回来去补办那几件耽误了一会儿的事情。街边两排陈旧的房舍里,是几台用得黄锈斑斑的电脑,年轻或不年轻的男女正趴在电脑上移动着鼠标。虽然他们早就有足够的资金,可以把房屋内外装修得舒适美观一点,但是他们顾不上。我曾对这里一个当年的小老板说:"简单装修一下吧?"他回答说:"弄那干啥呀?不要表面的光鲜。"嗯,我理解,他们不愿在这上面浪费时间,这不是钱的事儿,是要算一笔账:钱,时间,精力,尤其是工作还要停下来=表面的光鲜亮丽。这太不划算了：不干，不干！不花费这些仍然可以继续向前——毕竟发展是硬道理。所以啊，他们始终有自己的选择，不是一家店如此，而是街两边的店都如此老旧却依然风雨兼程。当然，往上说，这或许是龙港人的理念？而正是秉持着这个发展的理念，龙港由最初原属平阳县的几个小渔村，发展到1983年经浙江省政府批准同意的单立镇，显然他们做大了；之后，龙港人并没有停歇，又由镇级规模一路狂奔38年，至2019年实现跨越式发展并经国务院批准：这次起跳的幅度更大更狠更高———一跃而成"全国第一个镇改市的样板"城市。今天，中国有近两万个镇，而这个样板一旦普及了，我国农村人口的生活质量与水平将提高多少倍呢？

于是，我开始琢磨与回味龙港这个原来很不起眼的小地方，我觉得龙港这两个字儿，像一个两字联的下联，上联在哪里呢？我的脑海一下子就跳出了"虎门"两字——我认为只有虎门可与之相配。然虎门因了林则徐的硝烟而声名大振于华夏九州已经一个多世纪了，而龙港呢？不过是一个刚建市两年，才起步开始进入世人眼帘的"小屁孩儿"而已。是的呢！正如龙港改镇跃市前后这40多年的发展，真是有点"神龙不现首尾"啊！他们在濒临东海一个犄角旮旯的小地方，乘着改革开放的东风埋头苦干，一家伙就干成了"中国第一农民城""礼品城""印刷城"，成了联合国开发署可持续发展的试点城市，全国文明城！这绝对是一个包含着巨大思想与能量的发展逻辑，我是否可以探得一斑呢？

今年九月初，我受龙港市委宣传部之邀，再次来到了龙港，我试图找到打开认识龙港、理解龙港的金钥匙。在龙港参观了三天，蓦然，我的脑海里蹦出了我那首小诗的另一句："潜蛟可与魂游。"嗯，谁是潜蛟？凭浮光掠影的参观和那些展馆罗列的成就，就发些啧啧的赞叹，那显然是非常容易的。但那于人又能有多少认识上的价值与理解层面上的洞察与发现呢？如果没有理性的升华与精神的结晶，发些廉价的赞扬又有什么意思呢？！人常说："人杰地灵。"那么，龙港历史上有过一些什么样的名人呢？也许从他们的事迹与秉性中，我或可以寻得龙港人身上的精神之一二吗？他们是否就是我要寻求邂逅的"潜蛟"？我想与之魂游共历一次历史，以期获认识上的真知灼见。在龙港市作协主席倪宇春的引领下，我"潜入"了龙港的往事，怀着仰望敬慕的情感，向一个个远逝的大先生的灵魂进发……

说出来你可能不信，龙港历史上从政的名人不多，能数上名号的有两位，虽然都学富五车、才高八斗、有胆有识敢作敢为，但却仕途不佳，几乎都是"出师未捷身先死"。一个陈尧英，有"平阳豪士"之称，初始给高宗皇帝上折子，献过24道治国安邦之策和一部《兵书》，他的确得到了高宗的青睐，获召进见。谁知却与皇上身边的小人陈与义发生了冲撞，结果皇上没见上，还被陈的几句谗言诋毁，第一个回合就被人家给打回了老家。另一个吴宝秀，更是可悲，他是万历十七年（1589年）进士，官拜大理评事，按说是即刻就要飞黄腾达了，却因性情耿直，敢于斗恶，大刀阔斧地处理了一批猾奸豪强，遭弹劾下台，削职入狱，后发配原籍，一年后就殁了！

嘿嘿，我这可绝不是嘲笑啊！在我看来，这两个龙港的政治头人，绝非没有治国安邦的"硬实力"，而是他两个都不是"潜蛟"，不具备在官场周游应对、逢场作戏的"软实力"，一上场就锋芒毕露、咄咄逼人，人家岂能容你呢？这可能与他们太过阳光透明而没有为官之柔术与转圜裕如之能有关，当然，我更觉得是龙港人的秉性使然。这儿的人因为山高皇帝远，再加上不乏聪明与刻苦，总以为凭自己的能力就足够了。然而，这样的想法与这股劲头，若用在任何一个专业领域的任何一个科目上，都是绝对没有问题的，恰恰用在封建社会的旧官场上，就绝对是有问题的了。我看人家刘绍宽在教育领域和在专业领域如数学家姜立夫姜伯驹父子，就一路顺风顺水，很是平安地就入册进史，光耀千秋，而且丰功伟绩至今都在龙港人心中荡漾，并被人们口口相传，这是为什么呢？

容我再引用一遍"潜蛟可与魂游"吧？在这里，这句话又有了另外一层的意味。姜立夫与其子姜伯驹都是数学家，虽然政治家与数学家都是"家"，但此家非彼家：一个要洞悉人心，博得人心，击败对手；一个要参悟渊薮，探得道理，不与任何人为敌。这完全是两个天地。包括教育家刘绍宽也一样，他们三人都有一个鲜明的特点，就是与搞政治的人完全不同，根本就无须费心，不用琢磨人和人心，更不用理解上层建筑与人和人的各种关系，他们属于真正的永远都在人心之外的"水下"之潜蛟。他们不直接进入政治，却在做着为政治所用的,与人才能和灵魂最切近、最深入的事情。他们不是腾空而起的在上之飞龙,而是沉潜在静穆的深海清静处,做着别人根本就看不到也看不懂却是最显示自己才华与天赋的工作,而且还是绝对不会招惹任何人的事情。不与人交,所以没人反对;不干涉任何人的事情,故不会遭到任何人仇恨与追杀。他们铢积寸累,以静默无声的掘进之寸功,来抵别人耀武扬威的丰功伟绩,精卫填海,聚沙成塔,"神龙不现首尾"地以"潜蛟"之姿态,来"魂游"于数学之汪洋大海,终探得令人瞩目的"明珠"而获得了世人的称颂和赞赏。

就是说,为人过于耿直之士,也不是没有发展的天地。如果找到一个适合自己的空间,而不因显要去追求那些"显功",以踏实掘进的方式去发展,似更有成功的可能。以姜立夫为例来说吧?1910年,20岁的姜立夫考取清末第二批留学名额赴美加州大学伯克利分校学习,他深知留学费用是屈辱的庚子赔款,所以他知耻铭志,发奋读书。留美第九年,姜立夫获得美国数学博士学位,次年接受天津南开大学聘约到该校任教。青年苏步青拜访姜立夫时,姜对苏说:"数学这门学问好比一棵大树,我只是学到了一片叶子。"他的谦虚、低调,被苏步青铭记终生。

在南开大学创办算学系时,大学成立尚不满一年。姜立夫是全系唯一的老师,学生需要什么课,他就开什么课,是名副其实的"一人系"。而正是这个"一人系",却开启了我国现代数学的新纪元,培养出了陈省身、吴大任等一大批闻名国内外的数学家。在一个相对单纯,而奋斗目标也纯粹的地方,是比较适合龙港人性情的,姜立夫在南开,虽然困难重重,又孤立无援,但没有人事的纠结和阻碍,万事顺意,他教学相长,按自己熟悉的方法去教,自然日日精进,如探囊取物般得心应手。曾有人统计,在一个时期内,国内主要大学的数学系主任,有三分之一是温州人,其中大多数是龙港人姜立夫带过的学生。2003年,姜立夫的高足、国际最高数学成就——沃尔夫奖得主、中国科学院外籍院士、著名数学家陈省身访问温州,留下了"数学家之乡"的墨宝。人常说:做研究获成果,是成全自己;而培养人才哺育后人,则是成全他人。如果姜立夫没有甘当"潜蛟"的决心和身体力行,要达到这样人才辈出的境界,绝无可能。

要有一番作为,就要有所取舍。回看历史,对照先人,今天的龙港人似乎也是这样——他们都有一点儿"潜蛟"的精神。

2005年之前,龙港对我来说,是不存在的。因为那时我还不知道世界上有一个龙港,更无法想象龙港人会给我很大的助力——像天上掉馅饼似的。那是2005年八九月间的一天,南京的兄弟王运船给我打电话,说浙江苍南龙港,有一个不愿透露姓名的老板,希望我去一下,他想把侵华日军南京大屠杀遇难同胞纪念馆里《狂雪》诗碑上的书法长卷制成诗折出版发行,并说人家愿意出全资,希望我能配合,等等。这是我第一次知道龙港。当然,一切都很顺利,几乎全部工作都是由这位不愿透露姓名的"义士"全权负责,而我只抽了个双休日飞到温州，之后又被接到苍南龙港。在龙港，我们忙前忙后仔细校看了电脑合成后的《狂雪》书法诗折大样，然后签字交付印。在我的记忆中，当时的龙港兴旺异常，却依旧是小集镇的模样。所有的农民都在从事印刷与包装的工作，人来人往，车水马龙，印刷也是才脱离铅字排版不久，刚刚进入电子排版阶段，还十分落后，哪里像今天龙港的"中国第一印刷城"？那完全是街道两边出租屋里农民的"小作坊"，与今天完全不是一个世界。但是，那里面的人，却都是龙港人，我与出资并全权制作诗折的朋友说："诗折后面把你的名字和你公司的名字印上吧。他听后立刻坚决地毫不含糊地大声对我说："不。不。不能印上。那样我印制这个诗折就是做广告了！我没有要做广告的意思。我就是喜欢这个诗，我觉得到南京去看你的诗碑太麻烦，所以要印诗折，大家都方便。"所以，现在看到的诗折上面没他和他公司的名字。我们成了好朋友，好多年了，我时不时就能收到他给我寄来的海鲜。欧仁·鲍狄埃凭借着《国际歌》找到了自己的朋友和同志，我的《狂雪》让我获得了灵魂的感动。

　　我和纪念馆的同志约好了召开新闻发布会的时间，出资的朋友按时开车运来了几千册的《狂雪》诗折。开会前，纪念馆安排座位名签，把他的名字放在了和我一起的地方。他看到后，立刻走上来把他的名签拿掉，并嘱咐我：千万千万不要提他的名字！千万不要！而且直到开完会，他始终没有上主席台，一直就站在会场的一角，这让我始终觉得冷落了他。会上，本来有一个由他拿一摞子诗折，捐赠给纪念馆同志的程序，也就是象征着他把出资三万印制的几千册诗折全部捐赠给纪念馆的仪式。但是，他坚决不上台不出镜不做这个程序，没办法，说服不了他，而只能改由武警江苏总队政治部主任代劳。特别特别令我至今都很是愧疚的是：会后，大家要合个影，会个餐，而他呢？却已经找不到人影了！

这次采风即将结束的那天中午，他偕夫人不打招呼就来宾馆找到了我，说他一会儿要去南京，怕我走了见不到我了，就见见面就好了。我说："这样吧，中午我们一起出去吃个饭，聊聊天，不参加集体的会餐了。"他忙说："不了不了，我们就见见就好了，又没事儿的。你们一会儿领导肯定要参加，你不在不好的。"我知道，他是有意这样安排以不影响我的活动。我想的是来日方长，只好顺从他，并与他商量我的另一个事情，我说："兄弟呀，你是靠出版发的家啊！我能不能从你写起，然后写到咱们龙港的'中国第一印刷城'？这样从一个人开始，到一座城，会更生动形象一些。"他和他夫人几乎是异口同声："王哥！千万不要！千万不要！"我更诚心诚意地对他们夫妇说："你们想想，我们过去不认识，通过印制诗折认识了，这是个缘分不是？由我作文纪录一下，对你对我对我们的孩子，都有意义啊！""缘分，当然是了！但是千万不要写我们千万不要！"他们夫妇应。我说："我刚好借这次采风，把你们龙港印刷人几十年的奋斗写一写，而且我就最熟悉你，你说我不写你写谁呢？！"他夫人非常非常真挚地对我说："王哥，你要是真的写了我们，就真误会了我们一家。"望着他们夫妇，我当时真是无语了。

龙港市作协主席倪宇春也很热诚地对他们夫妇说："留个文字的纪念给孩子们也好呀？"他们夫妇仍然是那句话："王哥，千万不要。"

"神龙不现首尾，潜蛟可与魂游。"为什么我在写这篇小文时，会突然想起我的这首小诗中的这两句？现在我似乎明白了一点点。今生有幸，我认识了龙港人中的一个，我真是与他们有了些许的神交，我感受到了：龙港人是不做显龙的人，他们更愿意像潜蛟那样，默默地实干。

2021 年 10 月 9 日于京华

暑夜揣度刘盛之《樊敏碑》

暑夜，展读《樊敏碑》于闷热灯下，不觉中有"小虫儿"沿腮下溜过，漱漱，湿了前襟……仍目不离那碑帖之壮硕柔韧的方正自如之汉隶……唏嘘，叹予自己：这一笔好字，若无二十年之劳形临摹、慧心颖悟，绝无此自信劲节的力道；而这碑文之古雅严谨与好生僻之字句的功夫，如不是对挚爱敬仰之人格的感佩与追怀，亦绝无可成之行文。

又有"小虫儿"沿腮帮溜过，沿脑后之脖颈溜过，沿双肩胛渗出而止不住地往身下溜过……而且，从其对古字词运用的机巧绵密、组合之新异灵动来看，其作者亦必是位博览群书又研习碑帖典籍的半老书生，他为之作铭文摩崖刻石之虔诚，在我想来，他们二人必是一对忘年至交，而痛失老友之悲痛，必是在沉入字海词渊之中方能解脱！否则，那个痛不欲生，必定把人折磨个半死不活。感谢有此一碑文之天降大任，感谢有此一碑铭等他来凿石勒刻，也正是有了这个没有第二个人可以去做的一个伟大的天授神予的事情——他得以被全身心地吸引、被投入、被拯救，同时，他也把自己的生命附丽于他所敬仰的人之灵魂，包括他的才华、智慧与手艺。上帝没有亏待他，虽经千余年来的风霜雨雪与迁移埋没，这块饱含着他全部心血、才华、智慧与手艺的《樊敏碑》，终究是重见天日、光耀千秋啦……

他是谁？他是石工刘盛。碑铭上刻的是"石工刘盛息懆"。石工，是他的自谦，还是他原来就是个石工？刘盛，自然是他的本姓原名；而"息懆"呢？我揣摩着似乎应该是他的字或号？才女曾艳前日在芦山告诉我：息，是平静；懆，当燥解。合起来的意思是内敛谦虚不浮躁，有自警自省的意味。我拂腮上豆汗之珠而暗自忖之，诗无达诂，此解亦难说不是正解，念他一介布衣书生，自贬石工也不为怪，莫不是他感到自己的学问与樊敏相较有很大的距离，只能做个石工或成心要降格身段以彰显衬托所撰所书所刻所颂之碑文主人的一番良苦用心吧？如此诚朴之心机，倒是真的令西蜀巴郡太守死而无憾、名垂千古啦。而与此同时不废的还有樊敏挚情相爱相惜之故友石工刘盛和刘盛的这一手高艺与一笔好字、好诔文，他们二人真是可以说于此石之上风流倜傥于千年之后的今日之盛世了——这才有我与文友洪波大哥不远万里从京华飞来观瞻其形高体壮、坚韧俊逸的铭文并诵读难以辨认之碑上汉风雅韵！噫吁嚱，仰师长，慕前辈，敬之学之效之法之追之，而终有了善终之正果。大善尊亲，大德成人，大爱久远，大敬礼隆。这一块令人视如国宝而价值连城的樊敏碑，不正是石工刘盛与巴郡太守以自己躬行毕生的为人做事之圭臬，奉献给我们这个真正的友谊稀缺之极的时代，并经时间的检验依然美好生动，必将继续流芳千古的友谊之物证吗？善哉幸哉，始终如一，他们虽无同年同月同日生，亦无同年同月同日死，却是与此碑共婵娟。深情无尽，尽美人情，直入人心，感天动地……我呼：友谊万岁！

刘盛友，樊敏也。樊敏者，巴郡太守也。其字升达，芦山樊家祠人。生于公元119年，汉安帝元初六年，卒于汉献帝建安八年（203年），享年八十有四。据我揣摩樊敏君定大刘盛二十岁左右。从其对樊敏之敬爱而在铭文中无一字轻佻微薄度之，刘盛首先是一介布衣，但必是勤勉好学会学能学且又能近身于樊敏的人。是至交仆从？世袭家佣？文案小生？我揣摩他的身份，应该是其中一职。但因樊敏为人的以诚相待，毫无架子，且又是循循善诱、和颜悦色、入情入理，故化育为友，良教成人。仰诵《樊敏碑》便不难发现：刘盛对樊敏的为人学问与才华，尤其是他的经历才干与品行，是了如指掌、崇拜至极。文中曰：樊敏"总角好学，治《春秋严氏经》"。就是说樊敏在孩提时期，就学习了西汉严彭祖创立的《春秋公羊传》严氏学派的经典著作。据我查之，那是很深且丰的学问，然樊敏少时便博闻强记，质询疑义。"贯究道度、无文不睹。""于是国君，备礼招请。""有夷史之直，卓密之风。"说樊敏在学习上善于贯通穷究遇到的一切问题，而且还要揣度其中的道理。于是呢？他所在的青衣羌国的首领听说了，便亲自准备了礼物到他家里"招请"他出来为方国工作，也就是担任一定职务的官员。他出来上任后，干起工作来也不负恩泽，不仅干得好，而且还有史官追求公平正义的秉性，正直不阿，为淳化一方水土，树立良好民风，做出了重要的贡献，即卓密之风耳。

所以，我在豆汗沿腮流淌不止之际猜之：刘盛正是为樊敏的博学与品性、干才、作为所倾慕，恭诚如侍父，礼敬如尊师，把樊敏之高山仰止、景行行止的人格思想，当作自己的精神追求，发愤学习，不舍昼夜，大有"虽不能至，然心向往之"的劲头。从点滴学起，究文穷史，临帖练字，我们今天看到的《樊敏碑》之铭文与碑上所书之字，正是刘盛效法樊敏之学的成果。为此，不仅樊敏与刘盛，包括我们，都要感谢石头，没有这块红砂石，我们何以能从其上刘盛所撰的铭文与壮硕独特的隶书中看到樊敏的人生与揣测出刘盛的旌表樊敏之诔文呢？

樊敏生活在东汉衰败时期，两次"党锢之祸"，导致清正官员被害或被贬被禁锢，宦官为所欲为，终酿成黄巾之乱。碑文中"光和之末，京师扰穰，雄狐绥绥，冠履同囊"，即是对这段历史生动的写照。时任益州牧的刘焉，以"米贼断道"为借口，阻绝与东汉朝廷的来往，图谋实现割据一方的目的。碑中所记"秋老乞身，以助义都尉……又行褒义校尉"，就是刘焉与刘璋父子为樊敏私设的官职，而查汉制之置官中，并无"助义都尉"与"褒义都尉"之名。然樊敏于此二职之内，却是呕心沥血，凡事亲力亲为，言必信，行必果。作为一个读书人，他定捐弃了所有书生的柔弱犹豫，追踪查微，为民生而果决行事与断案。从刘盛在铭文中的记载，我们就可以看到一个浩浩乎顶天立地的大丈夫的形象。文曰："弹饕纠贪，务锄民秽。"对巨贪恶腐，他敢于当头棒喝，迎上一刀；对百姓中的污俗陋习，他敢于根除务尽彻底扫荡。"患若政俗，喜怒作律。案罪杀人，不顾倡獗。"他移风易俗，把人们的欲望规划在尽可能周到的法律条文中。谁要犯了罪，他敢于按律治罪砍头杀人，不管犯罪团伙有多么势大、有多么猖狂，他也敢挺身而出，坚决剿灭。在刘盛笔下心头，樊敏是一位大公无私、敢作敢为的英雄。

暑夜无风，豆汗仍沿腮流淌……

细品《樊敏碑》之隶书——粗壮方正，却又柔韧挺拔；字满盈框，刚柔相济。与《曹全》不同，与《礼器》不同，与《史晨》不同，与《石门颂》《西狭颂》等等汉隶统统不同。然又有各位汉之世传名隶的柔韧之笔意风韵。康有为眼毒，他说："《樊敏碑》为刘盛息憹书，虽非知名人，然已工绝如此。"那"工绝"当何讲？"如此"又当何讲？惜字如金啊！我来添上一句吧？绝，就是独一无二。工绝如此，就是说这隶写得足以进史入册，是自成一家呀。康有为还说："《樊敏碑》……体格甚高，有《郙阁》意……"我不顾豆汗直垂，翻出《郙阁碑》相较，的确心有灵犀，康先生不愧国学大师，与《郙阁碑》顶天立地的盈框方隶还真是有几分相近。然吾观《樊敏碑》与《郙阁碑》之差异，却觉得刘盛之隶更显厚重华茂，有《郙阁碑》的绌形，又有自己独特的刚硬之形巧，有一种《郙阁碑》所没有的俊俏暗含在壮硕的横竖之中。那个厚重朴实中的潇洒，是《郙阁碑》中所没有的。《樊敏碑》布白行文气势如虹，庄重绵密，是汉隶中挣脱繁臼脱颖而出的翘楚经典之作。我曾私下暗自思忖：若是汉隶中再多一些阳刚之气，也许那柔韧飘逸就更结实完美了。谁知东汉的刘盛君早写就并镌刻勒石耸立于西蜀芦山了。往事越千年，丰碑在眼前。可惜我才疏学浅，见少识短，时至今日，才得以见到这个梦中情人般的方圆盈溢而又潇洒壮硕、体高眼大而又柔媚无限的汉隶之绝品——《樊敏碑》呵！

刘盛在《樊敏碑》中写完"弹饕纠贪，务锄民秽"后，又刻骨勒石地说"告子属孙：敢若此者，不入墓门"。我体会刘盛君必是从樊敏治世匡俗、斗腐灭贪的生平世事中，感悟到了笔致创新的表达之秘密。樊敏方正为人，他亦方正书之；樊敏柔韧坚挺，他便坚挺柔韧——全不顾及隶之法度而独创出了一个抒发胸臆之情的壮硕果敢、坚韧俊逸的汉隶。诚如樊敏正告嘱予子孙：谁敢不听老子的话，与贪腐勾结相交而有染，不仅活着老子我不认他，就是死了，也决不允许进我樊家的祖坟。我揣摩刘盛一定不止一次听到樊敏这样说，品樊敏言之凿凿、势之汹汹、神之愕愕，刘盛怎能不体若身受、心如神予，腕下笔走金石之劲而不带冲决一切繁文缛节之束缚的激情，写出这流芳百世之熠熠入骨进髓之新美文字呢？更何况铭文亦出自他的魂酿魄造，写起来当然大度从容有如神授天予矣。

此时，有风吹来。豆汗更是淋漓欢畅……

《樊敏碑》碑身正面共五百五十八字，分列二十二行，均为八分隶书。清末康有为赞誉此碑隶书说："如明月开天，荷花出水。"我谓大先生称之为"荷花"而倍觉轻薄。虽然康先生认为此隶乃"干禄上上品"，是给予了高度评价。但我仍为其比作荷花而略感不足，随亦写了二十个字追之曰"人间有大美，深藏墨云中。乍现如旭日，得遇似抱虹"。丙申仲夏，我应《中国艺术报》之邀，赴西蜀雅安之芦山采风。7月7日上午，在博物馆的曾艳引领下，来到《樊敏碑》前，驻足仰瞻，如见仙师下凡，心潮澎湃。继而深思之：今人热衷书法，临帖风盛而不知帖中文字内里之人物品质德行更值得千万遍地临习揣摩效法。常见人临郑板桥、苏东坡、柳公权，写李太白、杜少陵、屈原的诗歌，然又有多少人真正把他们的人格情操当作临习诵读书写的真精神去学习领会并躬行毕生了呢？《樊敏碑》中有云："有物有则，模楷后生。"我从刘盛对樊敏的倾慕与追随中揣摩数日，终获所悟：刘盛息惨，是以樊敏为自己终生的榜样，他是在临帖习字，然更是在学习做人啊！令我心动如潮，感激涕零，虽不能至，心向往之、心向往之……

是夜，此刻大雨如注，凉风带雨破窗而入，汗止。

2016年7月16日于京华

老 铁 引

——赠安溪茶园诸友

我们的很多向往，其实一直就埋藏在我们的心底，只是因为那向往不切实际，或还有点遥远，于是便被我们自己的意志给压抑下去了。然而，那向往一直就没有死心，一直就在心底下嘀嘀咕咕，似乎很不服气，很是委屈呢。而我们的意志呢？又在强迫我们去做那些貌似更重要的事情，而将心里的那个向往忽略了。然而，一旦有了机缘巧合，那向往便即刻跳将出来，容不得你思想，立即便表态承诺了。记得一个月前，作家徐则臣打来电话，问我是否愿意去安溪铁观音的故乡采风。我就是不假思索地笑问："好啊，什么时候？"我是生怕与我另外的行程冲突，还好，不矛盾。于是，安溪之行就被提前安排好了。向往，随之便成了即将实现的一个现实，在一天天向出发的日子挺进……而我的心，也随之变得急切了起来……

上午十一点的飞机，而我却是早上五点多钟就醒来了。时间还早，赖在床上冥想起来……傍晚时分，一帮子文人墨客沿阶而上，徐行至半山茅草搭起的山屋之中，茶席摆开，铁观音泡上，文人雅士们便开始了"诗钟"游戏。甲来一句"来来往往千帆过",乙对一句"去去回回百鸟旋";丙接一句"来世来生都不管",丁回一句"去愁去病复何求？"……茶上来了,嗅香,啜饮,慢品,待回甘,后齐赞曰：好茶。不抬眼的,正待下行"诗钟"之接续,大风伴大雨忽然而至,山屋里文人墨客却与茶香互相依偎,温暖又美好……可惜手机定时的铃声响了,七点,翻身起床,愣怔片刻,心思仍在那浅梦之中不愿出来,真不觉得今夕是何夕了吧？于是踱至书案,脸不洗,口未漱,便铺纸倒墨取笔,信手便写了"大风起兮慢品茶""茶客多雅士""深秋夜雨茶浓""聚精理气提神""新朋老友茶味浓""妙境：风雨夜品茶,儒生说天下"六幅字,几乎将我刚才的梦境一一写出来了,心满意足,虽然那字写得不如我意之七八,但毕竟抒却了我之心中块垒,心里还真是有了点儿"其喜洋洋者矣"的味道了。之后搁下笔,潜藏于心的向往,终于落墨成字,即将随我一起奉献给茶乡了。

发幽古之情,乃文人墨客的一大嗜好。我其实是半吊子文人半截子墨块的闲散之人,是下不得苦的。去茶乡安溪,当然是美事,那里盛产铁观音,这我早已熟知,并且不知也喝掉了几十斤铁观音了。我觉得龙井与碧螺春,应该是春天喝了才好,明目清心;而云南的普洱与祁门红茶,则是冬天喝了才对胃口,暖心润肺。要说这铁观音吧？以我的体会,还就得秋天喝,为啥？因为秋雨连绵湿气重,喝了铁观音,发汗去湿有后劲儿,正如我写的"聚精理气提神",那是铁马冰河入茶来的滋味;又因此茶香气浓郁,经过春夏旺季的发起，正是要步入严冬的过渡阶段，若得闲无事喝上几泡乌龙铁观音，正好大补元气。那天飞机降落厦门，我们出了机场便登车向安溪进发，落脚便赶上了晚宴。落实八项规定精神，没白酒，我多喝了几杯红酒，头晕晕忽忽，但行前就闹起的牙疼，却一点没减。张陵兄吆我和龙一、范稳去喝茶。我寻思：也对，到了茶乡喝什么酒啊！喝茶，喝茶才是茶乡的主旋律，我必须把它唱起来。

张陵兄长是老福建，今晚请我们喝茶的主人，是他的老朋友——茶席早就准备好了，同来的还有海峡出版集团的林滨与《福建文学》的曾章团等。茶女秀丽温婉，自报名为"一心"，我心中蓦然想起河北正定的那个"不二法门"，便问她知道吗？她说："知道啊，否则我怎么会叫'一心'呢？"嗯，禅茶一味，玄机妙不可言。一心娴雅地给我们泡茶，并向我们介绍他们家与茶的历史。我们开始喝的是铁观音，龙一拈着茶盏像掐着一朵花，轻轻地放到鼻子上嗅香，仿佛完全陶醉了。之后，便是轻启玉口，慢饮一杯。闭上眼，好像只有在黑暗中，他才能品出那茶的味道……我等了他许久，才听他说："好茶。"那是天津卫的味儿，他拖了长音睁开大眼说道："能够碰上喝一次好茶，就是一次缘分哪。"说得范稳和我都大赞妙论。茶女一心闻之，便道："铁观音不好存，我们家还有爷爷存了三十四年的老铁，我给大家拿来品品。"说着便差人去取，弄得我都没来得及客气，人家便去取茶了！一心一意地待人，这就是一心了吧？做生意与做人，似乎从一心的名字与言行举止上，便可获得正解啦。这三十四年的老陈茶，龙一喝的时候，我特别注意了——他这回始终没有闭眼睛，仍然是慢慢地入口细品，眼睛睁得溜圆而且贼亮亮的，真是比老奸巨猾的地主老财见了金子还亮，贼亮贼亮的。这是品茶吗？龙一，有这么夸张吗？龙一再次开口了，他说："缘分哪！是吧？！"他问谁呢？是问我吗？我急忙将他绝妙的神情用手机快速地拍了下来，以见证这个当代文豪的"贪杯"之色……

还是秀丽的茶女一心提醒，我才放下拍照的手机开始品茶，心里话：我是品不出什么名堂的，但是这三十四年的老铁喝下去，却有一种入口回甘的甜香之气，直顶着我的鼻梁子，三杯五盏下肚，上打嗝、下出气，气贯五体，十指脚心发热不说，更神奇的是——我的牙疼居然明显地减轻了。我刚说出感觉，张陵便立刻命令我：再喝，再喝几杯就彻底不痛了……那晚我喝多了茶，害得我起了五次夜，这觉还怎么睡呢？第二天早上我才想起来，有一本关于陆羽《茶经》的书上说过的，大意是：文人骚客常常会把持不住自己而"贪杯"，若喝了夜茶反复起夜，是一定要睡到日西斜方能获补的，此之谓养生之道也。谁让我那么早就起来了呢？

早上阴雨迷蒙，湿气弥漫。我们在团长廖奔的率领下参观茶场、观摩铁观音的制作工艺，电瓶车将我们送至山顶，饱览万亩茶园的层层叠叠的翠绿景色。雨雾中，苍山如海，粉黛淡施，轻烟自层叠茶田轻轻缭绕轻扬，我猜想：这样的景致怕在艳阳高照下是不可能有的吧？此刻……张陵、范稳、则臣，与金仁顺、林筱聆、林炳根、上官青梅、周大新等在廖团长的指挥下,一个个头戴斗笠,翩跹而至那一簇簇的茶树,他们在茶园工艺师的指导下,开始了采摘新茶。要不怎么说心灵手巧啊,我看他们的文字,恰如看他们采摘,专挑鲜嫩的新芽掐,难怪他们的作品都写得鲜活又生动,那大抵是这般地在字海里捉字、在词源中择词啊!想那新茶萌芽,正是蠢蠢欲动之时,恰似那生僻又准确的字词在字海中躲躲闪闪之际,却被他们的青眼乜着,用巧慧之手运笔剜了去,镶嵌进自己的文章,怎能不征服读者、赢得喝彩?接地之灵气,通古之词源、今之辞海,写正大文章,歌民生之艰辛,此乃千古之文人天职……我欣赏着这些大作家们在山上采茶的神情,感受着他们犹如儿童一般的欢喜,真是年轻了十岁不止呢!

  夜晚,在茶场的职工食堂,主人拿来了自酿的土酒女儿红,安溪县文联主席林筱聆介绍:此酒是女人生完孩子之后的补酒。当地的男人引诱女人多生孩子时常说——那坛酒,给你再生下一个时喝。这下我豁然明白了山里人的智慧,他们是连生孩子这无师自通的事儿,也被巧设的一个美妙的愿景所前置,进而变得充满了向往与俗世的诗意。馋酒乎?生人乎?天地酒而与人乎?男与女而添丁,酒与男女而人乎也!酒,劲儿也;人与酒,精神也。那晚上,我们秀气的廖团长带领我们大块吃肉,大碗喝酒,平均每人少说也喝了半斤八两。而我呢?最少喝了两斤半,之后主动向团长申请:我可以为大家高歌一曲吗?然也。于是乎,我先牛饮一杯,之后,我唱了今生高八音的歌《九月九的酒》:"……亲人和朋友，举起杯，倒满酒，饮尽这乡愁，醉倒在家门口……"那夜，我忘记了自己是怎样爬上宾馆那五楼房间的，我只记得自己进屋后倒头便睡，一夜无梦。

清晨，我被一阵狗吠叫醒。那狗的叫声与我今生在任何地方听到的狗吠声都不一样：沉雄，狂猛，饱满，仿佛从我的脚后跟发出的力，又即刻弥漫了群山——太震撼了，而且力道十足，犹如神助一般的惊心动魄。这得多大的狗？比牛大？我一个激灵，一骨碌就起了床，鞋都没穿就奔门而去……拉开门，从未有过的强烈的阳光如高铁列车的车头迎面向我压下来，我下意识地迅疾捂上了双眼……许久之后，当我的双手慢慢从双眼移开，我却仍然不能直视眼前的一切景物。像那狗的吠叫声惊得我心打战，我慢慢地抬起头，逐渐地放眼望去……只见昨天雨雾中的万亩茶园今日在崭新如初的阳光下碧绿得像假的一样！哦，这蛮荒之绿，这蛮荒之吠，这蛮荒之太阳——竟然全都麇集于此，不正是天地精华荟萃之地吗？安溪者，茶乡也，此之独放芳华绝代之地也。

2016年10月23日午

良渚三考

良渚神徽考

> 良渚神徽之栩栩如生的状貌令我想起我陕北友人贾四贵信手剪出来的"抓鸡（吉）娃娃"的形状——他的剪纸亦被联合国教科文组织鉴定为世界艺术大师珍品收藏。
>
> ——题记

相隔五千年如相隔一瞬间。

当年的雕刻师绝对是紧抿着嘴、紧握着刻刀一丁点儿一丁点儿地细细地慢慢地凿刻而出的。上雕一个头颅，而身上又雕一个头颅。双头相垒。中间胸腹刚好刻上一个形如阳鸟之鼻。鼻翼两旁各一只大眼睛，有虹膜，有瞳孔；亦可作双乳各一边解，有乳晕，有乳头。妙，妙在一笔两个形，是叠加，亦是独造。身下是一张大嘴巴，若竖起来看，恰在两腿正中间，不似而似的阴溪挂流泉——我的老祖宗啊！您该有一颗多么艺术的灵魂，才能有如此神妙的创造呢？如此之极的形象之融合的幻化之作，可见您对生儿育女的渴望有多么炽烈强大而且又凿刻得这么妙门洞开！令我心惊肉跳，令我激动了情怀！令我想起陕北友人及陕北很多农妇都能信手持剪剪出的"抓鸡（吉）娃娃"。酷似。神形均酷似无比。而且传神至极。

这就是说，这一手艺经五千年的承传又变异为剪纸了。在陕北，世世代代，信手剪一个"抓鸡（吉）娃娃"贴在窑洞的纸窗上，逗引着小女子来看生育之道与活人之妙——我的老祖宗啊！您的传承与教化之术是如此的艺术吗？如此地符合人性之兴趣又合着人类美好的性灵。真是绝美了我们灿烂的历史又将文化融入了真实的男欢女爱之恒久的秘境。美。妙。我的老祖宗啊！五千年了呀，这秘境一直都在光天化日之下生生不息，繁衍后代，而所谓的第43届世界遗产大会直到2019年7月6日才将这一绵延了五千年的秘境之旅列入《世界遗产名录》。哈哈，晚也非不早也！

据久辛公元2021年10月26日考：良渚神徽与陕北今之民间艺人手上所剪出的"抓鸡（吉）娃娃"，同属中华先祖的艺术创造，既是召集民众、齐心协力、共济天下的神圣徽章，又表达了对生殖妙境崇拜的乐趣之门的心向往之——我们的老祖宗何其心领神会、无师自通，又技艺高拔、了无痕迹的艺术创造啊！绝对是对孙逸仙之名言"世界文明，唯有我先"之最精准的标配。

嗯，烦容我再多说一句吧？我想说："如若再不自信，就真不是我族之人了。"

瑶山与汇观山祭坛考

真正的曙光要从长梦中去看。

它最初的颜色是金黄色的。而后是橘黄，再往后才是紫色。次第花开，颜色渐渐融会贯通，像灵魂的颜色，始终是鲜活的。尤其是从瑶山或汇观山，那五千年前的祭坛上去看。直接穿过我的和人类的梦境去看，你会看得更清楚。

绝对不是鲜红的。不是血的颜色。欧洲人喜欢用鲜红的东西来祭祀，用血，用生命，而且还有莫名其妙的讲究，比如用妙龄少女、用妙龄少女歌哭的舞蹈、用舞蹈至声嘶力竭的大喘气……所以，就有拒绝的伟大的经典和伟大的艺术家——我说的是斯特拉文斯基和他的不朽经典《春之祭》。他反抗、拒绝、背叛的，就是这种野蛮，这种粗暴，这种冷酷无情的非人道的祭祀。瑶山与汇观山的先民与之完全不同，他们企盼春天、企盼风和日丽、企盼五谷丰登，他们所献的祭牲是稻粱、是嘉禾、是善良和纯洁的祈愿与根由生命的对日对月对大地的崇拜——所向乃天地万物而非生命。欧洲人有反叛的极致性创造，而我们的先祖有敬畏天地人神的守恒之自觉。且有五千年之绵延。斯文如此，一脉承传。宁肯不要经典，不要斯特拉文斯基及其伟大的经典《春之祭》，也要平安，也要和顺，也要人子世代相传，也要创造和天下之世界大同……

据久辛心考：瑶山与汇观山出土的稻菽与祭坛回字形土框四角所指方向证明——冬至与夏至，春分与秋分，恰与祭坛四角相合，此乃精心设计，绝非巧合。就是说我们祖先的祭祀，是以和合之尧舜禹的思想，来祈祷朝拜天地人神的——绝对没有杀戮，只有祥和与欢乐。为此，不要所谓的伟大经典与伟大的艺术家也罢！中华民族以为"国泰民安，万世太平"，就是不朽之伟业，其他的一律不在话下。

真正的曙光要从长梦中去看。

良渚古城考

那是夏鼐1959年轻扫良渚的一个眼神儿。

惊了我。还将我出生时刚刚萌动的意识点亮。浑浑噩噩六十又三年后我才发现五千年前的良渚古城的每一粒泥土，都饱含着先人无尽的意识群生与群生的鲜活的意识群。我看见脚边的稻穗彻底地弯下了腰，饱满的颗粒在微凉的风中颤抖，像我婴儿时感觉到的热，要挣脱襁褓……生动着小身子，一刻也不曾停留。稻菽千重浪，金灿灿一季，绿油油一季。一季又一季的意识群与一季又一季的稻菽千重浪……

哦，养我一辈辈的父老乡亲，喂我一代代的思想漫溯。想象良渚古城先祖自八方水道进进出出。渔歌唱晚。日出而作。迎着日复一日，年复一年的刀耕火种；叔伯嫂媳，城乡一体，外物内心，天然一合；齐心协力，祈愿丰收；灾难幸运，悲苦欢喜，相生相克，如影随形……有战争吗？最少，这和平的古城遗址，展示了古老的集体主义垒筑的古城和开垦的稻菽千重浪，始终昭展着晴朗的和平。

1959年3月我出生的那个年月，大学者夏鼐于良渚目透五千年时空，从铺满城基的石头上听到了背负顽石与夯打地基的劳动者的歌声。而我于2021年10月26日，则目睹了依然崭新如五千年前的动人画面——我颤抖着心说："亲爱的祖先，我可找到您了！"

　　那是夏鼐1959年轻扫良渚的一个眼神儿。

2021年10月26日于京华

"小康样本"行过记

不要误会，我这里所说的"小康样本"既不在试验室，也不在大学的课堂上，她展现在广东省中山市1783.67平方公里之上鲜活生动、繁荣昌盛的现实生活中。

当然，这个现实连接着历史，像她的名字，以伟大的先驱孙中山先生的名字命名。我向往久矣，神驰久矣，仰望久矣！现在，她以一个"小康样本"的风貌来概括自己并示与我和世人，完全打破了我对"样本"一词的想象边界。她不仅从学院的书斋里跳了出来，蹦到了广东，落在了中山市，而且是从一个久远的梦，一个接着一个的渴望和希冀中飞了出来，并展现在我的眼前，成了一个"样本"，一个并不张扬、略显冷静与自信的样子，即最能代表新时代高质量小康生活的标志性城市——小康样本。

环顾中山市左右，青山绿水，富庶明朗。是的呢，她不是传统意义上的样本，而是现代意义上的一个标高式的样本。现在，我就站在这个样本的一隅，不用抬头远望，也不用四下细看，我已然知晓了：我从《诗经》穿越而来，从《建国方略》、从小平同志关于小康生活的谈话中——走来了，来到了真真切切的小康社会，这个曾经的梦、渴望与希冀的土地上！她再也不是书本上、谈话中虚拟的指代借代的"小康"了。此刻，我就正在感受着小康社会的人间烟火，行过着小康社会的街区与村舍，三餐一日地品尝着小康生活的美食，甚至面庞与耳畔，正接受着小康路上的秋风送来的清爽……

该怎么描绘这个瓷瓷实实的小康呢？从哪里落笔呢？有孙中山，才有中山市。这个正楷大写的名字因一个伟大的灵魂而在我心中熠熠闪耀了几十年的地方，现在就以她的色香味俱全的方式，呈现在我所有的感官世界，我来到了他的故居，我闻到了故居地上与墙上和桌椅板凳及床榻上的气息，嗯，有一种很久很久不住人的生土的腥涩加悠远的地气向我袭来，使我沿着那气息，一下子就想起了孙先生的音容笑貌——那朴素而又诚挚、坚毅而又勇敢的神情。那是他的精神样貌，100多年过去了，依然那么地神采奕奕；紧抿的嘴唇，依然那么地内敛而刚毅。嗯，不死的灵魂都有这种岁月磨不去的棱角，甚至自带着神气与光芒，永远飘弥在人世，照拂着一代又一代后人。

从孙中山纪念馆参观完出来，我的心头一遍又一遍地回响着他的那段名言："世界潮流，浩浩荡荡，顺之则昌，逆之则亡。"这得站在宇宙的哪一个顶点之上，才能看到这个大势所趋呢？中山先生上下求索，斗牛冲天，俯仰之间，竟有如此之参悟！这绝不仅仅是兴亡更替的道之张扬，更是人心所向的大河奔流啊！遥想两千多年前《诗经·大雅·民劳》中"民亦劳止，汔可小康。惠此中国，以绥四方"中的"小康"，我以为那是非常非常小而低的诉求，连期望和希望都算不上——也就是拜托能够稍稍获得一点点平安康逸而已！然而，即便如此，这个并不大也不高的寄望，也是历经了两千多年仍未能实现的一梦！而且直到孙中山先生1919年春夏出版《建国方略》时，仍然连一丁点儿影子都没有出现。我以为，孙先生之所以伟大，就是他不仅仅是一个伟大的梦想家，而且还是一个伟大的构想家、设计家，尤其是一个奋斗毕生的伟大的践行之先驱者。他说："以我五千年文明优秀之民族，应世界之潮流，而建设一政治最修明、人民最安乐之国家，为民所有、为民所治、为民所享者也。"他想象、构筑的小康之国家，是"民本"之国、"民安"之国、"民乐"之国，这与我们中国共产党人奋斗百年的浴血奋战的精神追求，何其相似乃尔！

  往事越千年。事实上，中国人民真正脱离贫困的日子并不长。中山市南朗街道左步村的村民们至今都记得人拉牛耕的漫漫长路。明过往而知未来，此刻，展现在我眼前的古牛栏遗址文化公园里的铜牛雕像与栏中的所有农具，就是往日农耕生活最好的物证。相传数百年前延续下来的牛拉犁式的农耕生活，直到20世纪70年代末，才开始有了些微的变化。当时，村集体有牛栏五处、耕牛近百头，想想那一片牛犄角在栏中攒动碰撞的声音，应该也是力的另一种试探吧？据说，1985年分田到户时，村集体把牛逐个编了号，由村民自由组合，以三四户为一组，抽签选牛，出资购买，然后使用。20世纪90年代初，伴随着机械化的普及，耕牛才渐渐淡出。然而每当乡亲们提起"古牛栏"，人们便自然而然地想起这个有着数百年历史的老地方。为了让子孙后代"看得见山，望得到水，留得住乡愁"，富裕起来的左步村民，便将这个世代沿用的牛栏修缮后命名为"文化公园"。嗯，牛栏与文化，或文化与牛栏，两个完全不是一个气味的词，就这样活生生地捏固到一起了！什么是文化？左步村人似乎认为：文化就是记忆，有记忆的地方，就是有文化的地方。不对吗？现在，这个公园供乡亲们来歇息聊天，回忆往昔的悠悠岁月。他们忘不了邓小平，可以如数家珍地讲述1979年12月6日，他会见日本首相大平正芳时，谈到小康社会的情景，小平同志说："我们要实现的四个现代化，是中国式的四个现代化。我们的四个现代化的概念，不是像你们那样的现代化的概念，而是'小康之家'。"并补充说，"比如国内生产总值人均1000美元，也还得付出很大的努力。"然而今天的中山，人均生产总值已经超过了3000美元，虽然不能与欧美发达国家相比，但是他们向前向上奔腾奋斗的时候，却是一刻也没有忘记过过去，他们是"记得住乡愁"的人民。

还是说说左步村里的年轻人吧？南朗镇玻璃书屋的创办人叫徐家杰，2019年他萌生了"建个共享书屋"的想法，在姑姑的支持下，说干就干，从选址到建房，从设计到绿化，前后不到3个月，就建成了这个稻香连着书香的玻璃书屋。虽说书屋不大，有5000册藏书，但因为永杰的设计大胆，从上到下，左拐右绕，全部都是用玻璃钢制作而成的，通透明媚，顶楼还有伞盖式阳台，直接就与稻田相连了，抬眼望去，就能看到高大的水车在转动车水，好一派田原诗的风光。而来这里读书的人也越来越多，我想，当年小平同志所说的"小康人家"，是不是还包含着乡村人自得悠闲的读书生活呢？孟子曰："充实之谓美。"吃得好，穿得好，玩得好，而且还有精神追求，这样的小康生活，是不是美得进了心呢？

其实，美是不断提升不断发展的。高质量的小康生活，需要高质量的艺术来滋养。所幸，我又一次见证了奇迹。那天，也就是9月28日上午，应中山市文联之邀，我与作家刘兆林、尹学芸、周建新等来到了南区街道的曹边村。我完全没有想到——在法国、意大利、英国等国巡展，并获得国际声誉的雕塑家、全国政协委员、广州雕塑院院长的许鸿飞，竟然带着他的"肥女"系列作品，来到了这里，他把小乡村当作"艺术圣殿"来布展，昔日在这宫那殿陈列的雕塑作品，现在摆放在村头巷尾、稻谷场上、田间地头，天当观众，地做舞台，乡亲们成了许大师的知音。车尔尼雪夫斯基说："美就是生活。任何东西，凡是显示出生活或使我们想起生活的，那就是美的。"许鸿飞所塑的"肥女"以其夸张与幽默、欢乐与自信、阳光与爱的生动有趣，活泼可爱的形象，深深地打动了我身边的乡亲们。在他的雕塑《欢乐时光》前，我亲眼看到一个略显肥胖的中年妇女兴奋地挤到许鸿飞面前，并大声地喊道："谢谢你，许大师！我也是肥女，感谢你为我塑像！"这是艺术的魅力让她产生了冲动。这情景，令我蓦然想到自己在读某部名著时的泪流满面，我和她，她和我，我们的不同表现，都是共情与共鸣的结果。艺术作品和艺术家，其实本来就是从生活中来的，所有的艺术表达，其内里都是从人性的丰富与复杂的变化中来的，我们之所以认为艺术是高贵的，就是因为艺术是从生活中提炼出来的精华，而不是说艺术是从天上掉到人眼睛里的，一如许鸿飞的"肥女"系列作品。不是说那个妇女被车尔尼雪夫斯基说中了，而是说她就是生活中的生活，只不过更逼真更幽默更生动鲜活罢了。我知道，作为全国政协委员，许鸿飞近年来的几次提案，都是关于艺术家要积极参与到乡村振兴战略中去的，而我从曹边村观摩体验中发现，艺术家，特别是那些有广泛声誉的卓越的艺术家，一旦真正地深入到乡村的最深处，不仅他本人受欢迎，作品更受欢迎！这就是中国古人所说的"化育人心"，这就是美育乡里，就是在提升中华民族整体的艺术素质。而在我想来，当艺术家和他的作品，在最普遍的人群中获得了共情共鸣，那就是艺术获得了人心，获得了生命，必定是永恒的。遥想100年前孙中山先生"世界大同"的理想，再上溯2000年想想《诗经》中关于"小康"的渺小奢望，我感到许鸿飞的雕塑艺术百村展，以及中国著名作家深入乡村的创作活动，无疑为乡村振兴战略提供了强大的精神支援。美是有内涵的，而且直达人的灵魂，这也许就是新时代的新精神对作家艺术家创作出新作品的一个新呼唤。

不知不觉，我来中山市采风已经四天。那天中午，在曹边村，阳光直射头顶，我感受到了那呼唤的强烈，又一次想起了孙先生的名言："世界潮流，浩浩荡荡，顺之则昌，逆之则亡。"中华民族伟大复兴的大潮之上，我看到了中山的"小康样本"，那不仅是说我们中国人要过好日子，而且是在说中国人要过上美满幸福的美日子。我以为，这才是对《诗经》写"小康"诗的无名氏作者，与写《建国方略》的孙中山，还有毛泽东、邓小平等等，真正的最好的——告慰。

2021 年 10 月 1 日

情深到梅根

那个夏天的黄昏，我哭着跑回家，一头扎进奶奶怀里，抽泣着说："我活不了啦，活不了啦。"奶奶问："为啥呀？"我说："下午和几个小朋友去郊外摘野葡萄，没摘到，却摘到一种野蒴藜果，浑身毛刺儿，咬开肉是黏的、白的，还有点甜，我就吃了。小强他们摘了但没吃，装兜了。小奎哥来了，说这个有毒，不能吃，吃了会死。小强他们把兜里的野蒴藜果都掏出来扔了。"我哭得满脸泪，不住地对奶奶说，"我全吃了呀奶奶，我要死了。"奶奶搂着我，也不嫌热，和缓地对我说："死有什么怕的，不就是睡一觉，没准儿做个好梦。"接着，奶奶就给我讲了杜姑娘梦见柳公子，欲求不得而死去，之后又活了过来，还喜结了良缘的故事。奶奶讲的这个美丽动人的故事，把我对死的恐惧顶替了。奶奶起身说："没事的，玩去吧，要做饭了。"死什么死呀，奶奶说得没错，我又回到了安静的玩耍中。

原来，死亡不可怕，可怕的是我们并不了解死亡，却在不断地妖魔化死亡，久而久之，死亡就成了恐怖的极境。也只有汤显祖写出的《牡丹亭》，把死亡之美写得妖娆动人，不仅安抚了我小小的心灵，我猜想，热爱他和他作品的人，也一定受到了他戏剧精神的抚慰，否则他写的戏，怎么会流传至今而依然倍受人们喜爱呢？

其实吧，我对汤显祖及《牡丹亭》和那什么"临川四梦"所知甚少。我是1966年7月上的小学，1976年7月高中毕业的，就是说"文革"，我是从头跟到了尾，真是没读什么书。记得那年离开学校时，教学楼窗户上的玻璃，还有一半没装上呢。哪里有老师给我们讲什么汤显祖、《牡丹亭》呢？倒是在之后的高考复习时，才在语文复习资料一组文学常识的填空题里，看到了《牡丹亭》和剧作家汤显祖的名字。那也是临时抱佛脚地胡乱背一下，不仅《牡丹亭》没看过，更不知道什么"临川四梦"了！哪里想到过奶奶讲的故事，就是汤显祖写的《牡丹亭》呢？

别笑话我啊，若干年岁里，我一直以为汤显祖是李后主的大名，或李煜的字或号叫汤显祖。我估计：人家是皇帝当腻歪了，闲得没事干，写写戏词玩儿。关公战秦琼，张冠李戴，想不让人笑话，怕也不行了。我这就是一个不求甚解，而又自以为是的低级段子。不过话说回来，你看汤显祖这个名字，左看右看，都像是一个帝王的名字，而李后主呢？又怎么看都像是一个别名，而且还是后主，难不成是皇后吗？不能确信，就令人生疑，一颗心就容易往其他地方想，想到了别的什么人，也就情有可原了吧？更何况李后主写了那么多的词，"恰似一江春水向东流"呀，写得是真不赖。皇帝嘛，喜欢舞文弄墨，写诗作赋，偶尔心血来潮，再写写戏文，反正戏文与诗词，也都差不了多少，没准儿写着写着，一不留神儿就出了名,于是乎,就成了一代风流的戏剧大师呢?这怕又是一个自然而然的事儿了吧?所以啊,我稀里糊涂地把他们俩合二为一了很多年,似乎与他们的才华也相符?哈哈哈哈,这是无论如何也弄假成不了真的,只要认起真来,就露了马脚,绝对贻笑大方,贻笑大方啊!

所以啊,几次三番路过抚州,总听人说起汤显祖,我似乎就像与懂得很多的人一样,装模作样,一副很渴望拜谒的神情。其实,我心念着的,就是想来补补课,虽然我书读得少,没有"破万卷",不是还有个"行千里路"的弥补机会吗?那天,在去往汤显祖纪念馆的车上,我就坐在写《中国戏剧图史》的大学者廖奔同志的旁边。廖主席对我说:他还是从汤显祖知道的临川,汤是江西临川县(现抚州市临川区)人,世称"汤临川",早在唐朝王勃的《滕王阁序》中,就有"邺水朱华,光照临川之笔"。看看人家廖主席,一张口,就说得我心里一愣一愣,不学习可真是不行啊!

半天下来,我们参观了汤显祖家族墓园和汤显祖纪念馆,对这位明代著名的戏剧家、文学家,被誉为"东方莎士比亚"的汤显祖,我算是有了立体全息的印象和认识。特别是他的为人,不攀附权贵,对宰辅张居正伸出的橄榄枝,能做到纹丝不动,敢于坚拒不沾,真是令我敬仰之至,证明他是个高洁之人;在艺术上,当有人演他的戏改动了几句台词,他也是坚决不答应,宁可你别演,也别改动我一字一句的认真精神,亦是令我钦佩之极,说明他心里容不得纤尘,是一个纯粹而又较真的人。在纪念馆展厅里,当解说员讲完《牡丹亭》

故事后，我突然就记忆复活，想起来了，这个故事不就是小时候奶奶给我讲过的吗？原来是"临川之笔"写就的，这倒让我这个在"十年动乱"中读完"全日制高中"的学生，终于找到了一点进入汤显祖戏剧世界的依据和自信，毕竟还是有一点点切身体会的嘛，要好好地琢磨琢磨了。

那天，我站在纪念馆门前的台阶上左右瞭望，无意中竟然看到了"牡丹亭"：六角双层，瘦挺峻峭，檐牙高飞，好不秀丽。为纪念这位伟大的戏剧大师，抚州地委、行署在汤显祖故里辟地180亩，兴建文化艺术中心暨汤显祖纪念馆，1995年10月建成并对外开放，除纪念馆外，还有牡丹亭、梅花庵、丽娘坟、黄粱饭店、钱廊、胜业坊、瑶台、照壁、梦泉等等场景，配有壁画雕塑、诗词楹联，环境优美，古意盎然，信步游来，宛在梦中，具有浓郁的汤翁气息与情致意境。可以说这里不仅是抚州市民自觉接受美育熏陶的圣地，也应该是承继古代文化经典的精神家园。我想，一个城市，有一位这样享誉中外的至圣先贤，那这座城市的"珠光宝气"，就一定会福泽子孙，光耀万代。

回到北京，我便开始搜集汤氏戏剧的材料，不分昼夜地习读汤显祖的"临川四梦"。我觉得称汤显祖为"东方莎士比亚"，虽然有益于西方对他的理解，但未必准确。《莎士比亚全集》12卷，我最少读了前4卷，之所以没有读完，就是因为读到第3卷之后，就发现他从人物、情节，到语言等等，开始雷同了；而汤显祖写的"临川四梦"，每个都不一样，人物、情节、语言，都别具一格，又都想象恣肆，还总关人情。尤其他的语言，那是从先秦至唐宋诗词歌赋的经典语言创化而来，古雅又鲜活，还有生活中随处可见的俗语活用。也许莎翁戏剧存在翻译问题，而汤翁就没有转译失分的可能。我觉得汤显祖的"玉茗堂四梦"，是承继了屈原、李、杜，以及苏、辛的精髓，他把他们的神魂华彩，化入了一出一出的戏份中。我不知道观戏人的感受，以我阅读的体验来说，那真是一个个、一出出绝妙至极的表达。"因情成梦，因梦成戏"，其实"梦"只是戏的借代，而"性情"才是他戏的至高理想，"性情"主于何，归于何，"四梦"各有不同，而《牡丹亭》则打通了生死间所有的樊篱，"一往而深"的挚爱纯情的力量，创造出了独一无二的具有深刻又博大的人文关怀的境界，令我感佩唏嘘。

400年来，汤显祖"临川四梦"为什么能久演不衰并获得业内外的高度赞誉？以我一个读者的感受来看，或许这四剧皆有极境的不同表达，而这个不同的表达又都深刻地触及了人心的不同侧面，也就是说汤氏触及人心，深深地引发了人们的共鸣，形成了对人心灵的呵护、关怀与抚慰，因此才获得了人们深深的喜爱与人们口传心授的流芳百世。汤显祖自己说：一生"四梦"，得意处唯在牡丹（指《牡丹亭》）。那就以杜丽娘与柳梦梅"情不知所起，一往而深"的死生之恋为例吧？我猜想，这一对有情人的故事，贯穿着美丽动人的情之华丽的细致入微的表演，把失去性情寄托的生之无趣，与获得了性情之后充实的死之快乐，完全打通，融会贯通，展现得淋漓酣畅，使得阴曹地府并不可怕，鬼魅魍魉也非恐怖世界。汤显祖以他美丽的想象，创造了一个千百年来未有之生死性情之恋的、感天动地的、大爱无疆的世界。这或许才是明代的汤显祖与宋代的王安石，虽同是临川乡贤却有着不一样的"济世良方"的体现，王要"革故鼎新"，而汤要"抚慰人心"，完全不一样的志趣，却也都是济世之壮举。汤显祖的方式是用人们更易于接受，甚至喜爱的戏剧方式，春风化雨，美育陶然，来实现他"士"之"达则兼济天下"的使命担当。为什么奶奶给我讲了讲杜姑娘与柳公子死生之恋的故事，我对死亡的恐惧就消失了呢？半个多世纪过去了，那是汤显祖创造的超越死生之性情爱恋的故事，弥漫在九州、缥缈于三山五岳而又跨越时空的艺术效果啊……

"杜丽如何朱丽叶，情深真已到梅根。何当丽句锁池馆，不让莎翁在故村。"这是另一位戏剧大师田汉，1959年在"汤家玉茗堂碑"前所作。看来汤显祖至性至情至爱至极的《牡丹亭》，情深到梅根的表达，还真是莎翁无法比拟的。告别临川的那个早上，抚州一位司机来接送我去机场，他眉清目秀，轻启车载录音，一边放，一边哼。我问："你哼的是昆曲吗？"他说："《牡丹亭》片段。"我想，这大概就是绿叶对根的思念吧！

2023年6月21日于京华

遍地风流
——济宁三日

风流，《辞海》上有八种释义。概括起来有：风采特异、才华横溢、自成一派、放浪不羁、不同凡响、笃厚疏阔、流风余韵、仪态洒脱、倜傥豪迈、情色卓然等。当代著名哲学家冯友兰概括得简单，也深奥，就八个字，四个词，即"玄心、洞见、妙赏、深情"。每个词都可以单做一篇文章，而合起来，就是一篇阐述风流的大文章，引得无数才子纷纷启心动智、挥毫书臆。而济宁给我留下的印象，恰恰也是这"风流"二字。归来半月有余，每每想起任城、曲阜，想起济宁的历史风华、人文情色，就不断地令我玄思冥想，那不仅是帝王将相、才子佳人的荟萃之地，更是先圣鸿儒、诗人作家播撒思想与文明的人文初肇之地。济宁三日，虽不敢说洞见了至圣先贤的哲慧心、诗文心，却也赏得了些许风物情色之妙处，产生了难忘于此之山山水水的深挚之情……

第一日：4月17日

我是从景德镇出发，在上饶转换高铁，经过五个小时飞驰到达的曲阜。因为没有直达飞机，且要中转，加上候机时间，其实还不如乘坐高铁，转一次，不出站，之后上车，就可以高枕无忧地抵达。的确，高铁比飞机便捷，在我们祖国的大地上穿行，我有一种史无前例的自由自在且宽松裕如的感觉，只要你想去，手机上点几下，就办妥了一切出行手续，而且准时。这大概就是世界通用的流行语——自由行吧？

那天下午4点10分左右，济宁市委宣传部的梅长智与司机徐鹏就接上了我。在去市区的路上，我问二位："除了三孔圣地，咱济宁还有什么历史名人名胜呢？"他俩几乎异口同声地告诉我：还有李白、杜甫、贺知章，写《桃花扇》的孔尚任，等等，他们都在咱济宁生活过。其中李白一家，就生活了23年之久；孔尚任也两次归隐并终老于此。"当代的名人有吗？"小徐脱口而出："乔羽呀！我接待过他，人特别和蔼，还是我们济宁口音，一点儿没变。电影明星靳东，也是咱们济宁人。""还有吗？比如当代的作家诗人？"他俩沉默了。

其实，在我心中，济宁还有一位当代的经典诗人郭路生，即食指。他1948年生人，1971年参军，1973年退伍，后患精神分裂症，1975年病愈。他写于1968年的诗歌《相信未来》《这是四点零八分的北京》与写于1979年的《热爱生命》等，曾经风靡全国，产生了巨大的反响。我作为北京市作家协会的理事，曾经多次与他相见，一起参加采风。记得世纪之初，在北京门头沟状元村采风，晚上入住龙泉宾馆，我和树才在他的房间里谈诗。他直陈己见：新诗一定要有韵律，而且要尽量押韵，尽量整齐。显然，他对新诗的不讲究，没规矩，很不满意。他说：诗，凭什么是诗？就是它不是大白话，是有规定性且有韵律的高度凝练的文字。那晚上，他激情澎湃地给我们诵读了他的新作《暴风雪》。他有一张"国"字的脸庞，身高一米七八以上，朗声笑眉，言语间有一种挚爱的深情于诵读的诗句中款款流溢，而他的眼睛也随着一个字一个字的诵读而发出奕奕的神采……在百年新诗的史册上，食指绝对是入典诗人，而且不是一般的提及，而是有一章一节的诗人——他是济宁的土地上生出来的诗的精灵。他说他的诗，是"窗含西岭千秋雪"的"窗"，是时代、是历史之"窗"，每首诗，都可以见到时代、历史的"千秋雪"。正如他在"文革"的大风暴中，写下《相信未来》的心誓所展现出的历史逻辑，与之后写的《热爱生命》所揭示出的对生命的珍爱，等等，都让我们看到了他的那颗心与一个时代脉搏同频共振的怦怦跳动之声。他是济宁的老娘土养育出来的一位必将传世的诗人，是具有时代标识度与辨识度的诗人。我不知道他的老家济宁鱼台有没有他的纪念馆，要有，我一定要去观瞻。据我所知，食指仍健在，现居北京，今年75岁。为人低调，不爱抛头露面，诗坛上几乎没有他任何消息，像金子，你看不看他，他都在那里——金灿灿地存在着……

"王老师，到了。"

我以为到宾馆了，结果，是把我直接拉到了太白楼，而且一拉车门，太白楼的负责人带着讲解员，已经站在了我的面前。济宁的采访工作已经开始了。

猛的一下要朝觐诗圣李太白，我一点准备都没有。不过，我有足够的敬仰与敬爱。拾级而上，进入城墙之上的景园，只见一座二层楼的檐下中央，白底黑字写着"太白楼"三个字。首先，我绕着全楼仰观一圈儿，对墙上的颂联逐一敬诵。关于这座太白楼，介绍说是唐代贺兰氏经营，李白"常在酒楼日与同志荒宴"，公元861年吴兴人沈光为该楼篆书"太白酒楼"匾额，作《李翰林酒楼记》而得名。公元1391年，左卫指挥使狄宗重建太白楼时，将"酒"字去掉，遂成"太白楼"。而我却在心里嘀咕不止——去了"酒"字，李白还是李白吗？

此楼建在三丈八尺高的城墙之上，坐北朝南，十间两层，青砖灰瓦，游廊环绕，斗拱飞檐，雄伟壮观。占地六千平方米。正厅有李白半身雕像；二楼正厅有明人所书"诗酒英豪"，下嵌李白、杜甫、贺知章全身阴刻的"三公画像石"，李白居中，体态典雅，眉目俊秀。然而我最感兴趣的，是楼下东面空地上李白手书"壮观"二字的石刻，这两字完全打破了我对李白书法的想象。我想象的李白书法，应该是怀素式的狂草，一如李白诗中所绘："飘风骤雨惊飒飒，落花飞雪何茫茫。起来向壁不停手，一行数字大如斗。恍恍如闻神鬼惊，时时只见龙蛇走。左盘右蹙如惊电，状同楚汉相攻战……"以我的想象，李白的字就应该如此恣肆汪洋般"一行数字大如斗""时时只见龙蛇走""状同楚汉相攻战"，而不是展现在我眼前的这块"圆融周正""端庄拙雅"的"壮观"石碑。他的字必须是怀素式的狂风骤雨，而不应该是苏东坡式的大腹便便。蓦然间,我想起了李白的《上阳台帖》,那帖上的字,也不够狂,只有少许的挥洒,而且也是有限度、有克制的张扬。这倒让我玄想了起来:也许我们想象的李白,比如浪漫,比如轻狂,比如俊逸……这许许多多的比如,事实上都不是李白,而恰恰这个"圆融周正""端庄拙雅",才是李白?或种种我们想象的李白,仅只是李白的一个个侧面,我们统统想偏了,而忽视了圆融通达的李白,端庄周正的李白,粗壮细腻的李白,拙朴雅致的李白?在现实生活中,我们不就常常遇到这样多重性格与多个侧面的人吗?拿我自己的故事来说吧,记得二十多年前评论家雷达就对我说:"认识久辛这么多年,我就想象不出《狂雪》是出自久辛你之手。"我问为什么。他说:"我想象的《狂雪》的作者,最少应该是个五六十岁的狂老头子。"而当时我也就三十啷当岁啊。可见,主观臆测式的想象,永远不可能与真实的人物对上号。由此,我想给出一个参观太白楼后的感悟:我们不能以李白瑰丽的诗篇去想象李白,更不能以李白的理想与艺术的高峰去想象李白,李白其实是一个有着丰富的多重性格的人,他的狂放是一个侧面,而他的圆融,也应该是一个侧面,他是我们所有人不同的想象造就出的一个伟大的诗人,他有如神的精神境界,也有凡人一样的各种各样的优缺点。这样想来,我觉得就与他更亲近了,而济宁太白楼下的这块稀世珍宝——李白所书的"壮观"碑,也许就是引领我们走进李白真实内心的一扇辉煌的金阙。嗯嗯,去吧,去欣赏李太白另一面的圆融周正,另一面的端庄拙雅吧,或许这样的李白更丰富、更有魅力呢？

  本来，我们应该回宾馆吃晚饭，可是我因为在高铁上没有吃午饭，所以参观完太白楼，我的肚子已经咕咕叫了，便坚持要在街边随便吃点什么算了。长智与徐鹏也看出我的心思，于是，便把我带到了竹竿巷的林家湾炖鱼店，据说是非遗名吃。这个炖鱼，并非大鱼，而是小鲤鱼，或小鲫鱼，用面裹了后先炸，后倒入放了各种佐料的老汤中炖出来的。我们三人，一人一碗，每碗有七八条小鱼，以及切成小块儿的大饼。一口鱼肉一口泡饼，这滋味还真是独特。小鱼肉嫩，而炖得又烂熟入味儿，这样的吃法，我还是第一次遇到。小徐还要了老味酥肉和炖萝卜、炖豆腐等，都是无须大嚼大咽的饭菜，软，柔，散，入口稍转轻嚼，便可下咽，真是味浓可口。我又要了瓶二两瓶装的小酒，无须杯盏，直接拧下瓶盖儿就仰脖子喝了。那种轻闲随意的美妙在心中荡漾，吃一条鱼，嚼一口饼，嘬一嘴小酒，那酒那鱼那饼，就混合着佐料的汤汁一齐下咽肚腹，瞬间便品尝到了济宁的滋味儿——好不快意啊！二两酒后，微醺已至，而月已上天。想想李白与食指在济宁生活时，肯定也常吃这样的炖鱼，便有一种贯通古今的悠悠之情，悄悄从心底升起。好呵好呵，济宁，有味道儿。

  画舫启动了。沿着古运河徐徐而行，两岸灯盏，赤橙黄绿青蓝紫，变幻着在树干树枝树梢头闪烁，倒影涟漪，拉长了彩色，轻轻铺在河面上，却又被我们的画舫，剪开成了两半，一半是彩影晃悠，另一半还是晃悠着彩影，而两岸"运河记忆"中的各种商铺小店与美味小吃，便沿岸展开……舫内的桌几上，有济宁的各式甜点和啤酒，河上与岸边游人的夜生活开始了吗？

晚饭后，长智告诉我："今天省里来了几位作曲家，晚上安排了夜游运河，如您还有兴致，可以和他们一起玩玩。"我思忖：刚刚吃了李白食指吃过的炖鱼，再游一下李白食指泛过舟的古运河，岂不美哉？更何况是搭便车，不用再安排了。便应："好呀。"就这样，便与省里来的作曲家们同舫夜游了古运河。

从东大寺上舫，至会通桥折转，两岸的人间烟火气与灯影里的诗情画意融合在一起，让我不能不设想：若李白再世又会有怎样的激情飞扬的诗句？若是今晚画舫上遇到了老朋友、诗人食指，他又会怎样朗诵他的《相信未来》？那一河的彩影深情，可否令唐人李白沉醉，今人食指忘情？反正我是痴了，望着浮光跃彩的河水，想到了《清明上河图》上下的游人，他们若是不老，又会怎样感慨万千呢？我们的画舫本身，不就像一首长长的诗吗？载着千年的李白与不朽的市声喧哗，缠绕在古城济宁，无须举杯邀明月，明月始终在河心。我想，如果李白还魂，也会为我的洞见而狂生欢喜之情吧？而老友食指若在舫上，他一定会以家乡人自居，非灌我个酩酊大醉不可啊！

第二日：4月18日

早上洗漱，发现我的左嘴唇上，生了一个红疱。那一碗林家湾炖鱼果然"火"力凶猛呵。司机小徐说："王老师，没事儿。咱不在宾馆吃了，我带你去王记粥铺喝白粥，下火。"

端上来了，又是一大碗，乳白乳白的粥，还配了油条、泡菜和卤好的羊肉片。小徐说："这粥是小米和黄豆磨成粉，去了渣，熬的。和你们北京的豆浆不一样，你尝尝？"果然，入口味道里，没有豆味儿，似乎与小米粉融合后，黄豆的腥气儿没了，却生出一股子淡淡的鲜甜。泡上油条，就着羊肉泡菜吃，既有肉香，又有泡菜的脆咸，之后喝几口粥，嗯，这又是济宁独特的味道，而且营养丰富。难怪，大早上起来，满大街的小摊前，都是赶早喝粥的人。我想李白一家为什么能在这里生活23年？生活成本低，又吃得实惠，而且味美——哪还舍得轻易就走呢？

朝拜孔庙，是我此行的重要目的。虽然我2017年匆匆忙忙来过一次，但是当我再次来到曲阜的时候，内心仍然升起了虔诚的敬仰与反省忏悔的真诚。我这个年纪的人，大都参加过"批林批孔"，那时年幼无知，在根本就不知道孔子为何方神圣之时，就在学校的组织下，投入了大批判的行列。若干年过去了，当我认真研读了《论语》之后，才开始感受到他的博大，尤其是他的"有教无类""因人施教"与"仁爱"等思想，引起了我的共鸣。那天，在曲阜作协惠春锋的陪同下，来到孔庙那"万仞宫墙"的拱门，我双手合十，庄严肃穆，内心默诵着孔子的名言:"政者正也,子帅以正,孰敢不正?"我50岁以后,在家练毛笔字,写得最多的四个字是"持正守中",就是受至圣先师的影响,努力纠正自己少年激情、偏好极端的毛病。穿过拱门,就看到了"金声玉振"牌坊。那笔力雄劲的四个大字,出自《孟子》,是明嘉靖十七年(公元1538年)著名书法家胡缵宗题写的。意思是:金声而玉振,以击钟鼎而发金声始,击磬石而发玉振韵收,以此象征孔子思想的集大成并赞颂孔子的巨大贡献。再经"棂星门""圣时门""弘道门""大中门""同文门""大成门",便进入了"大成殿",仰望"圣府",我三拜至圣先师,祈愿人格健朗,精神矍铄。在"孔宅故井"前沿,我俯身探望井内情形,只见井下清水如镜,明明晃晃,反照出我的脸面,内心不禁感动莫名,启齿开口便发心声:"至圣先师,小的我来拜望您啦,您看到我了吗?我要做您永远的学生,希望您能收下我这个不才的隔世弟子。"井壁回荡,嗡嗡颤颤,仿佛有大耳如天的阔野,将我渺小之心纳入。哪怕是一厢情愿呢!我亦感恩圣师,心满意足。这一幕,被惠春锋老师发现,他忙"咔嚓"一下,用手机拍下了这难忘的瞬间。

在惠老师的引领下,我来到了孔子75代孙孔祥胜先生主持的孔子书画院。孔先生低调谦和,却不失热情地接待了我。这是我平生第一次近距离与孔子后人相交,内心的敬畏与虔诚,无以言表;显然,孔先生亦是儒雅书生,也显得有些拘束。我们握手落座之后,都不知从何说起。我看到书案上有纸笔砚墨,便小心地问他:"我们笔谈如何?"孔先生显然非常开心，连连说"好"。立刻为我铺纸并请我选笔。我选了一支大号羊毫，饱蘸浓墨，写下心底升起的四个大字："敬仰先圣"，署久辛名，免掉王姓。孔先生走上来连连说好，接过我递过去的笔，凝神静气，为我写下了三个大字"仁者寿"。"仁者爱人"呀，孔先生书教我了！我理解的"仁"，就是对世界无微不至的关怀，就是永远的深情至爱，就是至此可达"无量寿"，而非人生命的短长。只言片语，直抵天穹。

如果要概括孔子的一生，用"弟子三千，七十二贤，述《论语》"，便可以清晰地看明白。就是说，先圣乃一位教书先生，而且毕生为之奋斗不息。所以说到孔子，我就有一种天生的亲近感，因为我的母亲，我的妹妹，甚至于我的妻子，都是教书育人一辈子。我虽然前半生搞新闻，后半生做编辑，那其实也是集纳自以为是优秀的文化，推广之，写作之，为化育人心而工作的人……说到底，那其实也是教师的角色。在孔庙"杏坛"，我再次双手合十，念想着母亲，以敬仰热爱之心默默心诵：先圣精神，山高水长，我有子侄，永续无疆。作为教师之子，我想：今生能到孔庙孔府一拜，不敢妄言，此乃真真切切的三生有幸，可以说是不负今生了吧？

下午，惠老师告诉我：济宁泗水县中册镇，有一个小李白庄村，据说此村不大，但人人作诗，而且相传李白的族人，就在此地繁衍生息，问我是否有兴趣。我当然有兴趣了。李白乃我们中国诗人当然的诗祖之一，今生若有幸能寻得他的芳踪，哪怕是正宗的后人，不也是一大幸事吗？说走就走，车很快就进入了泗水县境，越过无数阡陌，便进了村。遗憾的是：我们在村子里转了半天，街面巷子也没见到一个人。村委会对面的墙上，看到了不少村民写的诗；还看到一块高达十米的广告牌，牌上写着"李白氏族，始祖祖林——这里曾经石碑林立，古树参天"。下边是两行小字"李白家谱记载：李氏始祖奉时于宋代先后徙居中册四村、二村、故县、韩家庄、丑村等9个村"。我估计，这里写的几个村名，应该是今天的名字，为了便于理解，以地界范围内的现在地名标注。在广告牌后，是推土机刚刚推出来的一片空地，周围都是高大的塔松和杨树，右边树下，我看到有10来块丢弃的残碑，便赶紧跑过去，仔细辨认着碑上的文字。但终因风化与磨损得太厉害而无法辨认。可以肯定的是，这里的确有不少古代的碑石，说明这个地方曾经是文华丰茂之地，而是否与李白、与李白后人播撒了文华的种子有关，我就不得而知了。不过，可以看看小李白庄村民的诗，也许会有收获？

题泗水李白村
姜一白

幼读床前明月光，不知何处是他乡。
诗仙足迹千山外，血脉传承李白庄。

泗水李白村
张兆庆

碣石遗篇胜有声，流连忘返满诗情。
泱泱文脉传千载，泗水韵飘花木荣。

题泗水李白村

杨玉忠

画廊石刻字如云,上有惊天动地文。
创建诗乡承祖志,谪仙泉下亦沉吟。

寻踪觅迹

宋 斌

太白诗魂历久辛,文人墨客觅其缘。
青莲踪迹何须问,东鲁汶阳泗水边。

…………

从村民的诗中我可以感受到:当地百姓对于李白一家及族人在此繁衍生息,坚信不疑。从村委会门前立着的另外几块小点的牌子,即"太白酒楼遗址""龙门山灵光寺""汶阳县城子顶遗址""李白学剑处""白云庵遗址"介绍,也可以看出村委会为求证李白及家人族人在此生息下了大量的功夫,刨根问底,引经据典,其心可鉴。他们找到了可能是李白当年开办的"太白酒楼"所在地,甚至将可能的李白学剑处也划了出来。想想看,李白在济宁生活了23年,是有史可查有据可考的事实。这么多年都是在哪里过活的?难道没有一点踪迹、印迹、痕迹留下来吗?李白那么多辞采飞扬的诗文,难道没有一篇一首诗文流溢出一些蛛丝马迹?乡里乡亲们不信,我也不信啊!终于,《太白集》里的一首诗泄露了天机。

寄东鲁二稚子
〔唐〕李白

吴地桑叶绿,吴蚕已三眠。
我家寄东鲁,谁种龟阴田?
春事已不及,江行复茫然。
南风吹归心,飞堕酒楼前。
楼东一株桃,枝叶拂青烟。
此树我所种,别来向三年。
桃今与楼齐,我行尚未旋。
娇女字平阳,折花倚桃边。
折花不见我,泪下如流泉。
小儿名伯禽,与姊亦齐肩。
双行桃树下,抚背复谁怜?
念此失次第,肝肠日忧煎。
裂素写远意,因之汶阳川。

李白于公元744年离开长安,开始第二次历时11年的漫游。这首寄怀诗,是李白游历金陵时所作,约在公元748年,全诗写出了诗人在漂泊中对家园儿女的思念,读之令人动容。其中"我家寄东鲁",写的正是李白大约在开元二十八年(公元740年),从湖北安陆举家暂移并寄身在"东鲁",即兖州任城,也就是今天的山东省济宁市的史实;而其时,他的发妻许氏刚刚逝去。所以李白非常牵念他的一双儿女。接下来的一句，"谁种龟阴田？"是有温度的叙事：我漂泊在外，家中儿女尚未成年，没有人手，龟山北面的薄田谁来帮孩子耕种呢？太让人放心不下了。而之后的"南风吹归心，飞堕酒楼前"，就是状写具体的"家"的形象，而"娇女字平阳，折花倚桃边""小儿名伯禽，与姊亦齐肩"就是"家人"的栩栩如生的展现了；再看"念此失次第，肝肠日忧煎"，则写出了李白日思夜盼儿女的忧心忡忡与熬煎之心疼了。于是乎，他便"裂素写远意，因之汶阳川"，大诗人伤感至极，却只能如此"裂素"，即撕一块素绢当纸，写封信赶快给孩子寄回去。如果我们把这些句子连在一起来推论，那么李白的《寄东鲁二稚子》，则充分证明——这里的确是李白及家人、族人曾经在此居息续种的地方。

是的，这是一方圣土，有诗为证，而且是居主李白公之于众的史有明白记录的诗史之证，我确信。一如"李白故里"之争，怎么能不顾李白自己怎么说，而非要牵强附会、生拉硬扯呢？在李白的诗文里，就有3篇说到了自己的家乡。一是《与韩荆州书》："白陇西布衣，流落楚汉"；二是《赠张相镐二首》中的"其二"云："本家陇西人，先为汉边将"；三是《上安州裴长史书》上说："白本家金陵，世为右姓，遭沮渠蒙逊之难，奔流咸秦"。这里的"金陵"所指，乃西凉"建康郡"，即甘肃兰州一带，其实古时候，就是统称的陇西。所以，考证李白的出生地，当然要以李白这个当事人自己的叙述为根为据，诚如李白在济宁生活了23年，那亦是有诗为证的,岂能轻易移易之?而具体是在任城?还是在泗水?抑或在兖州?在我想来,这都有可能性。因为23年是一个庞大的时空,而李白又是一个喜欢游历迁徙的诗人,在济宁这块文华丰茂的地方,他东西南北中,各处都住几年,是在情在理,非常可能也可信的,完全没必要偏执一域,聒噪不休。

那天下午,我还参观了民间收藏家高成丰的汉文化博物馆以及济宁印社和曲阜印社。在博物馆,我欣赏到许多刻有古代人物及神兽花鸟的汉画像石,这些原来在朝堂庭院与墓室墙壁上的石刻,历经时光岁月的打磨,已经斑驳残损了许多,但那个个人物的造型与神兽花鸟独特的样貌,还是让我驻足良久。尤其是看到金石书画大家程风子为汉画石刻拓片所做的考辨题跋,犹如为后人理解前人,开辟了一条通道。往往几个字,就泄露了天机,点明了画中的内容,使人一目了然。要是没有他的考辨点醒,猛一看,只见一个躬身作揖的人,带着一排人向另一个人表达致意,还真是弄不清汉画石上刻的是什么。而程风子仅用五个古拙的字"孔子见老子",就让人一望而知,点出了画中之意。端详其上空白处的瑞树、神马和上下的边框花纹,就使人感受到了古人的庄严肃穆、高雅恭谨的相会礼俗。真可谓:《礼记》之风,高山流云;念我先人,雅极之至。还有诸如"胡人刺兽图""武士论剑图""五灵献兽瑞吉庆有余图""丰行天下"等等,赏拓图,观墨迹,悠悠古意,清清书思,均为凝然神思,古今合璧,而动心起念之艺术创造,程风子令我感佩敬仰,唏嘘不已。

其实，我曾在河北保定收藏家刘希乐的徽派建筑收藏馆之程风子工作室，欣赏过程的金石篆刻书画及画在瓷上烧制出来的作品。程风子用笔用色，都是"胆大包天"、登峰造极，却又不失古雅。今欣赏他为汉画石所做的题跋，始知他学养深厚，又灵气飞动，既点石成金，又超凡脱俗，真是独树一帜的大家。程风子1964年生，安徽阜南人，国家博物院文物鉴定中心书画鉴定组专家成员、中国美术家协会敦煌创作中心副主任、三峡大学艺术学院客座教授。可惜英年早逝，未及全功。没想到，我在济宁又看到了他另一面的才华，幸甚之至矣。

之后，我们又驱车前往汉魏碑刻陈列馆，尽管奔波一上午和一下午了，但进馆不到10分钟，我的疲惫不堪就渐渐消失了。那是我看到了自己少年时代，在书法老师陶爷爷的指导下，临习过的《乙瑛碑》《礼器碑》《西狭颂》等珍贵无比的原石碑刻，我真是做梦都想不到，那犹如神品的碑刻，此时此地就耸立在我咫尺之距的眼前，50多年过去了啊，以为此物只应天上有，没承想，它竟然一直都在凡尘间，我真是热血灌顶，从上到下从里到外，都有一种"他乡遇故知"的热烈之感，哪里还有一丝一毫疲惫呢？

第三日：4月19日

我老远看到流苏树盛开的云锦般灿灿的银花，像大朵棉云堆起的仙山飘降人间、扑入眼帘。我顿时就被惊艳到了。

不住口地问小徐："这是啥树？啥树？真是没见过。"小徐说："流苏。""啥？""流苏！"我忙打开手机的摄像功能，围着这棵令我倾倒的流苏树，从远到近，从上到下，从左到右，从一团到一朵，从一朵到一瓣儿地拍了起来……这树！得憋闷多少年的美好，储存多么宽广深厚的爱恋，抑或承受了多么巨大的冤屈，才能一放就是雪压冬云霜漫天啊！那白至清纯的净，那纯至银白的亮，那雅的素艳，那艳的素雅，似魔魂般劫夺了我的心。正是"人间四月群芳尽，唯有流苏盖雪云"。300多年的古树流苏——皑皑如白雪盖山，高耸壮观，纯洁无瑕；纤纤如银丝垂帘，含羞欲语，楚楚动人。这就是济宁戴庄苋园内唯一的流苏树，植于清乾隆年间。这是我平生第一次看到如此高大威猛，又纤细壮丽的流苏树。济宁的地力，又一次以它独一无二的美，让我想到了那个虽俗气却准确的词，真是——人杰地灵啊！

在孔子故里，我无时无刻不感受到文化底蕴的博大深厚。在成立不久的济宁印社与曲阜印社，我听说申请加入印社的社员有好几百，而且后继者仍然络绎不绝。按说，金石篆刻之术，是一门比较冷僻的艺术，各地学习的人始终不多，远不及书法绘画热闹。中国最著名的西泠印社，已有120年的历史了，但是截至目前，也只有500余名会员。据说，他们发展会员极其严格，始终遵奉宁缺毋滥原则，每年只吸收10~20名新会员；而济宁印社与曲阜印社合起来，竟然有好几百社员了。他们把金石之学当作业余爱好，没有高不可攀的讲究，要的是一种生活，一种研习技艺的心性情操，一种品味人生的方式。孟子曰：充实之谓美。他们追求的正是孟子之美，充实之美，美美与共，人人皆美。我这样理解他们，是不是有点儿高大上了？

或许吧？为此，曲阜市委宣传部部长李芳同志特意带我去参观了孔府印阁篆刻集团。这一次，更开了我的眼。据李部长介绍：他们集团每年创收纯利润两个多亿，别看只是一方方小小的篆刻印章，他们平均每天可接纳25000个订单，仅书画印章，就有五六千单。今年的情况，自3月份起，逐日上升，预计8月开学季，可达最高峰。这简直让我无法想象。在员工的工作间，我留心观察了一下，在这里工作的师傅，几乎都是清一色的年轻人。为了排除干扰，年轻的师傅们都戴着耳机，难道是一边听着音乐，或听着长篇小说，一边刻印？望着他们那专心致志、一丝不苟刻印的样子，我觉得这就是孟子之美或充实之美吧？主管刘奇告诉我说：他们集团现有1000多员工，有一半都是篆刻师傅。"哪儿来的这么多金石高手？"我问。他答："招的呀。"就是说他们集团现在就有500多名金石篆刻师傅，相当于一个西泠印社会员的总数了。乖乖，叹人间奇迹，真真伟哉！过去，这些年轻的师傅们，散落在各犄角旮旯，靠接点临时性的零星活儿干，收入低不说，还很不稳定。现在，他们来公司上班，计件取酬，活儿干不完，钱也挣不完，而且比集团高管的工资还高出一截子。刘奇说："我们集团已经建了员工宿舍，离家远的可以在这吃住，非常方便。"这一方圣土，其深厚的文化底蕴，给了人杰地灵的曲阜一个这样的商机，不仅拉动了当地的经济，而且为青年才俊的就业，开辟了一条新路。由此，我也想到：传统文化蕴含着无限的可能性，也许我们继承得越多越深越广，就越有创造的时空，就越能开拓宽广无限的共同富裕的道路——孔府印阁篆刻集团，为我们提供了一个"圣地样板"。

在济宁，在曲阜，我总觉得这儿人的口音，与我老家河北大名人很相近，后查地图才知道，老家门前的卫河，后汇入运河，我估摸着流入济宁后，又一起流到了天津。老家人在济宁的码头上，难免吃五喝六，晨昏互答，耳濡目染，习以为常，自然而然地就形成了你中有我，我中有你的相近口音？大差不差吧？想象一下运河上下的人来人往，车水马龙，人们一定都非常匆忙，包括吃饭，大约也是快餐式的。中午，长智和徐鹏按我的要求"吃街边饭"，把我带到了建设路的"济宁名吃：天下第一干饭——甏"店。出于好奇，我特意跑到操作平台看了看，一个长条案上，摆了十几盆热腾腾、香喷喷，提前卤好的猪肉、牛肉、鸡、鸭、鱼、牛丸、鱼丸、排骨、豆干、豆腐、肉皮、萝卜、青菜等等。待小徐揣着各样点好的饭菜，招呼我回座位一看，我就明白了：原来吃法非常简单，就是将带着汤的各种卤好的鱼、肉、丸、菜往米饭里一浇，如汤少，再舀两勺汤浇在米饭上，拌拌，就着吃。这种吃法，对于当了一辈子兵的我来说，那就太对胃口了。于是乎，我鼓动腮帮子，呼里哗啦，大嚼大咽一番，酣畅淋漓，大快朵颐，用了不到10分钟，就吃了个肚圆油满。餐巾纸抹嘴，走。在车上，我对二位总结说："果然不出我之所料，这个

'氅'，就是运河快餐，营养，可口，便捷，与前晚上吃的林家湾炖鱼一样，免了一个菜一个菜地烹饪煎炒，提前卤好，客人到了舀几勺子，就什么都有了。对于过去在码头上扛大包、现在打工赶时间的人来说，选择这样省时省事儿又可口实惠的饭菜，绝对是最佳方案。"

曲阜的大名，享誉国内外。所以在我心里，济宁一直都是曲阜的一个县。到了济宁才知道啊，刚好相反，曲阜是济宁的一个县级市。这着实让我拧了眉头。且不说孔府、孔庙、孔林驰名世界，仅仅一个石门山，就留下了始皇大帝、老子、孔子、李白、杜甫、贺知章、孔尚任等等叱咤中华的千古风流人物的足迹。我是心向往之，心向往之啊……

在石门山，我们寻蹊而上，给我印象最深的，是溪边两壁垂吊下来的古藤，粗壮古怪地缠绕在蹊径的石阶上，时不时就要拦腰阻止我们前行，于是，我们便不得不将粗壮的藤蔓抬起，低头钻过去，或高抬腿跨过去。虽然路是条石铺的，结结实实，但要登上这座海拔400米的小山，却也让我汗流浃背，累得气喘吁吁了。石门山镇90后的党委书记刘海韵介绍说："保护好景区原始样貌，一直是我们努力的目标，决不能看着有点儿乱，或觉得不够现代，就砍就搬就铲，弄得表面光鲜，却失去了自然而然的古时候的样貌。这条上山的条石小路横陈了许多古藤，我们全都保留下来了。这座山上，值得仔细看看的地方不少，有老子讲学处，孔子修《易经》处，子路投宿处，李白、杜甫燕集告别处，秦始皇登泰山祭天地的黄土台，有尧王墓遗址，有清代文学家、《桃花扇》作者孔尚任两度隐居处等。您看吧，除了依据专家论证的意见有过一些修改，你们现在看到的各处景观，基本上都是原来的样貌，我们只负责维护和及时打扫卫生、清理垃圾，能不动的尽量不动。您看看吧。"但是，我只有半天时间，要想都看完，那时间肯定是不够的。怎么办呢？看来，我只能就时就近了。犹豫不决间，又被粗怪的古藤挡住了去路，手抚胳膊粗的古藤，忽然间就想起了孔尚任的咏石门山的诗作，看来我们今天所走的山蹊小路，就是当年孔尚任两度隐居于此，若干年内天天要上上下下经过的路？孔诗云——

　　山尾山头拖翠长，吟鞭摇雨路苍苍。
　　不成村舍三家住，稍有田塍半段荒。
　　铺地云容如海市，遮天峰势似边墙。
　　溪回岭转无穷态，直到门前见夕阳。

　　这诗第一句中的"拖翠长"，指的不就是藤蔓逶迤于地吗？第二句中那"吟鞭摇雨"，不就是指的古藤缠绕，像鞭子一样，被风雨刮得摇过来甩过去，摇晃着击打雨帘，而漫长的雨帘使路途显得更加苍茫吗？估计刚才一路上遇到的古藤，当年孔尚任来前就有了，而且一直长到了今天。从这首诗后面的句子，也可以对照眼前山蹊两面的岩壁，想象当年与现在变化无多的情景。"不成村舍三家住，稍有田塍半段荒。"这溪水两边的确有几间简陋的房屋，房前也真是有点余田、种了蔬菜。可惜的是：那边角上有一半，被碎石掩压而荒废。我估摸着,那房屋肯定是后来又重修过多少遍了,而孔先生所写的情景,按诗索居索田,两相对照,应该是古已有之吧?"铺地云容如海市,遮天峰势似边墙。"这两句勾画出来的情景,只要抬头仰望一下天上卷出的海市蜃楼般的云涛,再看看壁立山蹊两旁的岩崖峭壁,自然就会把岩壁想象成边墙,它们并且阻挡了人们向两边行走的道路。这真是与眼前的情景像极了,这一路,溪水清澈见底,山道弯弯,曲曲折折,两壁千仞峥嵘,古藤一路相伴。"溪回岭转无穷态,直到门前见夕阳。"这两句更明白,说的是:你沿着山蹊回转的小路向上走吧,不要泄气,一直向上走,就能走到山门的高台上,看到夕阳西下的美景了。嗯,想必孔尚任在山中隐居,乃至在这里写出《桃花扇》的第一稿,其间少不了要常在这里登高远眺?说心里话,我喜欢并赞赏孔先生的创作态度与艺术思想,他的戏剧,就像他的诗,是切入现实的,有他对世界、对人的关怀,有批判,有理想,写的是有用的戏剧,是现实的艺术表达,哪怕今天看来,对人生他也是有见地、有深度,亦有尖锐的纯正的表达。想象他当年在此隐居,手捧黄卷,面对青灯,常常要研墨提笔,疾书灵感,我就觉得曾经和他一起读过书,一起下过棋,一起在山上眺望过远方,思念过亲人。嗯嗯,那是一个个多么寂寥的日子啊!足够我们想象奔腾的了。直到今天的此时此刻,我都在替他想:什么时候石门山上,能有一座孔尚任的纪念堂,时不时地上演上演《桃花扇》,让来这里观瞻的后人,再来欣赏欣赏这出戏呢?孔先生是伟大的,曲阜有他的墓地墓碑,还有他的故居，遗憾的是这次我都来不及看了，但今天能在他的故道上遇到了他抚摸过腿跨过的古藤，也可以算是睹"藤"思人，与大先生有过神交了吧？

哈哈，我上至山门时，太阳还没来得及下山呢，我向右边宽一点的小路走去，不远处，就看到了高大的石门亭，走过拱门，七八米外有一块石碑，上面字迹已模糊不清了，据说正是李白与杜甫的告别诗，即《鲁郡东石门送杜二甫》，白诗云——

醉别复几日，登临遍池台。
何时石门路，重有金樽开。
秋波落泗水，海色明徂徕。
飞蓬各自远，且尽手中杯。

在诗中，李白对杜甫说：咱两个把酒话别喝了一天又一天，池台的上上下下里里外外咱哥俩也都游走了个遍，可是什么时候咱两个能再来走走，再来举杯开怀地大喝一通呢？……

人还没走，就开始相约下次的聚饮了，真是好朋友啊！据查，那是公元745年在东鲁的秋天，那是他俩的第三次，也是最后一次的相见。他俩一同寻访隐士高人，也一同去拜访名扬天下的文章大家、书法大家李邕，一直盘桓到冬天，才依依惜别。那年李白45岁，杜甫34岁，都是风流倜傥的好时节，又都是当朝首屈一指的翘楚人物。惠春锋老师提醒我：那边有一座李杜话别的纪念亭，问我要不要去坐坐。当然，来济宁三日了，是该告个别了，更何况能在诗仙诗圣李杜当年话别的地方，与石门山上未曾一一拜别的至圣先贤们坐坐。不同样是美妙得一如在天堂里坐过了吗？坐在那座小亭子中央的石桌前，我想象着两位大诗人互相欣赏、不忍离去的情景，内心涌起了往事越千年而友谊地久天长的慨叹——是的呀！这两位稀世宝典级伟大的诗人，曾经在这座小山上相会揖别，绝对是天造地设的缘分；而我能于千年之后再来为他俩见证，难道不也是一样珍贵的缘分吗？我惜缘。

济宁，曲阜，石门山，钟灵毓秀，人杰地灵，真是集先圣之圣地啊！几乎每走一地，都有圣迹遍布，本来计划好了，要把山上老子、孔子、始皇帝等等历史名胜，都一一朝拜个遍，然而到了眼跟前，却是刚刚探了一个角，时间就都溜走了。好吧，好吧，是要我留下点念想，待以后有机会再来觐见？

2023年5月11日—19日草于京华

桑蚕事纪略

说起采桑养蚕，自然就会想起曾轰动全国的油画作品《父亲》，想起作者罗中立以自己的母亲，含辛茹苦地养蚕的形象创作的《春蚕》，那是足与《父亲》相媲美的另一幅经典之作，人们将之看作是《父亲》的姐妹篇，它也被人称作《母亲》。

20世纪80年代初，我第一眼看到《春蚕》时，被震撼到的程度，不亚于第一次看到罗中立画的《父亲》：母亲满头白发，在灯光下银莹熠熠，恰与竹箩里春蚕通体透明的晶莹烁烁交相辉映。尤其母亲那双大骨节、多褶皱的黑褐色的大手，在银发白蚕的反衬下，更显得历经沧桑岁月的磨损与艰辛劳作后留下的累累印痕之夺目。这幅画，与《父亲》一样，是时代的缩影，带给后人的绘画语言，也许是简单的：生活艰辛，求生更难，再苦再难，也要挺住——这是母亲饲养桑蚕形象的思想光芒。

转眼之间，这幅作于1983年的油画精品，2021年9月25—26日，在"北京保利2021（深圳）精品拍卖会·现当代艺术专场"中，以4174.5万元成交，冠绝全场。虽然比前三次拍卖，此次《春蚕》的价格有所下降。但业内人士指出，这仍然属于抄底价。嗯，仅仅过去了38年，从生活到艺术，从艺术到市场，从市场到收藏，其价值直线飙升，腾空而起。如今，当我们与之拉开距离之后，再来倒嚼生活，再来看看最初的养蚕人，和养蚕的感受和体验，似乎更有余味儿？

其实，说起养蚕，我并不陌生。小时候，打麻雀，抓蛐蛐儿，采桑养蚕，等等，我都干过。而要说起来，采桑养蚕算是最简单的，也是最没有什么技术含量的，却是最磨炼人耐性的活计。记得当年从邻家小朋友处，讨得半张沾满了蚕子的小纸片，用软纸小心翼翼地包起来，揣揣在贴心的小棉袄的热乎处，不用三两天，那子就孵化出了比蚂蚁还小很多的小蚕虫。用干爽的毛笔，将小蚕虫扫入铺好了卫生纸的盒子里，掐些桑叶芽芽喂它，就可以了。切记，那桑叶芽决不能用水洗，否则，小蚕虫吃了会拉稀，甚至会死掉。干爽、通风、温暖的环境下，它会吃得非常快，长得也非常好，几乎一天一个样儿。大约28天，蚕宝宝就能长得通体透明，且有成年人的食指长。就是说，它排净了体内的杂物，就要吐丝结茧了。吐丝时，蚕会选择在盒子的一个拐角儿，一根一根地吐拉过来，一根一根地吐拉过去，把自己缠在里面，包在里面，包缠得严严实实；吐尽最后一缕丝后，也就是"春蚕到死丝方尽"时，蚕就慢慢地变成了蛹；如果有足够的温度，一周内，它就破茧成蛾了；有公蛾有母蛾，待它们交配三五天后，再把提前准备好的干燥的纸张铺好，母蛾子就开始扫子了，一只蛾子能扫出成百上千的蚕子来⋯⋯

那时候我也就十二三岁吧！养蚕最重要的是采桑叶，老话说：前不栽桑后不种柳。每天放学后，我都要四处奔波，到处去找寻桑树，之后采来桑叶喂蚕。每当我将采来的桑叶投放进养蚕的盒子里，看着蚕宝宝啃食桑叶儿，听那沙沙沙、沙沙沙的声音，我都会产生非常奇妙的想象，幻想着蚕吐丝的样子、结茧的样子。那时候养蚕就是养蚕，非常单纯，既不是为了卖钱，也不是为了吃穿，完全是小时候没事儿干的一个"玩儿法"。我不知道，包括我看着蚕宝宝啃食桑叶儿那全神贯注的样子，也是和蚕宝宝一样全神贯注，那是一个完全没有任何目的性的全神贯注，纯如白纸，像干净的天空、洁净的灵魂，给了我一个若干年以后回忆起来，仍然纯洁得像蚕丝、蚕茧一样晶莹剔透的感觉。童年真好，少年真美呀。美好得此时此刻的我，都泪流满面了啊！这也许就是怀念之所以珍贵的道理吧。

或许是吧。一切都是缘分。2023年4月27日10时许，当我在广西壮族自治区东兰县巴畴乡人武部部长、退伍军人莫宏峰的引领下，来到巴英村一个种桑养蚕户、名叫廖美料的青年妇女家。一座三层砖楼的第一层，钻入她家那低矮的养蚕屋时，刹那间，一股子腥腥的五十多年前熟悉至极的气味扑入我的鼻孔，并迅速地弥漫了我所有的感官。那种瓦蓝瓦蓝的青绿青绿的腥涩气息，在我的心头又青绿青绿地瓦蓝瓦蓝地嘹亮起腥涩涩的气味儿，在我所有的记忆中灿灿地闪亮起来……

那是蚕虫啃食桑叶儿时，桑叶儿被咬破流溢出来的汁液和蚕宝宝的口水混合在一起散发出来的气味。五十多年前我养蚕时，天天就被这种气息包围，直入心底，潜存至今，我太熟悉了。那一刻，一种久违的、陈年的、他乡遇故知般的亲切感，自心底翻腾而上，令我瞬间动容。有道是：一切景语皆心语，埋了这么久了，然而一旦嗅到，记忆即刻复活，人也仿佛回到了五十年前一般。我真的年轻了吗？因为没有开灯，一层的蚕屋暗淡了一些，但我依然能够清晰地看到蚕宝宝那贪吃桑叶儿的样子——仍然是五十年前的样子，一模一样，没有一丁点儿、一丝丝的改变，仍然是埋着头，沿着桑叶的边沿儿，一丁点儿、一丁点儿地啃食着……

所谓的"蚕食"，就是这样的。打眼看，那叶儿是完整的，但四边蚕宝宝的埋头啃食，却是勇猛无畏的。一张巴掌大的桑叶儿，竟然在四五条小蚕虫的啃食下，转眼间就成了叶筋梗，真是太可怕了。这是令人意想不到的残酷现实啊！听，听那蚕食桑叶儿的沙沙沙、沙沙沙的声音，低而轻，却执拗又顽强，像前进、前进、进。由此及彼地想象一下人生或人类世界吧？这样的一种小而微，低而暗，轻而坚执不息的精神——蚕的精神，难道不是平凡而又伟大的吗？油画大师罗中立发现过，如今，我又一次感觉到了，这种渺小的坚韧的珍贵与伟大。

蚕农廖美料告诉我：她家养蚕的规模不大，一般从春到夏，可以养九茬儿，那几乎就是一周一茬吧？采桑之忙与育蚕之耗心劳神可想而知；虽然收入在八九千元，全家人的零花钱有了着落，但那毕竟要靠人勤心累地去饲养呀。楼门外不远处，就是廖美料家种的桑树园，打眼望过去，绿油油的一片，养眼，沁心。我小时候可从来没见过这么大的桑树园，都是路边零散的大桑树，结出来的桑穗酸甜可口。我估计，廖美料家的桑穗，肯定也是一笔不小的收入，可惜我没好意思追问。现在北京的超市里，一小盒子桑穗，要卖20元呢。莫宏峰部长告诉我：他们巴畴乡去年有520户蚕农，年产160吨蚕茧，产值700万元。我叹：厉害啊！他说："我们乡这点儿小钱不算啥，别的乡比我们种桑养蚕的规模大得多得多，也比我们赚得多得多呢。"

第二天，我专门向东兰县委宣传部部长黄文江同志了解了一下，他告诉我：全县桑园面积50348亩，分布在14个乡镇129个村民委12439户56610人，覆盖脱贫3015户12641人13066亩。其中，完成桑园低产改造4095亩，比去年2085亩多2010亩增长96.4%；桑园年亩均饲养2.8张蚕，每张蚕种均产出40公斤以上蚕茧。发种量139532张，比去年同期126138张多出了1万多张，增长10.62%；蚕茧产量达5634吨，比去年同期4654.28吨增产979.72吨增长21.05%。2022年鲜茧产值2.74亿元，小蚕共育收入1760万元，养蚕总产值2.9亿元。黄部长预估：今年破三个亿，应该没有问题。

如果苍天真的有眼或显灵，应该可以聆听到那无边无际的沙沙沙、沙沙沙的暗潮涌动的蚕食声，那是地力与人心力借助蚕宝宝的贪吃，发出来的天籁。我不知道东兰县来过艺术家没有，如今要画采桑人、养蚕妇，我坚信，他们的色彩应该比罗中立画的明媚得多吧？因为家家户户富裕了，人人脸上都是春风满面，山绿气爽，色彩与音符，也肯定是斑斓缤纷的，那应该有更多幅的《春蚕》诞生才是啊？我祈愿着。

种桑养蚕，在中华大地有着悠久的历史。据《史记·五帝本纪》记载："黄帝居轩辕之丘，而娶于西陵之女，是为嫘祖。"这说的是轩辕黄帝在西陵娶了个媳妇儿，名叫嫘。唐代王瓘的《轩辕本纪》记载："帝周游行时，元妃嫘祖死于道，帝祭之以为祖神。"这是说轩辕黄帝带着原配的嫘周游各地时，夫人嫘死在了出行的路上，于是祭之为祖神。而《路史·后纪五》记载：黄帝之妃西陵氏曰嫘祖，以其始蚕，故又祀先蚕。所谓先蚕，即为最先教人们采桑养蚕织丝的人，又称先蚕神。就是说，嫘祖乃轩辕黄帝的第一夫人，或可称之为东方养蚕丝织的第一女神，是中华民族伟大的先母。她首创野蚕家养，溉及四方，又倡导婚嫁。嫘祖是推进上古文明最早的教育家、科学家，被祀为"先蚕神"；又因为她巡行全国教民蚕桑而逝于道上，被后人祀为保佑人们出行平安的"道神""行神""路神"。

我理解，这里所谓的种种"神"，并非魑魅魍魉，而是我们心中如影随形、时刻难以忘怀的恩人。从古至今，中国人对土地，对苍天，对一切给予过他们恩施的人物，始终充满了感恩、敬仰、爱戴。最近半年来，我在长篇小说《嫘祖》的作者胡松涛兄弟的鼓动下，每天下午去颐和园散步，几乎天天都要经过蚕神庙，我甚至幻想着哪一天下大雪了，我一定要捧着长篇小说《嫘祖》，在这个庙前大声地诵读，让洁白的雪花像蚕宝宝那样，伴随着沙沙沙、沙沙沙的声音，让嫘祖的精神在我的诵读声中，覆盖大地，沁入人心。

据载，蚕神庙始建于清朝乾隆十五年，即1750年，当时乾隆皇帝为倡导天下"男耕女织"的"勤农"习尚，而特意建造了这座庙；又于清乾隆三十四年，即1769年，亲自考辨订正了元朝画家程棨绘制的《耕作图》21幅、《蚕织图》24幅，加御题识跋共48幅，双钩阴刻上石，历时3年完成。乾隆皇帝还以此为盛事，邀请王公大臣举行盛大的茶宴联句活动。面对石刻上画家精美的绘画与皇上的御题识跋，想象一下群臣的表情，哪怕是阿谀奉承，那主要内容也是对勤农事耕的嘉许礼赞吧？顺便拍拍皇上老儿倡导之功，也是可以理解的吧？可见种桑养蚕自上古时期传下来之后，早已经上升到了"国之大事"的顶峰，马虎不得啊。

可恶可惜的是：咸丰十年，即1860年，这里的所有建筑，被英法联军一把火给烧了个净尽。我们今天所能看到的蚕神庙和旁边镶嵌着元朝画家程棨画作的"画廊"，是北京市政府于2003年在原址上复建的。往事如烟，不想一晃，就是几百年过去了。现在，种桑养蚕在我们中国的大地上，早已成了一种农业创收的补充，而且正在构建完成全产业链上下游的发展模式，东西南北中各地，都有蚕农忙碌的身影。据报道，中国有名的种桑养蚕地区就有：潼南区、石泉县、河池市等等，其中广西的河池市被誉为"中国蚕桑之乡"。

我无比敬仰的大诗人艾青有一句名诗："蚕在吐丝的时候，没想到会吐出一条丝绸之路。"我想：嫘祖当年教人养蚕缫丝，织锦制衣的时候，恐怕也没有想到她的发明创造，会惠及子孙万代吧？

癸卯阴历三月初六，即 2023 年的 4 月 25 日，是中华民族的母亲——嫘祖的诞辰日，河南省西平县人民政府，在嫘祖文化苑举行了隆重的拜祖大典。今我三生有幸，受邀与省委宣传部原副部长张锐女士、省民间文艺家协会主席彭恒礼先生，作为特邀嘉宾，率先向我们的伟大母亲——嫘祖，敬献了花篮。当时，我心潮起伏，激动万分。之后，对前来采访的记者说："任何纪念，都不是单纯的纪念，它必须有一个形式，而祭祖大典，就是一个非常好的形式。今天受邀参加纪念嫘祖大典，我感到万分荣幸。从开始的每一个环节，大家都一丝不苟，每一个人都万分虔诚、庄严、肃穆。而且还来了很多学生，作为长辈，我们的肃穆、庄严和虔诚，是给他们做一个榜样。嫘祖是我们民族的伟大母亲，我们光纪念轩辕黄帝不纪念母亲，是不对的，纪念母亲的意义更重要。尤其母亲，母仪天下，勤劳善良，吃苦耐劳，任劳任怨，而且还充满了智慧，有很多的发明和创造，这在哺育孩子的过程中会发挥非常重要的作用。嫘祖是我们中华文明最初的文明启蒙老师，每一个母亲都是非常非常重要的，她们关系着我们的子孙后代，所以纪念嫘祖，我相信：一定会成为我们中华民族共同的节日。"

一条小蚕虫，从古到今，贯通中华，也贯通了我渺小的生命。特撮记忆与当下几件上心的事，做个纪略存念。

2023 年 5 月 6 日 0 点 16 分草于京华

料青山见我应如是

——辛稼轩墓园遗迹遗址俯拜记

对我来说，公元2023年5月26日，即"词中之龙"辛弃疾诞辰883周年的前两天，是一个值得铭记的日子。这一天，我与文朋挚友彭程、徐剑、炳根、海蒂、小惠、华诚、燕霞一起，在《香港商报》驻江西站郭美勤主任的引领下，怀着无比虔诚的心情，来到了辛稼轩的终老之地阳原山，俯拜我心中胸雄万夫、剑笔凌云、一心要洒血践行"九州归一，山河一统"的千古风流人物——辛公稼轩弃疾大先生。

天有点阴，似水墨洇染，湿气未干，空中飘弥着800年来一直未能凝落的泪水。我们来到铅山县永平镇陈家寨乡彭家湾村牛皮岭的阳原山半山腰，驻足望去，通往稼轩墓的神道有点窄，好在铺了新石阶，我们仨俩并肩，沿阶踏屣而上。昨晚，听说我们要去拜谒辛公，上饶市作协的石红许主席，特意送来了20年的陈酿，交给徐剑兄："稼轩好酒，别忘了陪先生喝一杯。""那是当然。"来到墓前，仔细察看，发现原碑已毁残不见，展现在眼前的是辛弃疾后裔立的新碑，至今亦已斑驳模糊。碑文上行"皇清乾隆癸卯季春月重修"；中间"显故考辛公稼轩府君之墓"；下行"廿五代玄玄孙口

□霞溪□□□凌湖□东山辜染安北□立"。据说,此为辛弃疾仲子辛柜后裔所立。1959年被列为省级重点保护文物。1971年和1981年又先后二次修整。麻石砌就的墓冢有四层,顶堆黄土,高2.5米,直径2.5米,占地51.5平方米。墓前原有郭沫若先生题写的挽联石柱一对,上联:"铁板铜琶继东坡高唱大江东去",下联:"美芹悲黍冀南宋莫随鸿雁南飞"。我前后左右搜寻,却并未见得,倒是头顶之上,有一块浮云停在苍穹,我在想:辛弃疾1207年口喊"杀贼"谢世时,国家仍是山河破碎的惨状,那应该是他心头挥之不去的乌云,永远遮盖在他不朽的英灵吧?否则,辛公生前,为什么会把自己的新居,命名为"停云堂"呢?那是不见晴日的痛苦标志,时时刻刻在提醒他自己,要"收拾旧山河"啊!我要去看看那里的陈迹,接续他伟大而不息的情感并期冀他圣洁赤诚的情感之汹涌澎湃的浪涛,来撞击与淘涤我的心灵。

辛公墓前,我们恭恭敬敬地站成一排,整装肃立,面色凝重;之后,三鞠躬,平心静气,躬躬到地,从心到心,可以感知到彼此的心跳声。那是我们为稼轩词的每一句、每个字而跳动,为辛弃疾67年的生命历程中渴望着祖国统一的每一天、每一刻而跳动。礼毕,我们逐一向先生敬酒,浓烈的酒香似稼轩复活了的灵魂,与湿气融合在一起,仿佛有一种精神在弥漫,让我的一吸一呼,都有了辛词的味道。我低下头,沿着墓冢转了一圈一圈又一圈,像汲取奋进的力量一般,获得了难以形容的底气。一个伟大的生命,像他的词:横绝古今,别开天地,气吞万里如虎,风驰电掣,一往而情深似海，永驻人心，并令人心心念念，永志难忘，遂成就了遗世的绝响……

1

翻遍史册，像辛弃疾这样的狠人猛人真人，还真是找不到第二个。我眼里的辛弃疾，自幼年、少年、青年时代，一直都是：一柄剑倒插于地，他端坐在椅子上，一手搭着剑把，一手拿着诗书，目光炯炯，莹润进心；较之关云长，辛公幼年的专注，少年的精灵，青年的锋锐，都是关老爷的书卷气里所没有的；而弃疾身上弥漫的精气神里，始终都有刀光剑影，气贯长虹，其光芒，闪得真切，耀的是势如破竹的大气魄。一如刘克庄所言：辛词"横绝六合，扫空万古"。他动如剑舞流星，静如磐石深重，一棵嘉木转瞬参天，成了国家"文武兼备"的栋梁之材。而每每国家有难，他根本就用不着谁来召唤，总是闻风而起，呼啸而至，从骨子里迸出来的爱国情感，如天籁发乎根脉的正气凛凛，散射而出，又如"狂飙为我从天落"的勇毅果敢，当机立断……

公元1161年，金主完颜亮大举南侵，欲灭南宋。只有21岁的辛弃疾毅然"鸠众二千"，参加了声威浩大的起义军。想想都吃惊，一个20刚冒出头来的"愣头青"，竟然能纠集起2000多人跟着他去拼杀战斗，这得有多大的人格魅力才能获得如此的感召力呢？800多年前，通讯交通又极其简陋，凭嗓子喊，能喊来一支队伍？没有点点滴滴、言行一致的行为示范，没有从心而至的信任、信服与追随，是绝无可能的。这可不是瞎编的网络故事，在辛公自己献给皇上并藏于史的《美芹十论》里，就有白纸黑字的记载："臣尝鸠众二千，隶耿京，为掌书记，与图恢复，共籍兵二十五万，纳款于朝。"就是说，他召集的队伍并入起义军，归朝廷使用。极心无二虑，一意全抛身家性命及所有召集的弟兄，捐躯献国，没有条件，决不回顾。这是什么？气吞万里如虎，狠，猛，真，一腔热血，倾囊而出，青春靓丽啊！

当时，1162年正月，耿京命辛弃疾和贾瑞等人奉表南归，宋高宗在建康（南京）接见他们，任耿京为天平军节度使，辛弃疾为右承务郎、天平军掌书记，并令他回山东向耿京传达朝廷的旨意。然就在此时，义军内部生变。叛徒张安国、邵进等杀了耿京，带着队伍降了金朝。辛弃疾行至海州（今属江苏）闻听此讯，即与统制王世隆等五十余骑，飞马疾驰，面对五万众金军大营，如入无人之境，直捣黄龙。

此刻，张安国正与金将酣饮相庆，辛弃疾等出其不意，杀将进去，扭住张安国的脖颈，就是一个五花大绑；之后，甩于马上，飞身跨骑，左冲右突，仗剑而出，揪着按着叛徒张安国，拼驰而归，献俘于行在。在临安，叛贼张安国被公审，当场验明正身，手起刀落，枭首示众，极大地鼓舞了南宋军民的士气。而辛弃疾的智勇果敢与大无畏的壮举，在朝野上下也产生了极大的震撼，正如洪迈所云："壮声英概，儒士为之兴起，圣天子一见三叹息。"辛弃疾后来词忆这段少年往事："壮岁旌旗拥万夫，锦襜突骑渡江初。燕兵夜妮银胡觮,汉箭朝飞金仆姑。"狠人猛人真真切切的"浑不吝",使辛弃疾名重一时。宋高宗任命他为江阴签判。自此,开启了辛稼轩在南宋的仕宦生涯,这一年,他23岁。

我从来都不相信什么天才,也不信辛稼轩能无师自通,独木成林。我坚信任何教养,都不比血亲的言传身教管用。事实上,辛弃疾一直都在血脉承传的养育中成长,七岁就随父亲辛文郁带领族人偷偷练兵,期待有一天能为祖国统一献身。遗憾的是父亲辛文郁早亡,迫不得已,辛弃疾只能由爷爷辛赞抚养。祖父辛赞是北宋末年进士,有文化,且精神焕发,一身正气。"靖康之变"后,很多人跟着宋高宗赵构逃到南方去了,而祖父辛赞却留在北方等待王师北伐。因为他是有影响的人物,所以敌国拉拢他到朝廷做官,出任朝散大夫、知开封府。但他始终不忘家国天下,对子孙后代的教育更是从来都没有马虎。古往今来的大义精神,天上地下的人情物理,点点滴滴,教习养成,且每逢闲暇,就带着辛弃疾等子孙"登高望远,指画山河",殷殷启智孩子们勿忘"九州归一,江山一统"的使命。

特别是1154年和1156年,辛赞两次让辛弃疾以应试为名,到燕京考察地形,他告诫辛弃疾:要时时刻刻准备着,只有做好了准备,机会来了方能大显身手。果然,辛弃疾没有辜负爷爷的教育,机会一闪,正逢青春的他,便紧紧抓住,不仅自己走上了抗金的道路,而且还召英聚雄,带领身边的亲人朋友和他一起奔赴战场。遗憾的是:那时祖父辛赞亦已去世经年。新松恨不高千尺,更有青笋长万竿。一代文武双全的英雄人物横空出世,之后的狂风暴雨,无情打击,开始了对他的挑战……

2

瓢泉,辛弃疾晚年的故居遗址,位于铅山县稼轩乡瓜山山麓。我们的旅行车,正是沿着此路来到瓢泉。下了公路,在两座高大民居中间穿过,老远就看到迎面山下,有一块石碑,近前看:那是县文化局立的"铅山县文物保护单位"石碑,上面隶书刻着"瓢泉"两个大字,落款是"铅山县人民政府,一九八六年八月十一日公布"。下刻的正是辛稼轩的《洞仙歌·访泉于期思村,得周氏泉,为赋》——

飞流万壑,共千岩争秀。孤负平生弄泉手。叹轻衫短帽,几许红尘;还自喜:濯发沧浪依旧。

人生行乐耳,身后虚名,何似生前一杯酒。便此地,结吾庐,待学渊明,更手种,门前五柳。且归去,父老约重来,问如此青山,定重来否。

没错,这里就是传说中的"瓢泉"。近前看,脚下是一块三四十米的大青石,其上内里的左角,是鬼斧神工般凹下去的一个窝,窝内蓄满了清澈见底的泉水。公元1186年,辛弃疾来到此山发现的那一泓天然石潭,应该就是这里,其"形如瓢,水澄凛",与展现眼前的景象一样,准确无误。

据说：当年辛稼轩见状，钟情流连，爱不思归，夜宿泉边，并赋如上词一首，写的正是他内心的喜爱。我们几个围泉嬉戏，徐剑双手捧起清泉，不由分说，就往口里送饮，连呼"好甜"。炳根、彭程、海蒂、小惠也都不由自主地把手伸入泉中，我想：那浸肤的清凉，一定会激起他们对稼轩词冰清玉洁的联想。此时，我俯身向泉，撩起一掬泼向右眼，再撩起一掬泼向左眼，念想稼轩长短句中，那目视千里，直入魂灵的力道，必定与他那双锐目有关。我要沾沾大词人的福灵，岂能错过了濯洗双眼？

刚刚情急，直奔瓢泉，忽略了泉边还坐着一位老者，他正冲我微笑呢。我忙上前招呼，老者指指上山的小路，我猜那示意是说：你不上去看看吗？稼轩当年就常从这里上山，你要真是来寻找稼轩踪迹的，岂能不上？我仰头沿山的翠绿望去，望不到山头，却见天上正有一片白云停在我的头顶，朵堆云山耸立晴空，阳光镀金熠熠生辉，心头一热：这不正是辛弃疾写过无数遍的停云佳境吗？"且饮瓢泉，弄秋水，看停云。"哈哈，难得，神授天予，给我好运。喃喃："上，上。"我三步并作两步，忘记了自己膝关节的疼痛，埋头往上冲，好似回到了青春少年！

遥想稼轩当年，比我还小得多呢，也就四十几岁吧？却几经官场失意，屡遭同僚弹劾，在山林中浪费了许多宝贵的光阴。他却是不甘心哪，一直都在等待"沙场秋点兵"的召唤，等来的竟然是无尽的"天凉好个秋"的寂寞。正如他另一首词中所说："万一朝家举力田，舍我其谁也？"都被反复弹劾了，却屡屡更怀期待，忠义奋发，时刻准备着拼将出去。这就是一颗捐了心的身，横竖不改志坚，出口即是狠词儿猛句：是"男儿，到死心如铁"。甚至乞求说"看试手，补天裂！"那意思是：只要给他一个试试身手的机会，他立马就能把开裂了的老天给补上！乖乖，金石掷地，振聋发聩。而这些壮志凌云的词，会不会有瓢泉之水的涵育，使泉边那个半老头子辛稼轩的心手，获得了锋锐无比的笔力呢？

或许吧！否则两年后的公元1188年正月，辛弃疾不会动心起念，把"周氏泉"正式改为"瓢泉"，将"奇师"改为"期思"，他是朝思夜盼，期待着一展身手啊。然而，他期待的那一天始终没有来。公元1194年，辛弃疾选定"瓢泉"为终老之地，"便此地，结吾庐，待学渊明，更手种，门前五柳"。一年后，"瓢泉别墅"建成，有诗为证："新葺茅檐次第成，青山恰对小窗横。"辛稼轩依着"五柳先生"陶渊明的样子，建了园林式庄园。他手植万棵松，恨不高千尺，依旧期思着一直都坚持不战的大宋有朝一日能改变乞和的态度，让他去建功立业，报效祖国，实现"补天裂"的夙愿。

海拔300多米的瓜山不高，被我一口气登上，折了两个"之"字弯后才到的小亭子。近前仰望，檐下中央匾额上3个大字"停云亭"。哦哦，这就是辛稼轩反复多次写到过的"停云亭"吗？廊柱上联：抚意烟霞松竹静，下联：寄情鸥鹭水云闲。吟罢联词，站到亭子里遥望四周风光，心想：当年辛弃疾登高望远所伫立之亭，就是这里吗？难怪老者示意我登山，那是希望我获得与稼轩一样的视野呀。老人家，我深谢啦。这时炳根老哥与海蒂也上来了，我们一起向山下遥望。当地文联的同志指着山下左角的围栏给我们看，说：那里围着的就是"瓢泉别墅"或"瓢泉书院"的原址，现在是空余出来的闲地一块；而这个亭子，就是稼轩读书作词之余，常来远眺望云的地方，即辛弃疾为纪念陶渊明爱"停云"、写"停云"而建之亭。

在我的印象里，辛弃疾最少有十五六首词写到了"停云"，当然了，陶渊明比他写得更早，常以天空的云彩，代表盘桓永远的思念，来抒发内心复杂的情感。而正是在这一点上，两位大词人"心有灵犀"，都对"停云"情有独钟。那时的辛稼轩也就40多岁，却已经等白了少年头。没办法啊！只能像陶渊明一样，弃官归野，放废家居。但陶渊明归隐的是故乡，而辛弃疾则无家可归，只能反认他乡是故乡，欲哭无泪心恓惶啦。由此，可以猜想到：为什么辛弃疾不改初衷，始终如一地要等待着应召出战，甚至急不可耐，而陶渊明却是真真切切地心安理得、彻底断了俗世间功名利禄的一切念想，踏实归隐。那是因为家仇国恨都没报，辛弃疾的心无法平复，只好也效法这位先贤隐士，幽居乡野，以期能够安抚自己躁动不安又委屈伤痛的灵魂。

3

在去往鹅湖书院的车上，有两个与辛稼轩有关的问题萦绕着我：一是在中国历史浩如烟海的诗词歌赋中，如果没有辛弃疾的那些烁金闪光的长短句会如何；或者说，我们将这些长短句忽略不计，再或者说压根就没有出现过辛稼轩这个人，那么中国诗词歌赋的天空之上，又会是一个什么样的景观呢？当然不能没有屈原、李、杜、苏东坡，但稼轩的这些并不绵长逶迤的小令，是可以没有的吗？让我们诵读一下，想想看，他难道不是中华诗词歌赋大厦上，那最耀眼的飞檐之一翘吗？少了他，难道不是天缺一隅？默诵一下吧。"醉里挑灯看剑，梦回吹角连营""金戈铁马，气吞万里如虎""弓如霹雳弦惊""了却君王天下事，赢得生前身后名""千古兴亡多少事，悠悠。不尽长江滚滚流""把吴钩看了，栏杆拍遍，无人会，登临意""我见青山多妩媚，料青山见我应如是""男儿到死心如铁，看试手，补天裂""休去倚危栏，斜阳正在，烟柳断肠处""天下英雄谁敌手？曹刘。生子当如孙仲谋""更无花态度，全有雪精神""千古江山，英雄无觅，孙仲谋处。舞榭歌台，风流总被，雨打风吹去"……

这些烁金万丈、光芒四射的长短句，包含着英雄热血与家国情怀的极致表达，充盈着丰沛的精神力量，任何时候，尤其是国有危难之时，这些沉雄无比又锋锐无比的长短句，裹着沙场飞扬的气势与英雄虎胆一齐吼啸，恰如一柄柄出鞘的利剑，狂闪如电，又似惊涛拍岸，震撼着、鼓舞着人心。自辛弃疾之后，在中国历史上，那些叱咤风云的人物，哪个没有读过他的词、受过他深深的感染呢？孙中山、毛泽东等等，几无例外，除非那些丑陋下贱的"官腻子"，文坛上的混混儿，大凡久有凌云志的各路英雄豪杰，都会想起他，想起他的这些长短句,就浑身是胆雄赳赳!包括在中国百年的新诗史上,大凡留下点名的诗人,又有哪个没有受过他的感染与激励呢?当代的李瑛及"军中三涛"——周涛、李松涛、程步涛,包括转业地方的李钢和后来的刘立云、刘笑伟等等,哪个不是酷爱辛稼轩的诗人呢?所以啊,辛弃疾不仅是一个横绝古今的大词人,而且是我们中华民族精神的一部分……

我们的旅行车在鹅湖书院的院门前停下,书院门楼有三阶,顶有亭檐,拱形门洞之上是"鹅湖书院"四字。走进书院10米左右向右,即是正门,匾额题"敦化育才";穿过门廊,便可看到高古的石牌坊,上书"斯文宗主",背面"继往开来",字均峻端含弘,厚重光大。书院因附近山顶积水成湖,湖中有荷有鹅而称"荷湖"或"鹅湖"。唐时,山下是鹅湖禅院,南宋时香火鼎盛。吕祖谦、朱熹、陆九渊、陆九龄、辛弃疾、陈亮等等,都是来此暂住的常客。他们在这里高谈阔论,说书评词,通宵达旦,酒香四溢。

据史载,书院的历史可追溯到公元1250年,是江东提刑蔡抗为纪念"朱陆之会"所建,皇帝赐名"文宗书院"。中国思想史上有深远影响的两次"鹅湖之会"都在此寺举行。第一次,是朱熹和陆九渊、陆九龄兄弟俩的哲学辩论,主题是:圣贤人格;第二次,是辛弃疾与陈亮纵论国家统一大业,核心是:英雄理想。而萦绕于我心的另一个问题,正是:辛陈"鹅湖相会"的核心议题:什么是理想?什么是真正的英雄?这两个看似并不起眼,然而直至今天,仍然是时刻关涉着我们生活、家国天下、子孙后代的大是大非问题,须臾回避不得，必须正视，并要矢志不渝地追索……

"辛陈相会"，虽然朱熹爽约，但这场"二人专场"的"鹅湖之晤"，却将"英雄与理想"阐扬个透底，当然，这也是词人兼收复将领辛弃疾与陈亮，两位惺惺相惜的大思想家、大英雄、大词人，难得一次的痛快淋漓的精神交流。整整10天，是朱陆会三倍还长的时间，而且结束之后，又有词作飞传，思想情感的交流、交集与交触。史记：陈亮到鹅湖当夜，辛陈两人就对酒当歌，极论世事，共商复国大计，却又因报国无路而涕泪长流。中国文人的"士"之精神，在他们身上得到了一次极致丰沛而又痛快淋漓的展现。从这个意义上说，辛陈会与朱陆会，刚好形成了互补，一个是向虚的、从哲学的形而上的精神上探索"圣贤人格"，一个是向实的、从形而下的爱国报国的思想充盈，来践行"英雄理想"。这个小小的书院，承载了大历史观的两个粗壮的顶梁柱。我站在书院"讲堂"之中，望着仿朱熹的四个大如人高的"忠孝仁义"，想象着这些古代先贤的精神风貌，突然就觉得：他们的思想，他们的精神，一直都萦绕在我们的生命与生活中，一刻也不曾离开过我们，一种幸福充盈着我的心，让我不由自主地哼吟默诵了起来——

> 醉里挑灯看剑，梦回吹角连营。八百里分麾下炙，五十弦翻塞外声，沙场秋点兵。
> 马作的卢飞快，弓如霹雳弦惊。了却君王天下事，赢得生前身后名。可怜白发生！

这首词,是辛弃疾寄赠陈亮的。但却是一个大英雄大词人的精神骨骼与灵魂写照。从这首词联想古往今来的英雄先辈,哪一个不是遍体鳞伤,哪一个又不是打碎了牙齿和血吞?气吞万里如虎?那是先和血吞了坚硬无比的牙骨,才获得的力量。辛弃疾自23岁入仕,之后就反复被谗毁摈斥,屡遭弹劾,好像始终有人要按着他的头,不让他冒出来。我琢磨着:这里边固然有别人对他中伤诽谤、罗织罪名等等原因,但也不能排除他刚强好胜又有着甫一出手,就有彩头的超级膂力,让人望而生畏,担心自己的利益受损,而奋起攻讦。辛弃疾是根正苗红,品行纯粹,且又成长茁壮的狠人猛人真人。故而说话办事,难免用力过猛,以法治下,苛刻严厉,在所难免;而这样的为人处世的方式,怕很难不被人记恨。加之他少年即成才,青年即建功,即成名,文武双全,又有感召力、组织力与很强的执行力,年纪轻轻就进入了最高权力人物皇帝的花名册,他若得势成就非凡,那庸碌之人还怎么活呀!所以,他很早就暴露了目标,按今天人的说法就是:早就被人盯上了,非弄死他不可。因此,对他的弹劾,就一直如影随形,从未停止。

4

那年,宋孝宗即位。新皇新政,一度曾表现出要收复失地、报仇雪恨的样子。他开始重用主战骨干,发动第一次北伐。

符离大败后，主和派又占上风，26岁的辛弃疾哪肯善罢甘休？向宋孝宗上《美芹十论》，剖析敌我双方优劣，提出周密详尽的收复大计和克敌制胜的战略战术。结果石沉大海。他又向右丞相虞允文上《九议》，再次陈述他的抗战方略。在偏安已成风势的情况下，他的心血还是付诸东流了。尽管后来他在江西、湖南、福建等地曾平定茶商赖文政起事，又力排众议，创置了飞虎军。然终因与新皇和当政主和派政见不合，而屡遭弹劾，一降再降，不得不退隐山居。一个又一个十年，就这样过去了，直到宰臣韩侂胄出山，他没忘记辛弃疾，这个一心一意要收复失地，统一祖国的干将，起用辛弃疾接连知绍兴、镇江二府，甚至征他入朝任枢密都承旨等官，然他刚一露头，均不出一年半载，又遭反复弹劾而终被免职……

辛弃疾一生有过数十次被弹劾，其中三次是改变命运的经历，第一次弹劾他的是王蔺，第二次弹劾他的是黄艾，第三次弹劾他的是谢深甫。而主要的罪名有二："贪饕"及"残酷"。我想：辛弃疾几次复出任职时，并未有大规模动乱，亦无发兵讨贼之事，何来残酷之说？年逾花甲时他知镇江府。当时镇江是与敌交界的前线，他一到任马上备战，搜集钱财，置备盔甲军装，花重金派间谍到敌占区收集情报。程泌《洛水集》就记载了这件事。结果是又被弹劾，说他"奸赃狼藉"，其不怪哉？他在提点刑狱任上，坚持"折狱定刑，务从宽厚"，还亲自辨释五十余人，何来残酷之说？他怜悯盲废的下属，呼医治疗，更显其宅心仁厚。倒是在帅任时"置备安库，积锱五十万缗""以备荒年、补军额、防盗贼、修郡学、赡养宗室"等，为国为民尽职尽责的举措，很可能加重了地方负担，或与民争利，加之他生性耿介，又不擅回旋照应，引起种种不满他的舆论，恐怕在所难免吧？

人生短暂，转眼就是百年。历史，就是这样一个可笑的轮回，它要用能人狠人猛人推动历史前进，又要用庸人歹人恶人钳制能人狠人猛人，防止他们建功立业，夺了、挡了庸歹恶毒之人的生路，而必欲置之死地，直至打入渊薮之底而后心安。至于家国天下？这些个宵小贪恶之徒，哪里会往心上搁呢？

辛弃疾在上饶归隐生活了27年。公元1207年10月3日，辛弃疾抱憾病逝，享年67岁。当年辛弃疾吊祭朱熹时写了四句话，现用在他身上似更贴切，"所不朽者，垂万世名。孰谓公死，凛凛犹生"。他是一个坚执不二的人，是一个有着英雄抱负、胸怀天下而"猛志固常在"的人，尤其还是一个天真烂漫、无邪如赤子般纯粹的人，一如他词中所说："我见青山多妩媚，料青山见我应如是。"他满眼热望，心怀美好地看待一切，不仅青山，还有人世，他想象的是人心都是肉长的，料人世万物的一切的一切，也会像他一样看待他。真是太遗憾了！他们把你辛稼轩先生想到哪里去了呀，你知道吗？这妩媚的青山可以做证吗？你们看看吧，这人世，真是太对不起辛子啦！……

2023年6月5日—10日于京华

虎门遗堞遗思记

6月末,威远炮台的气温超过了40度,即使我和诗人李浩躲进炮洞,那弥漫的热气依然让人难以忍受。我将双手放在一丈多长的大炮身上,后干脆伸开双臂抱住炮身,期盼清凉的大炮能够镇去我胸口的燥热。果然,还真有凉意浸肤了呢!我汗涔涔的胸衣,泅湿了炮身,留下小半圈儿的潮印子……这难道是现实的今天与历史的昨天拥抱之后,留下的痕迹吗?

这时,濒海的炮口,刮进了一股凉爽的海风,把我的思绪吹到了1841年2月,即中英在这里爆发的那一场惨烈的海战。尽管守卫的清军将士在关天培冲锋在前的拼杀中,与英军展开了浴血的肉搏,然而终因全方位的弱势与落后,根本无法抵挡英军的坚船利炮,清军有近500人当场阵亡,大部分受伤,还有1000多人被英军俘虏,而水师提督关天培则因坚不后退亦力战殉国。相比之下,英军仅数人受伤,战舰毫发无损,可见中英双方武器装备与战略战术之悬殊。清军将士忠于祖国的英勇献身,却在英军降维打击下,显得那么悲惨哀恸,甚至是惨不忍睹!虎门,这个威风凛凛而又响当当的名字深处,埋藏着的是中国人内心永远都无法抹去的这样一个奇耻大辱。也许组织采风的同志洞悉了我的心结，特意邀我来重温这段历史，是期冀着我能写点什么吗？我如约而至，来到了坐落在广东省东莞市虎门镇海口东岸的威远炮台，来到了距炮台不远处的海战博物馆，参观、感受、发现。

是的，我感受并发现了一个公开的不是秘密的秘密。史书上一直都说：清道光二十年（1840），英国以林则徐虎门销烟为借口，派远征军侵华。而我在展厅看到的1831年9月8日，英国《中国信使报》发表的题为《对华的战争》的文章，早就明白无误地道出了他们在开战前11年的狼子野心。正是这篇文章，最早披露了英国要发动对华战争的正式主张；之后的1833年，即开战前8年，英国商人哥达德在英国的《中国丛报》上，又发表了关于《对华自由贸易》的文章，更明确昭告了要通过武力达到对华贸易的目的。也就是说，即使林则徐没有在虎门销烟，只要清政府不允许他们来"贸易"，他们一定要对中国动武。而且一直都在酝酿准备，寻找一个最佳的开战时机。就是说：你不让我贩卖鸦片，我就用大炮轰开你家的大门，闯到你家里，用枪炮来逼着你的家人，同意我在你家里贩卖鸦片。历史与现实何其相似，"自由贸易"在强盗的逻辑里，永远都是弱肉强食的丛林野兽的法则，不存在你同意不同意……这就是帝国主义的本质属性吧？虎门海战，这块亮豁豁的历史疤痕，至今仍然逼照着中华儿女的心，历历在目，挥之不去。让我们看看英国《对华的战争》是怎么说的吧？

"中国人从未想到有一天，外方会为了强行与中方签署商业条约，为了改变在广东做生意的模式而诉诸武力。……从所有现象看来，唯有通过武力才能从中国有所斩获。"

"唯有通过武力。"这是英国人的意志。而在我们中国人的观念里，从来都是"己所不欲，勿施于人"，崇尚真善美的民族，骨子里就没有强加于人的念头，也永远理解不了豺狼的贪婪。然而，人家已经下定决心要动武了，而且准备了10多年。事实上，清政府不是不知道战争的危机正一步步逼近，于是斥巨资构筑了"三重门户"系列炮台，给2万守卫的清军装备了大炮。问题是，没有科技支持的装备武装与防卫体系，也从不看看世界工业的发展与进步，只是闭着眼睛修筑炮台，又怎么可能一厢情愿地守护好自己的家园呢？

果然，战幕拉开，高下立现。那天，英军对虎门要塞发动总攻，在10艘战舰、3艘汽船上的火炮支持下，登陆部队向虎门要塞的各个炮台，发起了猛烈的轰炸与疯狂的进攻。水师提督关天培指挥各炮台反攻，却发现己方炮台发射的炮弹，根本就够不着敌舰；相反，敌舰却可在我炮台射程之外，向我炮台猛烈轰击，发发命中要害。就是说，我打不到他，他可以打到我。而且清军炮台上的炮位是固定的，射击半径有限；而英舰炮位在舰上，不仅舰可以游移进退，而且炮位也是360度旋转的；更要命的是：我方弹药是工匠凭经验配方装填，药力根本没有达到最佳，所以射击距离仅仅150米，而英军的射击距离竟数倍于我，人家是反复进行科学试验，药方配制达到了极致，所以射击距离达到了450米。我打他是老虎吃天够不着，他打我是一打一个准，而且英炮是可近可远可左可右，是全方位的精准打击！如此看来，这已经不是敌我双方在打仗，准确地说,这就是英军对清军的大屠杀！而具有"三重门户"之称的著名的虎门炮台防御体系，在英军先进的战舰与大炮的轰击下，只有挨打的份，完全没有任何招架之力。悲乎哉？大痛之悲也！

让我们来回顾一下，当年水师提督关天培设计建筑的"三重门户"防御体系，是最强大的海防要塞"金锁铜关"吧？战争前夕，关天培在威远与镇远炮台之间增建当时清朝火力最强大的超大型炮台——靖远炮台，安炮60门；在上横档岛新建永安炮台，安炮40门；在芦湾山新建巩固炮台,安炮20门；同时，还在副航道水底遍插木桩，将其封闭，以防敌舰通过。在大虎山岛建了大虎山炮台，岛北面设师船10艘，配以泅水阵式兵、中水对械兵、爬桅兵、能凫深水兵130名，以拒防闯过虎门防线的敌舰。

看似固若金汤，牢不可破，然而思维的层级不同，结果当然也就不同了。虎门海战，我们的确战败了，但是这个战败，败在工业落后，败在科技落后，败在军事装备、防御体系落后，尤其是败在思想层级的落后，而虎门海战博物馆展示的文字与图片资料汇总出的结论，告诉我们——鸦片战争的历史教训，可以总结出很多条，但最为重要的是两条：一是面对帝国主义强霸，决不能心存任何幻想；二是落后必遭暴打掠夺，没有任何幸免的可能。

正如虎门失陷，英军接着发起进攻，先后攻破广东广州，福建厦门和浙江定海、镇海、宁波等地，并溯长江上犯，开张了血盆大口，逼迫清政府签订了中国近代史上第一个不平等条约——中英《南京条约》。之后，世界列强一看急了眼，这块大肥肉不能让英国独吞，于是乎纷纷威逼清政府签订了更多的不平等条约，自此，中国彻底沦为了半殖民地半封建社会。这个教训，对每一位中国人来说，都刻骨铭心，没齿难忘。

尽管如此，当我驻足海战博物馆展厅，还是被清军将士勇于牺牲的大无畏的壮烈精神所感动。明知无用，仍冒着敌人的炮火装弹发射，有效阻滞英舰，使其长时间不敢近前；水师提督关天培为提升士气，拿出自己全部积蓄，甚至典押自己的衣物，给每位参战士兵发银两，以激励士气。当时，英军直逼虎门第二道防线，琦善拒绝增援，关天培当众宣誓："人在炮台在，不离炮台半步！"直至中炮，与400多名将士一起，壮烈殉国。史载：血，由岸漫流入海，染红了无边的朝阳。

早在炮台陷落前，关天培就抱着必死之心，寄回家一个小匣子，内有几枚脱落的牙齿和几套旧衣服，以为永诀纪念。噩耗传来，林则徐挥笔写下一副挽联"六载固金汤，问何时忽坏长城，孤注空教躬尽瘁；双忠同坎壈，闻异类亦钦伟节，归魂相送面如生"。关天培的英勇牺牲，是中国近代史最悲壮的一个惊叹号，亦是中华民族百年屈辱史上舍身为国、英魂永驻的大烈大悲之壮举丰碑。

是的，一个国破家亡，一个英烈尽殁。这么无边无际的大灾大难，我们怎么可以不谨记永远，而辜负了先烈前贤的捐躯与呼号呢？此刻，我不能不想起鸦片战争 60 年后，中国近代民主革命家陈天华愤然蹈海弃世前所写《警世钟》开题诗"长梦千年何日醒，睡乡谁遣警钟鸣？腥风血雨难为我，好个江山忍送人！万丈风潮大逼人，腥膻满地血如糜。一腔无限同舟痛，献与同胞侧耳听"。听，听吧……好个江山忍送人！这是在问中华儿女的子子孙孙吧？让我们：谨记住，莫辜负。

2023 年 7 月 22 日于京华

光·影·驰骋·大森林

——北国春城长春掠影

光 痒 之 城

我之胎毛如光纤之细丝游走在精密仪器细分成亿万光束组成的万顷碧波颤颤巍巍巍巍颤颤抖索之指轻轻抚摸着我的心。很痒，是光很痒，痒在我的心上。我的心飞向宇宙。宇宙很痒我的心很痒。我的心很痒就是光很痒。你不要以为痒光不是光而是气。不不不，光可以痒，痒可以发出光，痒和光光和痒在此是一回事，所以痒光就是光也就是痒。它们可以互换，互换成光和痒却发不出气。气是气光是光痒是痒光痒穿过气而一往无前，像我之痒若光在我的心上轻轻游走那是痒在游走，也是光在游走。无论精密仪器将之细分成多少亿束的痒痒光，哪怕痒痒光汇成了大海汪洋，那也仍然是光在游走，即痒光在游走。虽然痒在我的心上，也仍是光在游走，以痒痒的光和光痒痒的样子在不同不一的皮肤上和皮肤下的心中游走。光，光啊！中国第一埚光学玻璃、第一台电子显微镜、第一台激光器，以及神舟六号的有效载荷和玻璃窗望见的所有所有的宇宙景象,都是光,包括遥感卫星组"吉林一号"所用之用的一切的一切,都源于制造与创造之城——长春光学城。嗯,光学城痒吗?光学城的每一块砖都应该是痒的,是痒痒的砖垒就的光的痒痒城,是痒痒的光铸就的光的城。所以啊,它肯定是痒痒的,像你像我像所有生命身上的痒痒肉,只要碰上,它就会痒,会发光……

我斗胆泄个密吧?此城在人类的胎毛上建造,不信你找找你的胎毛。你知道不知道啊,所有人类的胎毛,都被长春人用来制造与创造光了。所以啊,你找不到,当然啦,我也找不到,因为它变成了你抓不住的月光,变成了我抱不住的阳光,我和我们被它照着,像量子纠缠,莫名其妙的,就有点儿——痒。

长影之影

蚂蚁奔跑的影子在银幕延伸的原野上奔跑,七十年前的原野在今天的此时此刻我的眼前闪现。那是一声吆喝拉长的倒影,蚂蚁的倒影叠闪在老村长嗓音粗犷的吆喝上,叠闪在高老忠、李向阳、张嘎子怒视小日本鬼子的目光中。越来越集中,越来越聚焦,最后凝聚在了一起,成为一粒光,一粒等于一万粒等于一亿粒等于亿亿粒,光爆炸了,普照大地和人心,嗯嗯好!惊心动魄,影像刻骨,多少个激动人心的夜晚,多少位栩栩如生的英雄,被叠叠复叠叠地垒在记忆中,垒在我们下意识的肌肉的记忆中,模仿着李向阳、高老忠、张嘎子,还有江姐、铁梅和海霞。向往被血液吸收，精神被骨肉铭刻，那老村长的一声吆喝呀，凝聚了我们巨大的欢喜和无穷无尽的想象。他吆喝着——看电影喽！看电影喽！！那声音从久远的田野，穿透七十多年的春夏秋冬，一瞬进心，刹那间照亮外宇宙和我们心的内宇宙并永远定格凝固在2023年9月19日晚9点09分的我的眼前。我看过成千上万部电影，也记得数不清的经典影片的对白，然而只有王成对着步话机的高呼："为了胜利，向我开炮……！！！"一直回响在我心脑之中那无穷无尽的星空之上并像那只蚂蚁奔跑的倒影，从银幕到心脑之幕，一直一直都在我的周身奔跑着咆哮着，饱含着不可遏制的五千年来的英雄气，响遏行云，穿越时光，在我的心空飘荡回响，一瞬瞬、一闪闪地成为我力量的源泉给我以精神的熔铸，令我纵横捭阖，勇往直前……

我得告诉我长春的父老乡亲，对的，没错，是《英雄儿女》，自电影城蜂拥而来，再未回返。

车城之心

凸在钢板上的那几个字像群山逶迤在我心的大平原越来越高越来越逶迤最后高出了我的心而且逶迤出了我心的大平原。渺小与伟大，在心里是完全不对等的；看似伟大的在心里却很渺小看似很渺小的在心里却很伟大。你永远不要低估了人心的度量衡。不要自以为是或不要不在乎自己内心的强大无比。看看吧，冲上山的大解放，像穿过幽深隧洞的小红旗——那几个字儿凸起在钢板，凸起在解放和红旗车的车头。那是力量凭借钢的坚硬给予想象的硕果，也是想象给予钢和力量以绝对信任之后得到了感恩的回报。你永远都不要低估了人心的度量衡。人心可以凭着很多很多不一样的委托和信任，干出很多很多让人意想不到的事情，包括奇葩和奇迹。像"解放"可以是字也可以是思想或精神，"红旗"也一样，可以写到诗里书里，还可以飘扬在人们的心头。当然啦，你们看吧，它还可以是冲压机将模具下的钢板砸入字模后的雄浑遒劲的字又被皎洁的月光尽染并且从海南的天涯海角到松辽平原的大森林再从东莞的松山湖畔来到古都长安汉高祖刘邦的未央宫宫顶……那一抹曙红在凸起的"解放"和"红旗"四字上曦曦柔情、盘绕似水，那是奔驰的金光在青藏高原奔驰的大货箱分享无穷无尽欢乐的光芒万丈也是霍尔果斯口岸那鲜红的"中国"两字下日夜奔腾、川流不息地勇往直前。"解放"一直在解放了的解放大道上奔驰，"红旗"也一直都在红旗飘扬的漫山遍野上飘扬。那是长春第一汽车制造厂在奔驰，从中国人的梦中奔驰而来还要奔进所有中国人更新更美的梦中并制造与创造出奇迹般崭新的"解放"、崭新的"红旗"。哈哈，俯瞰万里江山，内视遍布我们周身的所有血脉，到处都是"解放"在奔驰、"红旗"在飘扬。那是长春在奔驰、吉林在奔驰，更是中国工人永远奔腾不息的光芒，在奔驰……

嗯嗯，永远不要低估了人心的度量衡，它丈量的不是尺寸，是茫茫人心是人心共情共鸣的庞大世界……

春城花树

不是一个灵魂可以把一座城变成灵魂之城也不是一棵树可以把大平原变成大森林；只有灵魂感染灵魂大树之根连着大树之根的发蘖生长才能使灵魂融汇成大灵魂，大平原才能变成大森林，像众鸟之合鸣在森林里穿梭变成了自然的天籁之交响。那是根的芽眼在泥土里饱汲了大地的精华来润嗓清喉才唱得出高调长腔的婉转才有自由翻飞的歌唱，美妙是欣赏者的体悟与发现，一切都是初生的又都是由心而生，根芽掘进，从内到外，从想象的绿到遍植天涯的绿，从古老的想象到呈现逼真的苗壮，每一条街巷像每一条血脉，那是想象漫延至眼前又由眼前漫延到整座城市。在长春，在我无法一一记下名字的街道两边的楼窗上我看到了一盆盆花树，美丽的窗前花把一座座楼房变成了一个个大花篮。现在我闭上眼睛那花篮就在我眼前展现，仿佛花香弥漫，沁人心脾，又一派天真，鲜得艳丽，美得惊心。嗯，也许长春因寒期较长楼墙宽厚而预留出的窗台空地较大所以爱美且有心的市民便在窗前摆上了一盆盆异彩纷呈的花树也摆出了一颗颗美丽的心。美不是语言，不是情绪，更不是梳妆打扮。美是预留出来的生长，是想象出来的样子被具体养育的行动唤醒；美是求美的行动本身，是动的、活的，是你和我一起建设的想象，无论大小，没有格式，与习惯有关，像气质，像每天出门对镜的上下打量，是准点定时打开窗户给花树浇水挽起的袖子。像自觉，又像勤劳；像精心的准备，又像不经意间一个指挥衣灰的小动作。在长春，我看到了很多楼房窗台上的花树像商量好的一样，统一的品种却展现出了不一样的美。美肯定是不一样的，一样的是不一样，不一样的才是美。想想看吧，不一样的花装点出一座座大花篮似的楼房，一样与不一样，竟然如此这般和谐生动，使得这个城市获得了一种独特的美。尤其在冬天，这种美被雪装扮把树变成了大朵大朵圣洁的花，我不知道漫长的寒季里有多少棵冬雪之下的松柏，环绕着松柏覆盖的冬雪滋养了大森林，而洁白的羽毛一望无垠，翠绿的松柏高挑着雪白的羽绒被，在月下，在晨光里，那又该是一个个怎样的雪国天宫的景色呢？当然，那仍将是无边无际的大森林茁壮出的大平原，在白雪厚厚的棉被下瞪着翠叶的一片片大眼睛向人间眺望，顽皮得像赖床的毛孩子，明明醒着，却拼命拽着雪白的棉被不起来。呵呵，那又该是怎样的习惯养育出来的大森林啊。大美小美都是美，美是无声无息的，令人快乐，像森林无声无息的，令人向往。制造向往，是美；制造凉爽，是美。美一定是动的，像画一定是画的，诗一定是从心里流淌出来的。嗯，我必须由心发出赞美：您好！窗前养花、大街小巷到处植树的长春人，您的劳作对于一座城的生动美好犹如永葆她青春曼妙，四季常青，万世长春。哦哦，那植树的可是少男少女？当然，若是中老年人就更值得夸赞，那么多树像那么多花，在这个初秋的早上为市民盛开翠绿的叶子，我断定爱花的长春人一定更爱森林，我在路边延展的树林里听到了众鸟齐鸣的交响，我为你们美的花树而心情大好，更为令我拥有大好心情的花树而轻轻歌唱。

哦，长春，这个名字包含着一座城市的青春永驻，而且永远是初生的太阳和初生的月亮慢慢升起的感觉，有花窗扇扇次第打开，还有遍布北国春城的翠绿密布于大街小巷的四季轮回，永续着一个天真如童话翠绿如碧波的北国春城……

雕 塑 之 城

长春的雕塑公园像长春的大门而门前就屹立着罗丹《思想者》的雕像。最少有三个人在沉思，罗丹、沉思的雕像和我，我们这三个沉思在三个维度里互不干涉互不交叉，都在自己的时空中沉思。罗丹在想他的思想者，他的思想者在想他？雕像雕塑的是谁肌肉那么强健而作为思想者他的思想也是如此这般强健吗？而我在想：是谁把一座城市当成了美术学院对莘莘市民统统给予了莘莘学子的待遇而将这座雕像恭运安置在此以实施美育的长效功能？这是一个高屋建瓴的好主意啊！举头一望，便进心入魂，仿佛思想是一骑飞驰而入的精灵在这座城市穿梭，嗖嗖的，带着绿色的光，闪耀着崭新崭新的思想，每一条大街每一个小巷，思想无孔不入，精神直入人心。仿佛有一把刀，在无声无息无时无刻中雕刻着思想的模样，塑造着精神的眼神儿，把无变成了有，把黑暗变成了光明，令朽木化生成了熠熠闪烁的厅堂，让顽石刻成了令人敬仰的英雄群像。这是思想贯通艺术的灵魂的种子在时间泥土中长成了大树，长成了人格的大森林，风吹着森林里所有的叶片发出哗哗啦啦啦啦哗哗的声响我们坐在这动人心魄的声响之上仰望着月亮,像老年人想象着童年的时光,又像童年的孩子向往着将来的模样。呵呵,雕刻玛雅文化与因纽特人神器与灵鸟的握刀人,与欧非拉美万物共赏一颗月亮的所有的眼睛,是一个心脏的跳动吗?为着一个共同的敬畏共同的崇拜而为后人留下不朽的精灵形象——才有了建造人类客厅、世界花园的念想,他们要摆放的一切的一切,都是我们这个世界所有生命共同的想象创造的共同的美,从各个角落汇聚的美,包括从地缝儿里钻出来的蒲公英飞翔的小花伞的美,都被思想雕刻,被精神照亮。我像一介冥顽不化的书生,亦被一座座雕像震撼感染、激励鼓舞,我不能不为如此高贵如此崇尚美的壮举而心旌摇动狂卷如潮,我说:来,快来吧,世界上,没有任何地方,能像长春的雕塑公园,她将以全人类的美,拥抱你。这不是一个终生难忘的记忆,而是我像她的情人般的不忍离去……

2023 年 10 月 6 日—9 日于京华

沙颍河漫游的月光

沙河是颍河的支流,而颍河古称颍水,相传为纪念春秋时的大孝子颍考叔,而将沙河颍水之名合二而一,得称"沙颍河"。也就是说有名字之后的沙颍河,于今已有2700年了;而据此河得名往后推算1000多年至南北朝,那正是当朝大臣、史学家、蒙学经典《千字文》的作者周兴嗣生活的时代。遥望当年,周先生手捧黄卷,在涛声汩汩的环绕声中苦读诗书,心诵的字句在月下的波涛中如锦鳞游泳,一闪一闪,那该有多少诗情画意涌上心头啊!

在这个不朽之人周兴嗣毕生68载短暂的时空岁月里,却有着不同寻常的一鸣惊人的作为。史载:"其博学,善属文。"梁武帝即位后,常令他作文,如他写的《铜表铭》《栅塘碣》《檄魏文》《次韵王羲之书》等,而每奏辄称善,尤其所作《千字文》,不仅一飞冲天,获得大赞褒奖,而且颁布之后周光嗣声名大振,流芳百世,成了一位实实在在了不起的大人物。往事越千年,转眼之际,又过去了1500年!那是自周兴嗣谢世1500年后的一天上午,即2023年10月22日,我荣幸受邀,来到了周先生的故土,来到了沙颍河的大堤之上。环顾四周,面南是奔流不息的沙颍河水,面北是秋后纵横空旷的阡陌田野；近脚堤坡下，七八米开外，是五座小坟茔，左中两坟间有一块一米二高的石碑，上刻有五个字的隶书：周兴嗣祖茔。碑是新碑，坟亦刚刚修整，举目环视，一派故土模样。亲切可感，泥腥芬芳，目光最后定格在了石碑上。我思量：这里安葬着周兴嗣及他的先人吗？抚摸着那块冰凉的石碑，仿佛有一股悠远的情感如细风般顺着我的手掌涌入我的身心，让我寻思的内心悸动了一下，禁不住一股豪情直顶脑门儿，令我脱口默诵——

　　天地玄黄，宇宙洪荒。
　　日月盈昃，辰宿列张。
　　寒来暑往，秋收冬藏。
　　闰余成岁，律吕调阳。
　　云腾致雨，露结为霜。
　　金生丽水，玉出昆冈。
　　剑号巨阙，珠称夜光。

突然，我的默诵被堤上一老农接口朗诵，而且声若歌唱，扬抑合拍，流利非常——

　　果珍李柰，菜重芥姜。
　　海咸河淡，鳞潜羽翔。
　　龙师火帝，鸟官人皇。
　　始制文字，乃服衣裳。

推位让国，有虞陶唐。
吊民伐罪，周发殷汤。
坐朝问道，垂拱平章。
…………

老农昂首挺胸，面朝沙颍河之波，神情自若，声调高朗畅达，时徐时疾，那一口丹田气，由下而上，阳刚丰沛，贯通全文，令我感佩不已。于是乎，便上前询问其姓甚名谁何方人氏？他目光炯炯，打着手势，拖着浓浓的沈丘口音，一字一句地力图用普通话自我介绍："俺是沙颍河畔赵古台村村民王益顺。"声音里含着的自豪溢于言表，大有自称"我本楚狂人，凤歌笑孔丘"之感。他说，他自小就跟着爷奶爹娘背诵《千字文》，现在又带着儿孙诵读《千字文》，左邻右舍都喜欢听他说古论今吟诵《千字文》。嗯嗯，沈丘人，周口人，河南人，中国人，大凡家里有点文墨的人，对子孙后代的教养，恐怕都是从《千字文》《百家姓》《女儿经》《朱子家训》开始的吧？

嗯，2700年前，沙颍河自嵩山发源，涓涓滴滴，万涓成河，奔流不息，养育了一代代中原儿女。现在，我和老农王益顺同日同时来到了沙颍河大堤，我是不由自主地诵，他是不由分说地诵，我们同诵千古名篇《千字文》，内心涌动的却是同一个人。周兴嗣的心血灵性、渊博学识、卓然才华凝结而成的蒙学经典、风流诗篇。打个比方吧？如果说我的心诵象征着沈丘之外中国人对《千字文》的酷爱非常，那么王益顺这位60多岁老农的高声唱诵，则代表的是地地道道的沈丘民众，对《千字文》的精神皈依。

"天地玄黄，宇宙洪荒。"

"同一根脉，永续无疆。"

在周口，在沈丘，周兴嗣，《千字文》，几乎就是每个人心头最傲娇的金字招牌。人们有了钱，首先要建的，是"千字文广场""周兴嗣雕像"。在星城公园，在中华槐园，在雀苑，甚至在沈丘东西南北中的各个小区里，我们都可以随处看到设计得别具一格的"千字文"碑刻、周兴嗣或立或坐的各式雕像，包括在边缘的村庄，比如北城街道高门行政村、白集镇刘楼行政村、卞路口乡肖门行政村……村村有碑，哪怕是村里的小巷子，曲里拐弯的曲径通幽后，到了宽敞处，亦是别有洞天，那花园式庄户的休闲处，总会有各不相同的《千字文》碑牌和周兴嗣的各种画像雕像。我也真是醉了，根本无法想象，这位1500年前的古人，在周口，在沈丘，竟像一位很了不起的伟人，尽享着死后无尽的哀荣。真应了那段话"人固有一死，或重于泰山，或轻于鸿毛……为人民利益而死，就比泰山还重"。周兴嗣因为写了一篇千字诗文于人民有益，于是就受到了沈丘及沈丘之外全国各地人民群众的喜爱，就把他当作南山北斗来敬仰，这里的深刻道理是什么呢？检点自己的诗文，低头寻思寻思，我写的诗文有哪几篇哪几行是有益于人民的呢？这个文学之上、艺术之外的问题，似乎并不是一个高深莫测的重大问题，但在我的心上，却是沉甸甸的，很有分量——重如泰山。

写作，关乎着精神承传，关系着赓续文脉，事实上，古往今来，也的确是千秋之伟业、不朽之盛事。在周口，这里的领导和人民是深谙其中奥义的。他们厚古"宠"今，珍爱所有在这片土地上成长起来的文史作家，无论是土生土长的，还是打拼在外的，他们统统纳天入怀，点点滴滴尽收心头。来到川汇区参观，我没有想到，这里竟然建有一座非常别致艺术而又高大深阔的周口市文学馆。要知道，即使现在，全国建有文学馆的省会级都市，也绝对是凤毛麟角的，而周口一个地级市，竟然有如此重文重教的大手笔——敢为人先地建了一座文学馆。他们百倍千倍地尊崇周兴嗣，他们也同样千倍百倍地尊崇文学。这个文学馆建得虽不豪华奢侈，却也不乏艺术匠心，这着实令我又一次受到了强烈的震撼和深深的感动。

走进文学馆，讲解员告诉我们：那是 2020 年，市政府决定在美丽的铁路公园，利用废弃旧厂房，斥资翻建一座可供游人参观的既有历史陈列，又可萃聚文人来创作的展用一体的文学馆。馆舍建成后，为保证持续有效地发挥作用，政府还做了一个英明决定：将文学馆与市文学院合为一体，给予 15 个人员编制，由编制人员按国家级文学馆模式管理运营，并可利用馆内宽敞明亮的场地，开展各种各样的文学讲座与创作笔会。这样，不仅有活动，人气旺，而且展陈内容与作家的活动，还可以形成有效的互动。说心里话，我真是羡慕、嫉妒、爱——周口的作家有福了。我替他们高兴。他们比其他地方的作家，多了一个家，一个可以经常在一起聊作品，取长补短，共同提高的"家"。

在文学馆，我做梦都没有想到，竟然能在这个不大的小馆里，遇到那么多仰慕已久的文史大家，看到那么多熟悉的文坛好友的名字。进入门庭，迎面是"文以载道"四个大字的匾额，左是"百花齐放"，右是"百家争鸣"，均依毛泽东同志手迹所刻，庄严神圣，潇洒风流，映射出的精神如电光石火般从我心上掠过；而匾下的木雕版画，刻的正是"孔子拜见老子"的情景，古意浓郁，栩栩如生，象征着中国儒道两大思想巨擘，在这里互礼交融、并肩前行。看到这里，我已被此馆高屋建瓴的思想设计深深震撼！有灵魂和没灵魂，绝对是不一样的。在这个有着"老子故里""周兴嗣故乡"之称的土地上，始终有一种精神的文脉，与民众心心相印、息息相通。它所营造出的氛围，岂是这座区区2800平方米的文学馆所能概括的？却又实实在在都是从这个不大的文学馆内闪射而出的。正可谓：文华悠远，泽被大地，德行共育，文明当先。他们的展陈，从先秦、秦汉、魏晋南北朝、隋唐、宋元、明清，到现代、当代、新时期，收录了232位作者及相关作品，展示了周口文学从远古到当代的历史脉络。我很难想象一个地级市的辖区内，竟然有如此之多的周口籍作家和旅居周口及与周口相关的作家作品同出一域，仔细欣赏这些文史大家与初出茅庐的青年作家那密密麻麻排列的头像与介绍，犹如欣赏一条镶满了珠玉金箔的艺术长龙，着实令我感慨万千。这里有前辈作家徐玉诺、张伯驹、白危、曾克、穆青、冯金堂、李凖、陈梦贤、刘庆邦、朱秀海，更多的是青年作家，如邵丽、柳岸、谷禾、张亚丽、申艳……在这里，老中青汇聚一堂，巨擘与新秀并列其间，老有青春焕发，少有未来可期，其用心之独到，真是形成了美美与共、同进共升的良好氛围。在我看来，此文学馆的价值已经远远大于建设此馆花费的数百倍矣！其功在当代，利在千秋。这也许就是最实实在在的精神文明建设，是看得见、摸得着、能享用、可开发、令人驻足、启人心智的，既可为公园增添精神内涵，也能为民众提供一个带儿带女来寓教于乐的好地方，更是一个高风跨俗"落霞与孤鹜齐飞，秋水共长天一色"般可供当地民众获得精神沐浴的绝佳去处。

　　在二楼，文学馆还为远在北京的周口籍著名作家刘庆邦、朱秀海开设了工作室。我走上前，轻轻敲了敲挂着"刘庆邦工作室"牌标的门，模仿着河南口音叫道："庆邦老哥，你在吗？"没人回答。我又敲了敲隔壁"朱秀海工作室"的门，并提高了声调叫道："秀海老哥！吃饭了！撂笔歇歇吧？"仍然没有人回声。我当然知道他俩不在的，但就是觉得他们的灵魂肯定在这里，也肯定能听见故乡的召唤，所以我才要喊叫他们俩。想这两位文坛宿将，他们自小熟读《道德经》、背诵《千字文》，从故乡到首都，他们俩始终都有老子、有周兴嗣的精神陪伴，当然，肯定就比没有精神仰仗的人自信，写出来的作品，也肯定就比没有偶像激励的人优秀。由此想来，他们两个怎么可能不心念着家乡和家乡的父老乡亲呢？是啊是啊，家乡也一样心念着远在他乡的游子，建了文学馆，第一时间的第一件事情，就是给为家乡争得荣耀的他俩开设工作室，等着、盼着、望着他们两个早点回家，来家拉家常，来家吃捞面，来家写最新最美的华章……

  那天晚饭后，我独自循着宾馆绕圈子散步，发现沈丘的月光格外地明亮。于是乎，便干脆坐在条椅上欣赏了起来。只见半个月亮慢慢地爬上来了，银辉洒遍了我目视范围内所有的楼宇与街道。我想，那银辉也应该洒满了沙颍河面吧？想象一下月光随着沙颍河漫游的情景，我就觉得像老子的思想在漫游，像周兴嗣的《千字文》在漫游，像沈丘人、周口人的灵魂在漫游。他们统统漫游在中华文明的海洋里，像精神一样，闪着油亮亮的光，活得潇洒从容，血肉俱足，且鲜活如大海，在波峰浪谷间获得了永生……

2023 年 10 月 31 日于京华

制伟器之文港兮

治世之功，莫尚于笔，能举万物之形，序自然之情，即圣人之志，非笔莫能宣，实天地之伟器也。——西晋成公绥《弃故笔赋》

想象一下，晋朝成公绥将一杆轻轻的笔，比喻为千斤重鼎之"伟器"，那该是一个多么胆大包天而细思又觉得真是万分准确的狂妄却并不自大的比喻。他让我们从一个很轻很轻的物品之上，看到了一个很重很重的精神世界。真是了不起！而更了不起的千古名篇《滕王阁序》"光照临川之笔"句，一指内史谢灵运文采风流，二指"临川之笔"的"笔"，也就是成公绥比喻的那个"伟器"，则是说临川（现进贤文港）毛笔。

说起这个文港来，它可不简单，不仅是北宋宰相、著名词人晏殊的故里，而且一直都是名扬大江南北的"毛笔之乡"，也即"伟器之乡"。它制伟器的历史有1600余年。在王勃的名句里，他是出口珠玉，一语双关，既赞了谢灵运，又点出了此地乃制伟器之实地。一个"笔"字，恰似毛笔之尖锋，少了它，字的意境，书法的况味儿，就寂然全消，真是少不得！它就相当于妙不可言的妙字啊。

我冒雨赶到文港镇的时候，已是上午11时许。那天，雨点儿有点大，落入环院池中的每一粒雨滴，都能溅出一个水泡，噼噼啪啪，泡泡刚成形，瞬即就破灭了。像快嘴人说了一串话，一眨眼，匿迹了；更像胸有成竹的书法家，挥洒间，就是一幅狂草，墨还洇着，他已然收笔……

伴着小水泡儿一片片地生，又一片片地灭，我坐在穿着西装、气质儒雅、名叫邹农耕、自称农民的一位中年男人对面，听他给我讲"毛笔之乡"文港人"制伟器"的昨天和今天。是的，现实生活绝不是文人雅士的咬文嚼字，不仅没有那么细腻，而且还是充满了烟火气息的实实在在的生活。千百年来，文港的制笔业，一直都是风里来雨里去，一代代的默默劳作，一代代的奔走叫卖，仿佛有一股力量，推着拉着文港人向前走，使它始终处于中华大地制笔业的"龙头老大"地位。虽然偶有跌落暂停，却也从来没有丢失过祖宗留下的这一份家业。子子孙孙都秉持着不曾改变的"工匠精神"，发奋进取，精益求精，虽历经千百年，却依然可以说是"老当益壮，不坠青云之志"。

陪同我采访的文联书记童华告诉我："如今，在文港从事毛笔生产营销的企业、作坊和人员，占全国的90%。毛笔产量、产值逐年增加，占全国市场份额的75%。从业人员的收入及利税水平亦稳步增长，可以说未来可期，大有奔头。"童书记接着说，"尤其近年来，伴随着生活水平的提高、书法进入中小学课堂、我国逐步进入老龄化社会、传统文化的实践热潮风起云涌,练毛笔字、写书法的人越来越多。当然了,毛笔的供求量也于悄然无声中,有了逐年增长的大趋势。"制伟器之文港兮,就在这样一个大的背景下,进入了前无古人、史无前例、迅猛发展的机遇期。

文港,钟灵毓秀,文脉绵长,自不必多说。自晋以降,历朝历代宫廷翰林,儒生童叟,包括新中国成立后的各级政府部门、大专院校等等,多以用文港毛笔为荣。在文港,做毛笔的人家,一直都抱着敬畏、敬仰、敬爱"祖宗家业"的虔诚之至的承继之责任心投入生产,以父辈口传身授的方式为主,代代相传,须臾不曾中断。孩童一般到了十二三岁,就随大人入坊学做笔工了。如果说文港家家做笔稍显夸张,那么,说文港户户都是做笔人家,绝不为过。

截至2022年底,文港这么一个常住人口只有3万多的小镇,在册的非遗传承的毛笔制作人,就有55位,不在册的就遍地都是了。现在全国很有名气的农耕笔庄庄主邹农耕,就是非遗传承人之一,他当年初中没毕业,15岁就跟着爷爷邹嘉清、父亲邹印权,在自家的作坊里学做毛笔了,每年都要远足他乡,到福建广东等地卖毛笔。先前的老祖宗不说了,仅他们祖孙三代人的艰苦奋斗,就是文港发展的一个缩影。自然,也是常人难以想象的。这个世世代代做笔卖笔的农耕人家,凭着"咬定青山不放松"的韧劲,一支一支做毛笔,一支一支卖毛笔。用邹农耕的话来说:"不知道做了多少火车皮的毛笔,卖了多少火车皮的毛笔。"他们竟然卖出了雄心,卖出了文化,卖出了思想,之后升华,突发宏奇想象,要投资六千万，把老祖宗做笔卖笔的事情收集整理，设计展览，通过建一座赣派风格徽州民居特色的中国毛笔文化博物馆，把历史实物与记载，放进陈列馆，有条有理地呈现出来，展览给子孙后代看，以期达到耳濡目染的目的，帮助后来人记住乡愁，知道自己从哪里来，要到哪里去。他们罄其所有，大公无私，齐心协力，说干就干，也就几年的工夫，果然就于2021年建成了。

此馆，现屹立在文港。12000平方米的中国毛笔文化博物馆内，设有毛笔历史文化、毛笔实物、书画艺术、毛笔工艺制作作坊五个陈列展厅，收藏了元明清、民国，及当代毛笔实物，以及毛笔生产销售方面的展品，是一部活生生的实物呈现的毛笔发展史。特别珍贵的是，在这里还可以看到很多古老的、宫廷御用的毛笔，以及鲁迅、郭沫若、任继愈等文化巨擘用过的毛笔，令人大开眼界，也让我感动非常。刚才，和我一起参观游览的人，都是来自全国各地的书法爱好者和学龄儿童，以及退休老人。这里已然成为当地农民，与外来游客的一个文化景观胜地。那天参观完，我坐在院内的廊庭，望着直落的雨帘，心里真是感慨万千。

文港的毛笔，与其他地方制作毛笔的方法不同，且各家都有各家的绝招。做毛笔不是做钢笔、铅笔、圆珠笔，那些笔都可以用机器制造，批量生产。文港人做毛笔，必须是手工，而且手工里还含有各种各样的小工艺，丝丝缕缕，毫毫末末，支杆吊坠，水胶点滴，都是丝毫连心，必须精益求精，来不得一丁一点儿的马虎。每做成一支毛笔，都要经过一百二十八道工序；而每一道工序，都至关重要，都关乎着质量，也关乎着做笔人独一无二的个性。正所谓：笔之个性，与人相同；差之毫厘，谬以千里。人永远是千人千面，笔亦然，更是千差万别，而唯一不变的，永远是不一样的个性。一杆文港笔在手，那辨识度，是清晰的。看着长得像，其实不一样，不一样的品相，透着不一样的做工、不一样的用心啊。

　　文港人做毛笔，自有一套自己独门的讲究，每道工序都融入了他们对传统工艺和现代文化的理解和表达。比如说在笔杆上刻笔名、留名款吧，文港的做笔人，都有一手刻字的硬功夫，甚至名气的大小，都直接与刻字的水平有关。可以说你若刻不出一刀好字，就绝无成为名家的可能。那天，我在"文港笔王周鹏程"工作室里，就目睹了70岁周老先生即兴刻字的神采。只见他信手拿起一支毛笔，一手握笔，一手运刀，刀尖果断流利，随着吱吱细碎之声的下移，窄窄的笔杆儿上，就刻出了一溜儿小字："万毫齐力……王久辛先生用笔　癸卯　周鹏程七十敬"。好一个"万毫齐力"！毛笔，那么一小撮毛，在周老的心里，却是万毫汲墨，齐力发挥，寓意何其之好。其中"万"和"齐"两字，周老先生是顺刃尖直下，轻移笔杆，瞬间刻出繁体的"萬"和"齊"，笔画复杂琐碎，却疏密相间，率性清雅，看得出周鹏程先生国学功底不浅。难怪西泠印社老社长沙孟海、当今中国书法家协会主席孙晓云等大家，都长期定制他做的笔，那个"笔王"的称呼，绝非浪得虚名。他的笔，做得好；名，取得好；款，也刻得好。

的确是：在笔杆上刻出所题笔名、所落名款，最能见出一家笔庄的精神分量，也可以见出制笔人的文化功底。农耕笔庄邹农耕的爷爷邹嘉清、父亲邹印权等老一辈的先生们，就是文港做笔人的集中代表。邹农耕的爷爷和爸爸，都是自小临帖习字的童子功，而且能背诵四书五经，直至退休乃至逝世前，二位老先生都是手不释卷，而且天天抬把椅子，坐在院里，把《人民日报》从头到尾一字不落地看个遍。邹农耕至今还保留着一些二老刻名落款的笔，他说他们二老刻出来的字，常带欧颜柳赵二王一米的痕迹与味道。起的笔名，不仅有文采，还含着深厚的文化底蕴。他说，刻的字有功夫，这只是一支笔的表面文章，而要给一支笔取个好名字，并刻出字独特的味道来，那才真正赋予了笔以生命，甚至灵魂。

1992年农耕笔庄成立，邹农耕的父亲60岁，人也神清气爽，笔庄出的所有笔的笔杆上刻的字，都出自邹农耕父亲之手，包括取笔名。他说，父亲取笔名，就像在家里喊儿孙的名字一样，张口就来，如数家珍，如：横扫千军，白凤文章，蓝天一柱，碧海青天，春风马上鞭，吏部文章，东坡墨庙，怀素写意，等等，这些名字各有各的寓意，各有各的典故、诗情，包含着制笔人对笔的寄予，也包含着父亲对笔的挚爱深情。而买笔人呢？他们买去的不仅是笔，还有一种卖笔人寄予他们的希望和关怀。这样的文化传承，没有老一辈的面授机宜、言传身教、耳提面命、进心入骨的传帮带，恐怕早就失传了。可以告慰先人的是，邹农耕是一位有心有志也有灵魂的后人，他把先人留下来的笔名，一一录存，并精挑细选，已经做成了农耕笔庄经典的品牌。

制伟器之文港兮，聚宗祖之心智。纵观文港的制笔大业，可以说，他们已经走出了一条自我完善的制笔营销之路，产业生态体系已成闭环，毛笔产品种类已经多元，销售渠道更呈多样大势。他们积极开发专业平台"笔淘网""翠宝网"等，依托天猫、京东，拓宽线上渠道。现在，文港毛笔每天都有 3000 多订单，且仍有继续上升之势，形势喜人。

文至此，我蓦然想到，当年伟大的周树人先生所用的笔名之一"鲁迅"，和鲁迅先生所用之笔的笔名"金不换"，难道不都是因为用了笔名之后而荣幸获得新生与永恒的吗？哈哈，这当然是个说笑了，不过现在，鲁迅先生用过的"金不换"之笔，虽然不大，一尺不到，现在就高高地挂在中国毛笔文化博物馆书画大厅耀眼处。而鲁迅先生的光辉形象，此时此刻就浮现在我的眼前。那笔，那名，那人，那一切的一切都神与物游、物与人交、物神通人，均已通透畅达，圆融一体，这应该就是制笔之人最高的期望吧？展馆内，我久久地凝视着那支"金不换"，心呼之曰：伟器也。

制伟器之文港兮，聚宗祖之心智；
汲精华于毫末兮，凝赤痴于恒志。

2023 年 11 月 22 日—29 日凌晨于京华

品质样貌依然震古烁今

——泸县记行

四川人将人的头颅称作"脑壳儿",这我老早就知道。然而,当我在泸县福集北郊九曲河上,看到石碑上刻的"龙脑桥"三个字时,还是将其中的"脑"字,联想成了"脑子",而非头颅。那一刹那间,我琢磨着龙的脑海里,会装着一个怎样的世界呢?我猜,那应该是一个龙宫,庞大得无法想象,而且是水晶宫,潜龙穿梭,腾"龙"驾雾,飞龙在天,哈哈,那怕是蔚为壮观的龙的世界吧?还是泸县的同志看出了来自天南地北作家们的心思,解释说:"龙脑桥,就是龙头桥,这个'脑'字是我们四川方言,特指头而并非脑。"听她这么一说,我的想象,一下子就踏实地回到了初心。

龙脑桥,是我们泸县行的第一站,而这个第一,就让我见识了早在明洪武年之前,当地人建桥的工艺。此桥长54米,宽1.9米,高5.3米,12墩13孔,桥梁板重超过5.7吨,桥墩每个6.8吨,其中桥墩上的四个龙头全重约13.6吨,而龙嘴所含宝珠,就有30多公斤。从南到北八个桥墩,分别雕有麒麟、青狮、四条龙、白象、麒麟,其风格明显承继了汉唐石刻形体硕大、粗犷豪迈、气势宏伟的特征,以圆雕、浮雕、线雕结合的雕琢技艺，表现了神龙与神兽势壮威猛、狞厉镇邪、祥云欲飞、齿目逼真的独特样貌。在全国古桥中，实属罕见，绝无仅有。

泸县属长江水系，境内大小河流有549条，流长2532公里。想象一下河网密集纵横，水源丰沛特殊的环境，就可以理解为什么这里遗存的古桥这么多，而仔细观摩那造桥技艺，其精湛程度就说明这里的百姓对桥有着多么强烈的需求与热爱，所以也就有了世世代代以造桥为职业的石工石匠，技艺当然也就随着日月累积逐渐攀升了。据不完全统计，泸县有文献记载的古桥就有183座，加上无法考证的，最少也有200座，这在全国的县域城区恐怕也属第一。东汉出土圆形稻田砖可以证明，早在1700年前，泸县百姓就广种水稻了，且有"仓库丰盈，市无饿殍，道不拾遗，百姓安居乐业"的记载。宋熙宁年间，泸县上交朝廷的军粮，达20万石以上，是名符其实的"国之粮仓"；而能达此丰盈充足的原因，靠的正是丰沛的水源。但水源丰盛，又影响人的出行，于是乎，修路造桥，就成了过往历史中关乎百姓生活的大事件。

相传玉蟾山的聂郎误食"夜明珠"而变成了龙。在一个风雨交加的夜晚，聂郎投生在濑溪河畔一陈姓人家，取名陈济堂。小济堂时常坐在家门口，望着因水而绕行的挑夫，总有建桥的幻想。18岁时，他成了陈家石刻的掌门师傅，到处为乡亲们修路造桥，几年下来，建造了几十座桥，这些桥却总是经不住洪水的冲击。这让陈济堂很纠结。一天，正逢涨水，他看乡亲们抬着大石条往迎水的桥墩上压放，开始好奇不解,继而恍然大悟!乡亲们防洪固桥的高招,就是在桥板接缝的地方压放重石,以阻挡大水对接缝的冲击,还可以压稳加固桥墩。此后,陈济堂再建的桥所压放的条石,就变成了与桥墩浑然一体,又精工细雕的石龙、石狮、石虎、石象、石麒麟等,不仅把桥装饰得威风凛凛,而且也通过雕琢神兽,把陈家石雕的技艺发挥到了炉火纯青、出神入化的极致,使每座桥上的神龙石兽,有了承继汉唐石刻大气沉实、威猛无畏的样貌。而龙脑桥上八尊神龙石兽的雕刻,自然也就成了泸县最典型的标志,堪称明代石刻的精品力作。

然而,龙脑桥只是泸县石刻豹纹之一斑,要了解全貌,就不能不去宋代石刻博物馆。可以说这里石刻表现的,就是宋代泸县人民生活的精神样貌,馆现藏文物 14 000 余件,其中国家珍贵文物 550 件,一级 120 件,二级 145 件,三级 285 件,其丰富精美,世所罕见,艺术价值与学术价值,都是天花板级。徜徉其中,仿佛与大宋子民同游街衢,古貌宋韵,焕然一新。仔细观赏石上那人、那物、那花、那鸟,可以放松身心地东瞧瞧、西逛逛,与石刻摩肩接踵,仿佛世声喧哗,车水马龙,却是静穆肃然,琳琅满目,令人眼花缭乱、目不暇接。尤其还可以近前咫尺,一一端详。我发现这里的内容真是包罗万象:民间信仰、节庆生活、社会风尚、衣食住行、娱乐教养、英雄战争等等,应有尽有。最令我感动讶异的是:那石刻雕塑的人物,你从头看到尾,始终透着一种自在平和、喜乐安泰的神情。尽管那眉目都是刻工雕琢出来的,然而你退后一步仔细打量，就会看到眉目中含着的亲切和蔼、身心舒坦、知足常乐的精神气象，那当然是雕刻技艺高超的效果，也是石工刻匠心中所有刀下自然流溢的思想感情吧！想到此，我心一动，不由自主地举起手机，将一张又一张雕刻生动的脸，一一拍下。

比如南宋高浮雕二侍女石刻，侍女头戴软角花冠，面部丰满若唐女，浓眉拱弯，双目含笑，鼻口微微上扬。右手上握注柄，左手下托注碗，仪态万方，栩栩如生。再如南宋高浮雕夫妻好合石刻，雕刻的是新婚宴尔日，洞房花烛夜，夫妻互赠佳果，倾诉衷肠的情景。女子高髻胖脸，面方润腴，眉目宽疏，樱桃小口；而男子头顶冠带，浓眉大眼，双手抱笏，仪态堂皇。夫妻两个脚踏祥云，如入仙境。又如南宋高浮雕四子摘桂石刻，我们知道，古人把夺冠登科比喻为"折桂"，此浮雕刻的正是将军周恒把三子一女招至桂花树下，要他们上树折桂，以谁先折下桂枝定输赢。石刻上，一个跳脚折桂，一个上树折桂，还有两个合作，兄长躬腰作梯，小弟踩着居高折桂，而树下玉兔捣桂花酿酒，喜迎新年。整幅石刻，构图巧妙，雕工大胆，四子表情喜气洋洋，如生如活，让人过目难忘。还有表现传奇爱情故事的宋代陈姑赶潘石刻，表现滴水之恩、以命相报的宋代扛椅男侍石刻，表现万般皆下品、唯有读书高的宋代持书男侍俑石刻，表现务农重本、国之大纲的宋代春日耕籍之礼石刻，表现歌舞娱乐、寓教于乐的宋代高浮雕乐伎演奏石刻，以及采莲舞石刻和高浮雕飞天石刻，还有表现梅兰竹菊各种各样祥瑞花卉的石刻，等等。几乎所有石雕凿出的人、物，好像不约而同地都透出了一种祥瑞中和、淡雅喜性、安居乐业的韵致。这难道是宋代雕刻的一种艺术风尚，还是雕工石匠依照现实生活的样貌，对之真挚热爱的生活自由自在的描摹与抒发？

我还注意到了：即使是表现宋元战争与武士英雄的石刻，作品中的人物作为保家卫国的男儿女儿，勇武剽悍，英气逼人，那是自然。但在泸县宋代石刻中，也少见杀气腾腾、凶神恶煞的样子。按说这些石刻都是装饰墓室的作品，把人物雕塑得凶恶一点，不是正可镇邪驱魔吗？然这里出土的石刻雕像却不尽然，甚至是反其道而行之，墓室石刻的武士人物，有一部分就呈祥瑞平和，面部表情松弛恭谨，礼贤乡里，敬爱人人，如南宋高浮雕执剑男武士石刻头盔下的脸部表情，就是慈祥仁爱、和蔼可亲，长长鼻梁下，是一副嘴角上扬微笑的样子，与他执剑护卫的身份，似有所违和。再如高浮雕持骨朵女武士石刻的眉目之间，表现的虽然是警惕的神态，但那神情又分明含着一丝笑意，像是在逗小孩儿玩耍一般。没有凶神恶煞，却透着和善纯良。当然了，成百上千的石刻作品中，武士的雄姿与威严，肯定是大多数，但样貌洋溢着中和之气，却是墓石雕像的主旋律。这让我从博物馆出来就在寻思，为什么在这里我感觉到的古意不够浓厚呢？这些出自宋代墓室的石刻为什么没有死亡的气息，甚至还弥漫着一股子俗世快乐的欣欣向荣？古泸县人哪！把墓室雕刻布置得像新房，还真是有股子让人猜不透的意味呢。明明是久远时代的作品，今天观之，又恰恰像刚才在大街小巷漫步，碰到的一个个男人、女人、老人、小孩儿。像看了秦始皇兵马俑，发现西安满大街的兵马俑；在泸县出了博物馆，我发现满大街也是宋代的活雕像在行走。包括刚才给我们讲解的年轻的讲解员，与石刻上的女人十分相像，都是杏眼长鼻，脸虽不笑，却含着几分喜气。这是泸县人天性欣喜，还是内涵丰富，崇尚善美，从古到今，一直贯通了？

"滚滚长江东逝水，浪花淘尽英雄。"在玉蟾山顶，我看到了依《三国演义》开篇诗作者杨慎笔迹刻石的三个字"金鳌峰"，笔力雄健，直锋犀利。嗯，这应该是泸人的样貌。然而，在玉蟾山，这块碑虽构成了形胜之景观，但还算不上镇山之宝。真正震撼人心的艺术瑰宝，真正能让人看到泸人心灵的史诗巨作，是新镌不久的玉蟾山金鳌峰石壁上的大型人物石刻浮雕《流民图》。据介绍，这组石刻浮雕是根据蒋兆和大师生前遗愿所镌：将国画长卷《流民图》刻石山上，供后人世代铭记日寇之罪恶。石刻浮雕1987年7月动工，1989年4月竣工。长41米，高3米，刀笔气势，磅礴精神。画上100多个人物，神情淋漓，栩栩如生，揭示了在日本侵略者铁蹄蹂躏下，中国百姓及各阶层人士，民不聊生、哀鸿遍野、尸骨横陈的凄惨景状。此石刻浮雕长壁边，另塑有蒋兆和大师的雕像，解说员告诉我：蒋兆和大师的骨灰一半撒入长江，喻他是长江之子；一半安放于此雕像基座之下，喻他是泸县玉蟾山人。

若干年前，我第一次在某美术期刊上，看到国画长卷《流民图》时，就被深深震撼。画面上濒危的老人，背井离乡的农民，手把着大锄的青年，躲避敌机轰炸的母子，断垣下横陈的尸骨，沿街乞讨的孩子，失业伤残的工人，被逼疯的妇女，欲上吊的老人，无力养活家小的教授……当年，可不是今天，今天你可以安静地在画室作画；那个当年，蒋兆和是一次次冒着被日本鬼子杀头的危险，历时几年，直到1943年，在抗日战争期间的日军占领区北平，创作了这幅史诗巨作。在我想来，蒋大师当年悲愤地拿起画笔，饱蘸血和泪创作《流民图》的艰难万险，和他汲尽自己所有的才华，创作这幅传世之作的千辛万苦，应该完全是可以等量齐观的。《流民图》上每个局部、每个人物，都将中国画的笔墨功夫和西画写实的技巧，完美地融为了一体，其精湛技艺的强烈浓重的艺术表现力，实现了撞击人心的艺术的目的，尤其是他对一百多位画上人物内心世界的深入刻画，使他成为中国现代人物画史上最伟大的画家，没有之一。

　　行游至此，我终于看到了泸县人的精神高度与思想深度，看到了一位泸籍艺术家大魂灵里散射出的光芒。"知我者不多，爱我者尤少，识吾画者皆天下之穷人，唯我所同情者，乃道旁之饿殍。"蒋兆和如是说。他喜读杜工部诗，也爱画心中的杜甫，杜甫诗写"冻死骨"，他作画《流民图》，其情感、其精神、其样貌、其品质，真是与古代杜甫等奉民为上之士子文人一脉相承，令人敬仰，不愧泸中豪杰。人们说到泸县，就会提起国窖1573，而且赞不绝口。对的，对的啊！看看龙脑桥，看看宋代石刻博物馆，再到玉蟾山上欣赏欣赏蒋兆和大师的石刻浮雕《流民图》，然后咱们再来坐下品品那"老窖""国窖",再思思这一方水土养育的一方人,还真是一贯到底,震古烁今,样貌品质,莫不如此?

2023年12月19日于京华

冬 之 祭

受　邀

2017年11月10日13点52分，我收到中国社会科学院日本史专家、博士生导师汤重南教授发来的微信，即南京大屠杀遇难同胞纪念馆张建军馆长嘱他转告："鉴于王久辛先生为纪念馆做出的重要贡献，今年国家第四次公祭仪式拟邀请他出席。因参加公祭活动的重要领导和人士较多，位置不一定特别好，不知他是否能够出席？"看了汤老先生的微信，我的心颤动了一下，几乎没有犹豫，便立刻回复了两个字："可以。"还加了一个拥抱的表情符号。

对我来说，这是一个期待已久的邀请，不存在可以不可以，参加是必须的。因为早在27年前，我就以500行长诗作为我的祭献之牲，从胸臆之中捧出了我的心——《狂雪》，它至今仍以39米的诗碑，耸立在江东门侵华日军南京大屠杀遇难同胞纪念馆……

记得2014年国家首次公祭时，我与长篇历史小说《大秦帝国》的作者孙皓晖先生正在南京应邀讲座。当公祭开始，汽笛拉响，宣布默哀之际，孙先生和我并肩站在宾馆狭窄的阳台，面朝纪念馆的方向，垂首而立，默哀良久。孙夫人将我俩默哀的情景，及时用手机拍了下来。是的，我的内心深处，一直都有祭奠南京大屠杀死难同胞的愿望，能有机会亲临国家正式的公祭仪式现场，真是三生有幸；而张建军馆长所说的"鉴于王久辛先生为纪念馆做出的重要贡献"，其实指的就是现在仍竖立在侵华日军南京大屠杀遇难同胞纪念馆的这座39米长的诗碑，而我正是这首长诗《狂雪》的作者。

我随即用微信的语音功能回复汤重南教授，我是去参加祭奠表达哀思的，绝不讲究什么位置。能以一位诗人的身份，去献上一份馨香、一丝追念、一点抚慰——就足够了。但是，有一件事，需要向馆长说明，因为我是现役军官且又是大校、技术四级，若参加这次国家的公祭仪式，我就必须向武警总部首长报告，所以请纪念馆尽快发出正式邀请，待报告后，获得总部首长批准同意，方可成行。汤老先生回复我说："立即转告。"

第二天上午，北京的阳光格外耀眼，办公室里，我种的那棵菩提树已经长到一米八了，每一张菩提叶，都像一只宽厚的手掌，捧着温暖的金灿灿的阳光。

手机响了，像阳光来了一样。是纪念馆的小姑娘，自称叫陈思，她要我告诉她一个邮箱或加她微信，她要给我发一份"国家公祭受邀人员信息表"，要求我尽快将信息填写完毕及时反馈给她。同时，她还要了我所在单位的通讯地址及邮政编码。她说要给我们单位发出正式的邀请函。我暗自赞叹，纪念馆同志的办事效率真是神速。

于是，我下意识地打开制式的大衣柜，取出军大衣，立即差人送到洗衣房干洗；还把部队配发给我，而我还从未穿过的、配有三道绶带的军礼服——取了出来，端详良久，心想，这次我必须穿上它去参加公祭仪式，以表达自己庄重无尽的哀思……

加上陈思的微信后，我瞬间便收到了信息表，在手机上我就立刻填完发回，那是11月13日，距离正式的公祭仅有一个月了。

11月16日上午，我所在单位收到了南京大屠杀遇难同胞纪念馆发给我的正式《邀请函》，上面写着——

邀 请 函

尊敬的王久辛先生：

　　今年12月13日，中共中央、国务院将在侵华日军南京大屠杀遇难同胞纪念馆举行第四次南京大屠杀死难者国家公祭仪式，深切悼念南京大屠杀无辜死难者，表达和平愿望，宣示和平立场。

　　现诚邀您于12月12日至14日莅宁，参加公祭仪式。

　　　　　　　　　侵华日军南京大屠杀遇难同胞纪念馆

我所在单位人民武警出版社领导接到邀请函后，立即给武警总部政治工作部宣传局呈报了请示，11月21日总部政治工作部宣传局根据我社的请示,给武警政治工作部上报了"关于我社编审王久辛同志应邀出席'第四次国家公祭仪式'的请示",政治工作部副主任李吟少将,于11月22日阅示"同意"。作为军人——什么是守规矩?按级报批,不轻举妄动,就是守规矩;什么是纪律严明?严格按照组织纪律行事,就是纪律严明。我已是一个有着40年军龄的老兵了,我当然知道我是一位诗人,但我更清楚的是:我首先是一名军人。

我立即给汤重南教授和陈思小同志回复了微信,告诉他们两人:"我们首长已经批复。我将着正装军礼服参加12月13日的国家公祭仪式。"但是很快,陈思就给我回复了,说:"王老师,我刚刚通报了关于您要着军装参加公祭仪式的事情,领导说,着军装有单独的方阵,而您所在的方阵是文史界方阵,应着深色呢子大衣。"之后十分钟,她又补充了一个相关要求的信息,如下——

为保持肃穆的环境,根据活动的规定,提醒各位注意以下事宜:1.请着黑色或深藏青色西装,以及毛呢大衣、羽绒服、棉衣(均为短款,不配有毛领、帽子、亮色扣子、装饰等其他配饰),男士可配白色衬衫+深素色(单色无花纹)领带。勿穿着其他颜色、类型的衣物;2.外露的里衣、衬衫、毛衣、领带等须深色;3.进场时请勿戴帽子、围巾、手套、包袋;4.一律佩戴统一发放的胸花;5.严禁携带手机、相机、摄像机等电子设备。

这就是说，我必须按要求着装，没有例外。

我是乘 12 月 12 日的 G142 次高铁从上海出发去的南京，在列车上，越是快要抵达，就越是思绪万千。其实，一个人一生，可能要做很多很多事情，但是真正能够被人认可、接受，获得赞扬的事情，却非常非常少；哪怕有一件事，一件很小的事，只要做对了，做好了，就非常非常难能可贵了。就比如我写了一首《狂雪》，结果却被很多很多人记住，又给予了很多很多很大的荣誉和奖励。这就告诉我一个道理：为人在世，你可以干不了大事，做不出伟业，你可以不信神、不信鬼，但是你一定要相信天地良心。天地之间游荡着一个神灵，就是——良心。凭良心做事，事虽微然而做得对，哪怕过了百年千年，仍然经得住评说，这是什么？这是小事？这就是不朽啊。包括我这次能够受邀参加公祭活动，无论是南京还是北京，也无论是地方还是军方，各级组织都给我发放了通行证。这是为什么？写诗的时候，我没想过这么多，当这首诗发表 27 年之后，我所遇到的很多很多的事情，都验证了遵循天地良心，就是遵循天道文明的至理。所以，要永远站在天地良心一边。这是一个人应该持有的不可移易的最根本的立场。

12 月 12 日晚 7 点，在纪念馆举办的欢迎晚宴上，我与现任的馆长张建军先生相会，他当着宴会厅很多人的面，对我说的第一句话，就是"久辛先生，我还要跟您商量一下，这么多年了，狂雪诗碑老旧了很多，现在有条件了，我想把它再重铸一下，您看如何？"当然求之不得，更何况这座 39 米的诗碑，是甘肃宝丽集团捐赠给纪念馆的，本来就属于纪念馆,它从来就不属于我,也不属于任何人;它是拆是修,还是重铸,都是纪念馆分内自主自决之事。我对建军馆长说:"太好了,我支持。"

其实,任何作品一经发表,从阅读传播的角度来说,就与作者没有多少关系了,谁喜欢它它就属于谁。更何况宝丽集团早就把诗碑捐给纪念馆了,它属于纪念馆。说句到底儿的话,哪怕哪一天纪念馆不需要它了,要把它"铸剑为犁",我虽然会惋惜,但那也是理所当然的。大先生鲁迅早就有言在先,他就希望自己的作品速朽,更何况我等宵小鼠辈的作品呢?

> 我们不是要建立美丽的家园吗
> 我们不是思念着深夜中的狗的吠叫声吗
> 我们不是想起那叫声便禁不住要唱歌吗
> 不是唱歌的时候便有一种深情迸发出来吗
> 不是迸发出来之后便觉得无比充实吗
> 我们在我们的祖宗洒过汗水的泥土中
> 一年又一年地播种收获
> 又在播种收获的过程中娶亲生育
> 一代又一代　代代相传着
> 关于和平或者关于太平盛世的心愿吗

公　祭

12月13日8:40,用过早餐,我便严格按要求准时来到 H 水晶宾馆的大堂，等候集体登车前往纪念馆内的公祭仪式现场。在大堂，我遇到了中国人民抗日战争纪念馆的唐开文副馆长、"九一八"历史博物馆范丽红馆长、上海交通大学东京审判研究中心程兆奇主任、上海师范大学中国"慰安妇"研究中心苏智良主任、南京大屠杀血案主审大法官叶在增后裔叶于康叶于飞先生及家人、南京大屠杀血案大法官梅汝璈后裔梅小璈、南京大屠杀血案检察官向哲浚后裔向隆万先生、参加南京保卫战的易安华将军后裔易超平先生、参加南京保卫战在一线抵御日军壮烈牺牲的姚步青烈士后裔姚泰陵先生、纪录片《三十二》导演郭柯、报告文学《南京大屠杀》的作者徐志耕，以及时任上海市委统战部干部邵翊政……

不一会儿，纪念馆的小陈小汪等便招呼大家往门外右边的方向走，因为车大开不到门口，我们便互相寒暄着去登车。昨晚签名时我听见人喊我名字，原来是徐志耕先生。我们神交已久，幸会在晚宴的大堂，真是太开心了。交谈中得知，徐先生已经 72 岁了。那天我们登车后，便像老友一样并排坐着，聊得很投缘。他写的《南京大屠杀》一书，发表于 20 世纪 80 年代初期。据他说，当时的条件很差，他是骑着自行车，到处寻找当事人，凭着一支笔、一个小本子，就开始了采访——在我的记忆中，志耕兄长的报告文学《南京大屠杀》最初是在《昆仑》杂志上发表的，之后又出版了单行本。可以说对南京大屠杀血案，我是通过他的这部作品，获得了最初的了解和认识，没有他的这部作品，就不会有我的《狂雪》。今天幸会徐志耕先生，真是他乡遇故知啊……

其实，宾馆与纪念馆非常近，也就一站地，我们的车几分钟就在距离纪念馆不远的路边停了下来。工作人员提醒我们要戴好参加南京大屠杀死难者国家公祭仪式的出席证。从车上下来，可以看到前后左右的军警和装甲车与铁蒺藜，路的右屿区，还有两个荷枪实弹的特警，虽然看上去威武雄壮，但他们对我们这些佩戴出席证的人，十分地友好。我与志耕兄长边走边聊，很快就到了纪念馆的后门。

门口有安全检查和安全检查门，门后站了一排手拿检查仪的公安人员。我从容淡定地走过门去，因为我知道，我身上什么东西都没有，全部都按要求放在宾馆了。果然，我经受住了仔细三番的检查，毫无任何问题。

从后门至公祭广场，还有一段距离，而沿路边站着十几个解放军军官，我看了一下他们的标牌，都是东部战区陆军部的战友，没有佩戴枪械。拐过一堵墙后，便看到了广场，广场上的人早已经站得满满的了……有大中学校学生、公务员、群众、公安和解放军指战员，及社会各界代表，我心算了一下，应该有上万人参加今天的公祭仪式。我们是特邀的外地嘉宾，被特别安排在了前列……

这时，纪念馆办公室的王山峰秘书和小汪小陈及时拿着一张表，跑步过来，分别引导我们找到站位号："……郭柯老师80号、王久辛老师81号、徐志耕老师82号……大家在地上找自己的号码，按号码站位……"

嗯，81号，刚好是"八一"，我喜欢这个号，虽然没有允许我穿军礼服有点遗憾，但这个号不是正符合我的战士身份吗？我的前排是上海交通大学东京审判研究中心主任程兆奇、南京大屠杀血案检察官向哲浚后裔向隆万先生和参加南京保卫战的易安华将军后裔易超平先生，我们各自找到了自己的号码位置后，都有一些兴奋。我问前排的程兆奇主任："出席今天仪式的中央领导都有谁呀？常委有几位出席？"程先生说："听说习近平主席与俞主席出席。""近平同志今天会发表什么样的讲话呢？""这个不好说，一会儿就知道了。"没有手机，时间也不知道。我问程先生，他看了看手表，对我说："现在差五分九点。"

不管怎么说，今天都是我自党的十八大以后，与中央最高领导人最近距离接触的一个重要时刻，当然，也是我可以更近距离听到最新思想的宝贵时光……

我望了望天空，天是晴天，但还是有一层薄薄的云，透过云层射出的阳光，因为被过滤了，所以显得格外柔和；而风却比净空来得更寒冷了……

降下来的半旗，在风中招展，有一种凛然挺立的英武和不屈的精神在飘扬。望着飘扬的旗帜，让人脊梁陡直，骨骼坚硬，双腿生根。

这时，从公祭仪式主席台右边，走上来一位看上去四十多岁、身穿深灰色大衣的中年人。只见他站在话筒前宣布：现在公祭仪式开始。不是十点吗？我寻思着，但一直伴随着程序一起，默哀、唱国歌、聆听"和平宣言"……

这是预演，我心已明了，直到主持人宣布：请中央领导讲话。广播里放出倒计时数，站在我左边的徐志耕兄长才碰了我一下，悄声问我："中央领导不来了吗？"我急忙小声地对他说："这是预演。""哦。"志耕兄长长出了一口气。我知道，自20世纪80年代初开始，徐大哥就扎入了南京大屠杀的这片血海，他是直到此时此刻都没有出来啊！他郑重与哀伤重叠在一起的心，我能抚摸得到，甚至我的心与他的心一样，完全可以融合，因为我们是一样一样的……

也就是在那一刻，我想起了1991年荣获第一届世界和平电影节故事片奖的电影《屠城血证》的导演罗冠群、编剧谢光宁、主演翟乃社陈道明雷恪生，想到了《黑太阳南京大屠杀》的导演牟敦苇，电影《南京大屠杀》的导演吴子牛，《金陵十三钗》的导演张艺谋，《南京！南京！》的导演陆川，想起了张纯如女士的《南京浩劫——被遗忘的大屠杀》，想到了美籍华裔作家哈金的长篇小说《南京安魂曲》，作家何建明的报告文学《南京大屠杀》、郭晓晔的报告文学《东方大审判》，想起了作曲家谭盾的音乐《祭-1937》，想到了画家李自健的油画和陈玉铭的国画《南京大屠杀》……

这是一个很长的作家艺术家的作品名录与作家艺术家的名录，没有任何人与任何组织要求他们去写这些内容的作品，包括我写的长诗《狂雪》，都是谨遵心命的写作，丝毫没有一丁一点儿的功利之心。尽管大家的创作各不相同，但是在几十年的时间里，作家艺术家们心里揣着的是同样的良知，共同在同一个题材里创作了同一个内容的作品，为亿万中国人民乃至世界人民了解认识日本军国主义的反人类、反人道的本质，了解认识中国人民在第二次世界大战中的灾难性经历,尤其了解日军在南京制造的空前绝后的浩劫中惨遭屠戮的无辜百姓的噩运,奉献了宝贵珍稀的才华……

想到这里,我就不觉得我的站位是一个"81"号,而是810、8100……是一个良知汇成的海洋,它将集合起全人类文明的力量,湮灭我们社会中的所有反人类、反人道的邪恶势力。在今天的公祭仪式上,我以为:徐志耕兄长与我,绝不仅仅是一个作家和一个诗人,而是通过我们两个来代表所有为南京大屠杀死难同胞而创作的作家艺术家们——前来参加的公祭。他们虽然没有亲临现场,但是我相信:他们的心上,一定会有祭献的鲜花盛开,那洁白如玉的圣香,一定会弥漫全球……

嗯,我不会忘记,是党的十八大之后的2014年2月27日,第十二届全国人民代表大会常务委员会第七次会议通过决定,以立法形式将12月13日设立为南京大屠杀死难者国家公祭日。

第一次国家公祭按照最高规格举行,活动以中共中央、全国人大常委会、国务院、全国政协和中央军委名义举行,第十二届全国人大常委会委员长张德江主持仪式,国家主席习近平出席、为国家公祭鼎揭幕并发表重要讲话。

这是一个文明人道的国家,对所有普通老百姓尊严与生命的尊崇、呵护与捍卫,是对战争中无辜死难者的人道关怀与灵魂的抚慰,是向全世界宣布:这是我们中华民族的神圣家园与挚爱亲人,从此以后任何人、任何组织、任何民族与国家,都绝对不能欺凌与轻蔑、践踏与侵犯……

国家公祭,是一个国家自爱、自强、自立、自由、平等的象征。转眼之际,就到了第四个公祭日。

还差几分钟十点,隔着五排人的我,看到中央党政军群有关部门和东部战区、江苏省、南京市的负责同志,依次有序地从纪念馆我的右前方,即39米长的紫铜诗碑《狂雪》的方向,向我们走来,并逐一进入了会场。我的眼睛一直盯着右前方……"来了,来了。"我听到身边的人在轻轻地说。我看到习近平同志走在最前边。他表情的凝重和步履的稳健,超出了我的想象,那是领路人的目视前方、庄严从容。平时满脸喜庆的俞正声同志,也是一脸庄严地走在领头人之后,丁薛祥、刘鹤、刘延东、许其亮、吉炳轩依次为序向我们的最前排走来。

公祭仪式由时任中共中央政治局委员、中央宣传部部长黄坤明主持。

完全出乎我意料的是:今天是俞正声发表讲话。我是第一次在距离俞主席十几米的地方,而不是隔着荧屏听他富有学养的讲话。

俞正声在讲话中强调,为了和平,世界各国人民要同心协力,共同维护以联合国宪章宗旨和原则为核心的国际秩序和国际体系,共同推进人类和平与发展的崇高事业。

他指出,中国人民愿同世界各国人民一道,推动构建人类命运共同体,始终做世界和平的建设者、全球发展的贡献者、国际秩序的维护者,共同创造人类的美好未来。

他的讲话,让我的脑海又一次蹦出了如下的诗行——

作为军旅诗人

我一入伍

便加入了中国炮兵的行列

那么　就让我把我们民族的心愿

填进大口径的弹膛

炮手们哟　炮手们哟

让我们以军人的方式

炮手们哟

让我们将我们民族的心愿

射向全世界　炮手们哟

这是我们中国军人的抒情方式

整个人类的兄弟姐妹

让我们坐下来

坐下来

静静地坐下来

欣赏欣赏今夜的星空

那宁静的又各自存在的

放射着不同强弱的星光和月辉的夜空啊……

往　　事

"推动构建人类命运共同体。"这是习近平同志在党的十九大报告中正式公开表述的一个伟大的概念。

凝聚着中华民族最先进分子的智慧和力量的思想——"人类命运共同体"的提出，无疑是对历史和现实的继承与创新，是新世纪的号角。事实上，人类文明的发展和进步，一直就在公平正义的人道的力量与非人道的邪恶势力的搏战之中，起伏跌宕，时隐时现，一如贝多芬的《命运交响曲》，一直回响在我们的生命中。让我以一首诗的不断传扬为例，来更深入细致地阐述一下吧？

那是1990年3月的一天。当靳希光教授在军艺文学系的阶梯教室讲授中国革命史之南京大屠杀之时，坐在第一排课桌前的我，就想起了读过很久的纪实报告文学《南京大屠杀》，作者徐志耕。可以说，正是靳老师的再次提起，才使我突然沉浸在那个疯狂的雪夜。

那天下课已是中午十二点了，同学们都拥向了饭堂，而我则对同宿舍的同学曹慧民、赵琪、徐贵祥说："你们去吧，给我带两个馒头就行了。"我坐在桌前，把纸铺开，把录音机按键按下，即刻，我的宿舍里便开始回荡起斯特拉文斯基《春之祭》的旋律，那强劲疯野的音符，一遍又一遍地撞击着我的心。就是从那一刻开始，我进入了《狂雪》的写作，一直写到次日凌晨三点四十五分……

之后，这首500行的长诗放在了时任《人民文学》双主编刘白羽、程树臻的手上。据送大样的、时任编辑部主任的韩作荣说："白羽同志批了一大段，其中说'《狂雪》是可以流传后世的'。"尤其当他听说我是军艺文学系的学生后，专门给当时的解放军艺术学院写了一封感谢信，感谢军艺培养了一位优秀的青年诗人,并请另一位主编、作家程树臻,和两位副主编崔道怡、王朝垠一起,将感谢信送到军艺,当众宣读了这封信。"《狂雪》是可以流传后世的"一语成真,该作至今仍然被后人诵读。

然而,事情远远没有到此结束。而我与侵华日军南京大屠杀遇难同胞纪念馆的渊源,至此才刚刚开始。

二十二年前,有一位24岁的青年,名叫范军。1995年10月,在原兰州军区政治部东教场家属院我的家里,我和范军从不认识到认识,完全是因为文学和诗歌。那时我的家里,几乎天天都有文朋诗友来神吹海聊,我记得很清楚的是:一次侃得正欢之际,我西陆院新闻班的同学刘秦川打断了滔滔不绝在讲《狂雪》的几个文友的话说:"别瞎扯了。我说个正事吧?你们要是真觉得你王老师的《狂雪》好,就去找个企业家,把这首诗刻成碑,运到侵华日军南京大屠杀遇难同胞纪念馆,让千千万万的人都能看到,才算真正干了一件正经事儿。"

说者有心无心,不得而知。但是听者有意,确是事实。席间的范军睁着大眼睛说:"真的呀?我想办法去。"范军说他是在焦家湾的家里,细细地拜读了《狂雪》——那真是叫撕心裂肺啊。他也曾经是一名军人,便很想把这件"正事儿"办成。当时,和他一起表决心要把此事办成的,还有甘肃电视台的青年编导蒲源。他们说干就干,立即就写了策划书,其中就提出:诗碑的书法,一定要请刘恩军书写……

俗话说,初生牛犊不怕虎。范军用自己在兰州大学学到的公关策划等方面的知识，又更详细地重新修改了一份八九页的策划书，拿到闵家桥打印店打印时，老板竟然说："这个策划非常好，应该加个硬壳的封面和封底，内文最好单面打印，不要双面印，那太不正规了。"范军听取了他的建议，但是交钱的时候却抓了瞎——钱不够啦！也就八九页加上封面和封底，那能要几个小钱？但是，范军和一起去的那个叫周西冰的女孩，就是不愿让我知道，怕让我知道了"替"他俩出钱！这本来就是我的事，怎么就成了他的事了呢？我还是今年，即2017年12月，也就是最近几天才知道，范军是过了三四天，凑够了那点小钱以后，才去取出的打印稿。

范军和小周，就是拿着这个策划书，先后去了好几个大公司，苦口婆心地向人们介绍《狂雪》，但是全部都吃了闭门羹——完全没戏。

在一次人才招聘会上，范军终于遇到了甘肃宝丽集团总裁胡宝衡先生。当时他在光辉批发市场旁一栋六层旧楼的办公室里，谈到做《狂雪》诗碑，他开始并没兴趣，范军便反复请他先看看诗，然后再看策划书。果然，这位南京出生的老板，一读便不能罢手了，竟然表示一定要做好这件事。最初他认为投入五万元资金就差不多了，没想到后来逐步升级，竟然最后花了将近三十万。

诗的碑文由青年书法家刘恩军用居延出土的汉简体书写，运用铜腐蚀技术，把书法作品刻入紫铜板上，然后镶嵌在核桃木制成的座基碑背上，形成21米长的正反两面的紫铜诗碑。

胡宝衡先生亲自上阵，一次次地向甘肃省委宣传部报告，并提出希望捐赠给侵华日军南京大屠杀遇难同胞纪念馆。时任省委常委、宣传部部长石宗源同志闻听汇报之后，亲自跑到兰州东方红广场，当场验看了诗碑的质量，觉得非常满意后，便与江苏省委宣传部联系，正式启动了捐赠事宜……

但是，作为这首诗的作者，制成诗碑的整个过程，我几乎全然不知。我既没有找过胡宝衡先生，也没有看过刘恩军是如何书写的，包括诗碑从开始的设计到后来的制作完成，以及后来所有的捐赠事宜……于今想来，此事之所以能够得到所有这一切人等和甘肃省委与江苏省委，及兰州市与南京市人民政府的大力支持，我猜——全赖两个字：人心。

正如长篇历史小说《大秦帝国》的作者孙皓晖先生在读了《狂雪》后，专门为我写的一幅书法作品所言："国风！感民族之伤痛者国风也——诗林之大，唯久辛矣！"当时还未获诺贝尔文学奖的著名作家莫言读了《狂雪》后，给我发来短信："久辛之诗，系揪心之作，读后可浮一大白！"著名作家阎连科说得更为形象："久辛是最为充满热力的激情诗人，他的诗让人燃烧、让人沸腾、让人在阅读的铿锵中忘我和消失。"已故的前《人民文学》主编韩作荣先生在为我的诗集所作的序言中说："王久辛诗中对生命的珍爱，有着独到的令人动容动心的描绘，甚至是不可多得的一些有着超越性的给人以启迪的诗行……"

之后，中央电视台邀约著名朗诵艺术家方明先生朗诵了《狂雪》，并制成诗歌电视的"特别节目"，在央视一套播出……

再之后——1994年长诗《狂雪》获得《人民文学》五年一次的优秀作品奖；1998年，诗集《狂雪》荣获首届鲁迅文学奖诗歌奖。

又后来，2003年12月，南京大屠杀血案66周年之际，镌刻在紫铜上的长诗《狂雪》因核桃木底座与碑板腐蚀，再次镶嵌移入纪念馆悼念广场一面大理石墙上，高2.2米、长39米。每天有三万人次以上观赏诵读。

2015年世界反法西斯战争胜利70周年之际，多次荣获"兰亭奖"的书法家龙开胜读到了《狂雪》。他越读越有劲，终于夜不能寐，挥笔书之。他在序言中说"王久辛先生著《狂雪》，为三十万军民招魂；我书狂雪，为三十万军民上祭。在充分酝酿好感情之后，在一个星期之内将此长诗书就，交河南美术出版社出版，一时成为诗书界的佳话……"。

现在，诗集《狂雪》先后于2002年、2005年、2015年、2017年四次再版。2008年波兰埃德玛萨雷出版社出版波兰文版。2015年阿尔及利亚出版社出版阿拉伯文版。中国作家协会主办的《民族文学》的藏文版、维吾尔文版、哈萨克文版、蒙古文版、朝鲜文版等均翻译发表了不同语言文字的版本。

长诗《狂雪》从发表到今天，已经过去了27周年了。关于这首长诗，我当然不敢说它是史诗，因为我深深地知道：日军的法西斯暴行，罄竹难书、历数无尽。我写的《狂雪》只不过是日军暴行的庞大无际的疯狂残忍之一点一滴，然而正是这样的一滴，却引发了文学艺术界乃至整个社会的广泛长久而又持续不断的共鸣……是的，诗歌的创作是审美的创造，它并非要告诉大家一个道理、一个思想、一个口号，它只是打开了一个天窗，当你透过这个窗口向外张望的时候，你才会发现：哦，那个恐怖的世界有多么可怕。至于对这个世界的看法，我给出了人类和谐共处的精神指引，我并没有说你一定要与我同行，但是我给你看了人道与非人道的不同的境界。我相信你的良知和智慧，你一定会选择光明。这不仅仅因为时代在发展，历史在前进，还因为文明像太阳一样灿烂美好地覆盖了全人类，你当然没有任何理由不选择文明。这就是历史的魅力，也是现实的逼迫，不要说你能够独立思考，你思考之后仍然必须选择文明。这就是人类共同的命运，你身入其中，必须成为文明的一部分、一分子……而作为一分子，你也仍然具有继续传承文明的天职和使命——这不是你想不想，而是作为文明世界中的一个文明人的本分。

2017年的12月13日，我有幸出席了国家公祭仪式。我知道，这是《狂雪》为我创造的一份祭奠30万亡灵的机会，也是侵华日军南京大屠杀遇难同胞纪念馆的全体员工，对我的赤诚的一个奖赏式的邀请，使我作为唯一的一名诗人代表，再赴金陵，与前来参加公祭仪式的中央领导和南京军民共寄哀思——为30万在大屠杀中遇难的同胞招魂慰灵……

  我扎入这片血海
  瞪圆双目却看不见星光
  使出浑身力量却游不出海面
  我在这血海中

抚摸着三十万南京军民的亡魂
发现他们的心上
盛开着愿望的鲜花
一朵　又一朵
硕大而又鲜艳
并且奔放着奇异的芳香
像真正的思想
大雾式涌来
使我的每一次呼吸
都像一次升华

公祭仪式大约进行了 40 分钟。结束时，下降的半旗仍在空中飘扬，天似乎更阴了，而风也似乎更冷了。我们在小陈小汪的引导下，很快就从北门出了纪念馆。在去登车返回的路上，我与上海交大东京审判研究中心的程兆奇先生边走边聊。今年是中日邦交正常化 45 周年，而日本政府在对待历史与钓鱼岛等问题上只退不进，我有些忧虑地问程先生怎么看。他说："这次在越南岘港，习近平主席与安倍晋三的'习安会'似乎不错。"我相信，中国的发展，才是真正的保障，没有第二条安全的道路。天没有晴，寒风仍在吹……

我以我血荐轩辕——此之谓：冬之祭。

2017 年 12 月 18 日凌晨

1983年4月，在甘肃省武威市凉城师范学院担任教育干事期间，摄影干事匡占亮为我在院内小溪边拍照留影。

下编

紫色的山谷

1994年11月初,《狂雪》诗碑在兰州东方红广场展示一周,准备启运南京仪式后,李迅南京行前留影。

大于童年的舌尖

——奶奶郭建国逝世45周年祭

无论从事科学还是文学艺术，一个人所凝聚起的能量有多少？在我看来，就在于其先人能量的多少和一个人对先人能量吸收的多少。继承是对先人行为内蕴和行为规范与精神记取的概括。一个人比一个人相差的距离能有多大？能大到哪里去？也许就在于对先人能量汲取的深度厚度和广度。自己的先人和人类的先人，都是我们的先人，都有我们生活必需必备与必要承继的真东西。往事如海，海里有鱼、更有金。渔歌唱晚，我想捕鱼捞金……

——题记

1

马上又要到四月了。

每到四月，我都会想起我们家门前的大槐树和大槐树上白色如雪的槐花。小时候，早上起床站到槐树下深吸一口气，那槐花的香，便香得比纯洁的白，更刺眼般地刺入我那嫩嫩的小心脾。这时候,奶奶会说:"把门后的竹钩子拿出来。"我便飞快地跑回家,举着带钩的竿子出来,兴奋地递给奶奶。然后,看着奶奶钩折挂满了槐花的槐树枝。

　　自己家门前的树,枝杈长得低,不一会儿,就折了一地。那时候家家都有小板凳,搬几个,再拿个大箩筐往地上一摆,我和姐姐、奶奶,便开始捋槐花。就是把槐花一串串地捋到箩筐里,一点儿不费劲儿,捋完后拿到水龙头下冲。据说槐花含铅,一冲即掉,冲完甩干放太阳下晒晒,晒到中午晒得半干不干时,奶奶便端起到厨房的案板上,从面袋子里掏上半碗一碗的玉米面和麦子面,倒入,拌一半玉米面一半小麦面和适量的盐,搅拌均匀后,就可以放入笼屉里蒸了。我记得蒸不了多久,就可以下锅了。

　　趁蒸槐花饭的间隙,奶奶已经捣好了蒜泥,再与酱油、辣椒油和香油混合在一起搅拌匀了,那汤汁的味道啊,不由得你不流口水。盛上、端上一碗刚出锅的槐花饭,拌上几勺调好的蒜泥辣油汁,啧啧——槐花是甜的,甜得却不重,是轻轻的甜;玉米面是甜的,亦是浅浅的甜;倒是小麦面没有甜,却有麦的香。它们搅拌均匀经放蒸笼后一蒸,这两个甜与两种香,就彻底融合在了一起。之后,再佐以蒜泥的辣油汁一拌,吃起来的滋味,真是好得一辈子都忘不掉。

　　这时候,奶奶会冲我说:"慢点吃,别噎着!"

2

我们家原来有两个"老物件儿",一个是烙饼的鏊子,一个是捞面的笊篱。都是姥爷自己手工打造的。据母亲说,打鏊子用的铁,是当年在宝鸡铁路工厂做火车头剩下的边角料,德国产;打笊篱用的是红铜,母亲说,那也是洋货,是母亲调进西安厂时,辛辛苦苦从宝鸡拎回来的。我早年当兵探亲回家,每次进厨房,都觉得哪儿不对了,于今仔细一想,就是少了这两个"老物件儿"。想起来,就心疼得不行!

我们家的鏊子,与山东烙煎饼的鏊子完全不一样。山东的鏊子是凸出来的,没有沿儿,我们家的鏊子是凹下去的,有围堰绕着的,是有沿儿的。煎饺子不用担心油水浆汤流下去,而且可以盖上锅盖焖烙。什么饼都可以烙,薄的厚的不薄不厚,有馅儿的没馅的,甜的咸的甜咸的,奶奶都会烙,而且都好吃极啦。比如那个薄饼,要死面的,用擀面杖把面擀得薄薄的,放锅里半分钟一翻,两翻就可以出锅了。春天,卷上鸡蛋炒香椿芽子吃;夏天,卷上绿豆芽子炒韭菜吃。都是超级好吃的呢。

至今,我的唇齿,我的胃,最思念的烙饼,是奶奶烙的羊油葱花饼。那个脆皮的香、葱花炒熟后的香和羊油的香,裹在一起飘起来的香,哪怕是一丝丝一缕缕飘起来被闻到,也能产生令人流口水的味道,比闪电还亮豁,至今都在我的舌尖上闪耀。做法简单,但工艺讲究。和好了面,要醒两小时;

之后，用擀面杖将面擀开，先抹一层白生生的羊油，再撒一层海盐，就是大粒儿原生的海盐；再撒五香粉加少一点的花椒粉；最后，撒上切成大块儿的葱花头，切记不能切太碎，要拇指盖儿大小；然后卷起来，卷成卷儿；再然后，切成一截一截；将切下的一截截捏封住口，按，用擀面杖均匀地擀开，之后入油锅烙。中火勤翻，待饼中油往外冒，吱吱响的时候，油沁入面，葱香入面，盐化入面，五香花椒的滋味等等，就一齐入面了，越翻香味就越浓，越来越香，越来越浓，浓郁的饼香，就从厨房飘到了院子里……

这时候，我和姐姐弟弟早就按捺不住了，坐在厨房门口的小板凳上，一人面前还有一个高方凳，方凳上放着一个小盘子，小手捧着在等着吃饼了。大大的羊油葱花饼出锅了，摊在案板上了……奶奶手起刀落，两刀一个十字，四块饼就切好了。然后，用铲子铲将出来，奶奶踮着小脚，端着铲子上的热香扑鼻的一角饼，从小到大地掷，弟弟、我、姐姐，每人的盘子里都掷上一块，奶奶说："吃吧，小心烫了嘴。"嗯，那香味，还没等我们吃，就把我们的哈喇子给拽出来了……

日复一日，年复一年，奶奶做的好吃的东西，都被我们吃到了哪儿了？

3

我记忆中的家，在西安三桥车辆工厂的北花园第七排。最初的门牌是木制黄漆染过的，号码是55；后门牌又换成了铁制瓷涂蓝底白字，号码是103。奶奶月月都有儿子们寄来的抚养费，我常常要拿着汇款单，去邮局替奶奶取钱。邮局的王叔叔是我小伙伴新蛋的父亲，每当我踮着脚尖把汇款单递上柜台时，王叔叔就会故意问我：你家门牌号码是多少呀？我便赶紧报告——55或103。章子拿了吗？拿了。我再将奶奶的名章递上去。奶奶的名章是细长的长方形，王叔叔接过去先按下印泥，再在汇款单上按一下，之后就给我取钱了。我知道，奶奶原来没有名字，她的名字是1949年中华人民共和国成立之时才起的，我都不好意思写出来，实在不适合做女人的名字。但奶奶说她很喜欢她的名字，而且还特别提醒我——这个名字有纪念意义。有什么意义呢？特别特别地土俗，居然叫：郭建国！现在我理解了，这是一个饱含着被解放了的无名氏妇女对中华人民共和国成立的激动之情的名字。没有春花秋月，也没有金银锦绣，质朴无华，令我刻骨。

我们家的第七排与前边第六排中间，有一条石灰渣铺的路，路北是一排棚房，也就是菜市场。爸爸妈妈说："当初选第七排，就是考虑到奶奶来买菜时方便——因为我奶奶是小脚老太婆。"我当年读毛泽东主席的书，读到他讽刺有些人写的文章，似小脚老太婆的裹脚布——又臭又长，我就会想起奶奶，想起奶奶每天晚上洗脚前，都要坐在小板凳上，将裹脚的白布条儿，从脚上一圈儿一圈儿地绕解下来，那真的是很长的。而那呈现在我眼前的一对白皙的小脚——奶奶的小脚，却令我瞬间便获得了永生难忘的记忆！两只脚上的五个脚趾都折曲着、团缩着、弯入脚心，是被迫畸形向内长成的。奶奶告诉过我，她还不到一岁时，就被母亲缠上了小脚，每天只能晚上睡觉前缠绕解下，洗洗脚，之后，又得立即缠上。是缠着脚睡觉，缠着脚醒来，缠了这么一辈子了。奶奶对我说啊，她小时候不愿缠脚，天天哭，天天哭啊！嗓子哭哑过，哭得说不出话来，那也不行，哭完还是要缠小脚。因为大人说："女孩子脚大嫁不出去。"奶奶就说"那我不嫁人行不行？"那也不行。

我记得奶奶对我说这些往事的时候，还掏出手帕擦去了簌簌流下的泪水。嗯，我很小的时候，就知道了：女人的小脚并不是天生的。而奶奶的一对小脚，却使我对过去，即历史，有了最形象逼真的认识——历史不仅有生命，会呼吸，不仅有书面上的残酷，而且还有切肤的、锥心的、刺骨的疼痛。奶奶的一对畸形的小脚，让我幼小的心灵感知到了上上个世纪的生活生命的状态，使我对历史的想象，总可以接续上更为久远的时空……

进入四月中旬，奶奶就说："再过一个来月，奶奶给你做糖炒辣仔鸡吃。"并说这道菜，要用童子鸡做，而只有五月中下旬的小公鸡儿，才是最好吃的。好不容易等到了时候，奶奶却说："前排的菜场没有童子鸡卖，我看过了，恐怕要到三桥街'赶集'了——只有在那儿的集市上，才能买到童子鸡。"我问："要是没有呢？"奶奶说："肯定有。"并告诉我：农民养鸡从来没有一只两只养的，都是一蒲团一蒲团地养，一蒲团少的三四十只，多的五十八十上百只不等。

等把小鸡养到可以分出公母时，便将公的摘出来卖掉，留下小母鸡继续养，养着它们下蛋；而摘卖小公鸡的日子，就在五月初五端午节的前后。

那天，我和奶奶出发了……奶奶一手拄着她的拐杖，一手攥着我的小手，奶奶迎着早晨的阳光，心情格外地好。但是才走了不远，就对我说："咱歇一会吧？奶奶脚疼。"于是，我和奶奶便在粮店门口的台阶上，坐歇一会儿……其实，从我们家到三桥街，也就两站地不到，但奶奶的小脚走不了路，那点距离我们竟歇了三四次才走到，而当我们拐进街道口儿时，立刻就看到了好几个卖仔鸡的农民。他们面前的地上，都摆着七八只白羽的小公鸡。二话不说，奶奶就买了四只。

但是，买鸡容易，而要把鸡拎回来，却不是一件容易的事情。奶奶拎四只鸡？虽然小仔鸡不大，每只也就一斤半左右，但四只少说也要六七斤重，让奶奶拄着拐杖拎回家？那得多累呀？我那时也小，也就七八岁，也是一个小人儿，拎不回来的。咋办呢？奶奶有办法，她让我扛着拐杖的一头，奶奶拿着另一头，然后我们把仔鸡捆好架到拐杖中间，我和奶奶就是这样，用了快一个上午，硬是把四只童子鸡运回了家。中间的歇息，自然又多了几回。

回到家，奶奶着实好好地躺了一个钟头。之后，便带着我杀鸡，烫鸡，脱鸡毛，开鸡膛，摘鸡杂，剁，切，洗，等等。奶奶的手，真是麻麻地利索。那时候，工厂下班要喇叭先响起来，职工听到后，才放下手中的活计往家走，这中间大约相距一刻钟。所以，奶奶总是和职工们一个点儿开始炒菜。

先是两个素菜，快，之后才是今天的主菜——糖炒辣仔鸡。

只见奶奶：热油，放三勺糖，待糖化开，放切成块儿的仔鸡翻炒，放辣椒，放蒜，放花椒、大料、盐，倒适量清水，盖好盖子闷一会儿；再翻炒，待汁液去了三分之二，即可出锅入盘。一般这个时候，妈妈已经到家并洗了手，将一只洁净的大花盘子，递到了奶奶的手上。入盘的糖炒辣仔鸡，色深黄，香满屋，味道嘛，那天午饭我吃后觉得——那仔鸡的肉质鲜嫩中还有一般的牛羊猪鸡所没有的脆，这个脆，可不是热油炙出来的脆，而是肉质细嫩本身的自然脆，偶尔咬着筋儿，也是一咬即断，是脆生生的好吃，没有一丝丝筋骨牵扯；而且那辣子的刺激，刚好把味蕾撞开却是又被糖的甜冲淡了些许，和着盐的咸、肉的香，多重的滋味融会在一起，再拌着点素菜和着大米饭吃，真是吃一次便终生难忘，想起来就流口水……

更何况我们一家人吃过多少次奶奶做的糖炒辣仔鸡啊。是，我是幸福的孩子，因为，我有一个有滋有味儿的童年——有一个养育过我的奶奶。

4

奶奶炖的肉，无论牛羊肉，还是鸡鸭鹅，都别有滋味。奶奶是用砂锅炖肉的：先在炒锅上把糖热化好，翻炒糖色时也将各种调料依次掷入锅中，再翻炒；然后，续上水，放盐，盖上盖儿，待开锅汤沸，才倒入砂锅炖；火要压小，慢炖……

砂锅，今天的孩子恐怕没见过吧？那可不是熬煎中药带把儿的小锅子，而是大号双耳的黑砂锅。左耳贴着锅凸出一指，右耳也贴着锅凸出一指，并且还都凹进去一指，加起来就是两指的凹耳轮了。抬锅时四指抠进去，提，吃劲，牢靠，稳。尤其从炉火上端下那滚沸的一锅汤肉，这两个耳朵别提有多给劲儿。锅，深有一尺，宽有八寸，那沿儿的厚度，少说也有两厘米。现在回想起我家原来的那个黑砂锅，仿佛至今都在那火炉子上冒着咕咕噜噜的热气儿，像是又有一锅香喷喷的肉要炖熟了——馋死个人了。

想来，那砂锅还真可能是陨星渣沫炼成的，坚硬如钢，却比钢要轻。粗糙辣手，面丑相憨。小时候，我一直都不明白，为什么我奶奶非要用这砂锅炖肉，而不直接用铁锅炖呢？奶奶说，那可是不一样呢。铁锅生硬且"隔"，肉倒是可以炖熟，但锅与肉不相融，去不了腥的，炖出的肉，味单且薄，吃起来不香；而砂锅炖出的肉，就不一样了。我想，兴许砂锅的砂，在高温中会与肉及调料相融，不仅去了腥，还有可能产生新的催化，一如今天人们常说的那个有微量元素之类的啥啥产生，味道自然不同。虽然那个营养价值啥的我不敢乱说，但那味道，绝对是别有一番滋味，在舌尖上闪金光哩。

不过，我们小时候很少吃肉，原因：一是家里经济条件并不很好，即并不宽裕，哪能经常买肉吃呢？二是那时候买肉要凭肉票供应，不能随便买。我依稀地记得，当时的一个成人一个月，只能给半斤肉票，小孩儿，给三两肉票；我们家户口本上登记在册的，是七口人，即爸爸妈妈奶奶和我们兄弟姐妹四个，也就是说，我们家老少三代人，一个月也只能凭票买两斤七两猪肉，多半两也没有。

　　那时候啊，那时候，我们都馋肉吃，谁家要是能天天吃上肉，绝对是人们心中的"大地主"。虽然那时候我们家的肉票少，每个月吃不上多少肉，但是我们家有奶奶，她有绝对高明的办法，让我们总觉得家里有肉吃。每次爸爸妈妈买回了肉，奶奶便高兴地将瘦肉切成丝；一多半炒熟放着，每天炒菜铲一铲子擩锅里，那菜便有了肉味，常常一碗肉丝，奶奶能对付七八天；另一半，等星期天剁了，和白菜或韭菜或芹菜一起包饺子，那就相当于过节了。但这种节过得快，真正耐久抗厌的，是让我至今都难忘的、奶奶做的肉皮黄豆萝卜菜酱冻，我们家简称"肉冻"。每次，奶奶都会做一大砂锅，每顿饭，奶奶都会给我们盛上一盘子，那可真是好极了。

　　其实，这个"肉冻"，可不是我们在饭店里吃过的那种纯粹的肉皮冻，而是以肉皮为主料、多种原料拼做而成的一道美味菜肴。它当然是皮冻，却又不是皮冻；它绝对是一道素菜，却又绝对是荤的。也就是说，你吃的是菜，味道却是肉，这就是这道菜在那个吃不上肉的时代，让人吃了还想吃的耐久抗厌的神奇功效。去年，我们兄弟姐妹和母亲想起这道菜，一致认为：这个砂锅皮冻，应该是我们家永远的传统名菜。可惜啊……自从奶奶逝世后，45年过去了，我就再也没有吃过——这个砂锅皮冻了！其实，我今天写到这里，绝对不是想吃的，而是想有奶奶的那些个好日子，那厨房的烟火气，那饭菜的热香味，多么令人怀恋啊……

不过呢，砂锅皮冻的做法不复杂，与炖肉差不多，只是先炖的不是肉，而是肉皮。那年月买肉定量，所以每次买回了肉，奶奶总要先把肉皮片下来，挂在房前屋后晾晒着，待积攒得多了，才琢磨着该做一回砂锅皮冻了。于是，便开门将肉皮从墙高头上取回来洗净，然后，用热水泡上，待肉皮泡软后，再拿把小钳子或小镊子，将肉皮上的毛毛，一根一根地拔干净。有时候，奶奶见我没事，会叫我帮她拔皮毛，她呢，便去洗菜、切菜。菜呢，都是家常菜，有红的白的萝卜，有藕、海带、白菜、芹菜，硬的切成丁，软的切几节……待我说："奶奶，毛毛拔干净了。"奶奶就接过去检查，一条一条看，看得很仔细。如果检查后没发现拔得不干净，奶奶就会奖励我一块糖，说："好孩子，一边玩去吧。"

奶奶呢？奶奶便把肉皮放入砂锅，续上大半锅水，端上炉子开始煮，直到把肉皮煮得熟熟的，汤也变成了乳白色的浓汤。注意啊，这个汤才是最重要的，熬成多少，就是多少，千万不敢再续水了。这时候，再用筷子将肉皮夹出来，放入准备好的凉白开水中，待彻底冰凉了，取出放案板上切成丝，再放入锅里煮；汤再开了，就可以放切好的红白萝卜丁、藕丁、海带片、白菜节，还有一碗提前泡发好的黄豆……最后的最后，就是放大料、花椒、桂皮，倒酱油，放盐，放五香粉，总之，一切该放的都放完了，就剩下一个煮与炖了。这中间，少不了要揭盖搅拌，因为放入的东西多了，就要严防煳锅底，当然，一时三刻，奶奶心中有数，到了时间，自然就会端着砂锅的双耳下炉，那自然也是皮冻做好之时，然后，端下炉后的砂锅皮冻的最后一个关键就是——彻底放凉。

哦,我真就差点忘了交代了。我奶奶做砂锅皮冻时,一般都是晚饭后做,做好,盖好,让爸爸端着砂锅的双耳出门,将之放在门外的窗台上。不用说啦,这道美味佳肴,只能第二天中午饭时才能享用了;而往后的一个多星期中,我们家的饭菜便有了肉香味儿……

5

奶奶应该是大家闺秀。这不仅因为她曾经说过她家有大宅子,还因为她的做派举止和言语之间的自然流露。如她张口说话,常常就带出这样的名言警句:一屋不扫何以扫天下?这是说小孩子做事要从小事做起;只要功夫深铁杵磨成针,这是教导我们兄弟姐妹做事儿要有恒心;光梳头发勤洗脸,女儿自有好容颜,这句话,我后来才知道,是出自《女儿经》;活到老学到老,是她说她自己,一直都没有停止学习,无论做什么,都本着学习的态度等;还有她张口就来的《水浒传》《三国演义》《红楼梦》中的故事;再就是她早饭后坐下喝茶的坐相,不紧不慢地撮茶、掷茶、续水的富态贵气,午睡后必须吃水果、小点心的习惯,以及晚上入睡前的热水烫脚,早上起床洗漱完坐在床前认真梳头的样子,等等。

奶奶的头发很长也很亮,七十多岁的人了,头上还是没有多少白发,她有一个小布包,每天梳头前都会拿出来,打开,里面有梳子、篦子,和两个簪子,一个修指甲盖儿的小刀,一个红铜做的掏耳屎的小勺儿,那个篦子今天的美女们肯定没见过,是两面有密齿的小梳子,奶奶每每梳完了头,都会用篦子再篦上几遍,她说是篦一下头油,那姿态于今想来,奶奶那偏着头篦发,之后双手背着盘头时的样子,真是妩媚动人,想来少女时代的奶奶,一定千娇百媚,仪态万千。由于我有奶奶,所以,我根本用不着查看任何一个女人的历史,几眼看过去,就知道其有多少教养。对于成年的女人,教养就是习惯,就是永远也不会改变的口味儿。

奶奶是个吃过苦而且有本事的女人,生了四个儿四个女;奶奶也是个有福的人,到老都不看任何人的眼色生活,且勤劳善良,无欺自我,也不辜负自我。她每天午睡后,都要雷打不动地吃她的水果和各种小点心,不紧不慢,有滋有味,而且还常常念叨她的爸爸妈妈给她买过吃过的各种好吃的。有一次,奶奶同我说起她父亲给她买的天津狗不理包子,竟然忘了锅里炖的排骨,差点就煳了!于此,我很小的时候,就知道天津人爱吃,而且讲究穿戴和仪表。所以,我爸妈每月开了工资,第一件事,就是去给奶奶买几斤点心带回来,并且反复叮嘱我们几个孩子——绝对不许动奶奶的点心,就是奶奶给也不许吃。可是他们下午都上班去了,奶奶给我们吃好吃的,我们兄弟姐妹怎么能抗拒得了呢?好在奶奶的儿女多,隔三岔五地就有儿女来看望她,哪个来了,能空着手呢?更何况又都知道奶奶爱吃点心和水果。坦白交代,我的口福,其实就是奶奶给予的,在那个物质生活匮乏的时代,不夸耀地说,我几乎吃遍了当时西安所有街面上卖过的糕点,什么鸡蛋糕核桃酥江米条三刀蜜水晶饼绿豆糕杏仁酥蜜饯果脯小吃包括各式各样的月饼……

说心里话,那时候的糕点是真心非常非常好吃,与今天的绝对不一样。那时的江米条儿,你放嘴里含着不嚼,它可以自己化了,那米是啥米呀?可以和糖一起化呢?那时候的杏仁酥饼,你拿着时是硬硬的,可是一咬,它就酥了,全撒在你的嘴里,那是真正的酥饼;这些年来,我每年都会东南西北中地把全国跑个遍,无论在哪个城市,几乎是见到绿豆糕我就会买了吃,但是从来也没有吃到过小时候吃过的绿豆糕!我小时候吃过的绿豆糕的味道,不说吃了,你就是拆开包装的纸,那扑鼻的绿豆的清香味儿,就像拿刀子划了一下心尖儿一样,让人感觉想的念的心——都有点儿疼呢。要是你咬上一口咽下了,那个绿豆香的腥醇味道,就更让人终生难忘了。

奶奶最爱吃绿豆糕,也常叨念着说它:去火,明目,顶饱。还有那时候的火腿月饼、果仁月饼、蛋黄肉松月饼等等,哪一种都是让人吃了还想吃的美食,而且那时候的糕点包装也没什么讲究,就一张统一一样的黄麻纸,顶多再加一张四四方方的红的或绿的、黄的或粉的小广告,上面印个名字,围着一圈儿花边儿,朴素,大方,在包好的糕点包上一裹贴,用纸绳系个十字,一斤二斤三斤的,就拎回来了,很喜庆,也排场。哪像今天的包装,高级复杂得半天打不开,打开了还有防伪的里一层外一层,待终于打开了,拈起糕点来吃时,那味道却是俗恶的邪性,统一一个酷甜!真不知道是他们进步了,还是我们退步了!因为,要是说他们退回到了从前吧,你即使不说要比从前好吃,你最起码也要不难吃才对吧?!我说句心里憋闷着的大实话吧?今天的糕点,要我说,就仨字儿——真难吃。

也许,今天的年轻人不知道,过去的水果真是不值什么钱,一斤苹果梨什么的,也就几分钱,即使是最好的水果,也就一毛几分一斤。但那时的人们普遍低工资,所以,很少有人家会买了囤积着吃。我们家因为奶奶水果不能断,所以每次都买得多。在花园住时,是一买一木盆,堆放在大床下;搬到新楼房后,又换成了两个竹背篓,装得满满的——于是,满房间都是水果的香味。奶奶每天吃水果时,都会给我们也一人拿一个。我们兄弟姐妹也就沾了奶奶的光,故而小时候也没断了水果吃。奶奶年轻时抽烟,上了年纪才戒掉,却落下了气管炎哮喘的毛病。但我奶她自己会调理,除了每天下午吃水果外,她还有一个小奶锅,那是她早上热羊奶用的,到了下午,她便用来煮梨吃。

奶奶煮梨时,首先要把梨切两瓣儿,放小奶锅,再加上两三颗红枣儿和几粒川贝,之后放一块冰糖,续水至锅沿儿,这就可以上炉煮了。西安的冬春季节时间长,家家都备有火炉子,小奶锅在炉火上煮,不一会儿,就咕咕噜噜了。煮好,端下,放温后,奶奶就喊我:久辛!过来,替奶奶尝一下。我赶紧跑上来,替奶奶尝一口。还烫吗?我虽然不爱吃水果,但奶奶煮的梨,却是我的最爱。每次一尝,都会多吃一口;奶奶看着就笑了,还要让我再吃一块。奶奶啊!那梨也好吃呢，我现在又想吃了呢！……

6

　　奶奶虽是一个小脚老太太，但做起事来却麻利周全。她的口头禅是"甭等""有个眼力见儿"。我们兄弟姐妹谁若见她正在做事而赶紧上来帮她一把，她会特别开心。回头见了我爸妈，一准儿要夸赞：谁谁，这孩子眼睛里有活儿，今天瞅我忙不过来，帮我干了啥啥。并且一定要补充说："从小看大，三岁看老，错不了。"虽是一句平常话，而一旦入了心，照着做，就一定能养成终生的好习惯。

　　自我表扬一下吧？我做事不等不靠，只要看到了什么"活儿"，绝对不会绕过，立刻就干，决不拖延的习惯，兴许就是奶奶夸赞的结果。文化不就是一种养成吗？我这样以为。像奶奶做饭：她总是前天晚上就把做早饭的东西准备好了，早上起来三下五除二，就动作了起来；做午饭，更是吃了早饭就开始择菜、洗菜、切菜，之后便是分门别类，各入其盘，包括葱、姜、蒜、辣椒、花椒、大料，她都早早就收拾利落了，单等工厂下班，拉鼻儿、响喇叭，就立马开始炒菜啦……

　　奶奶绝对不是烹饪大师，做的饭也都是家常便饭，硬要说做得有多么好，那就是文学夸张了。但是，一年三百六十五天，二十多年如一日，于今想来，对我们家来说，绝对可以说是"功勋至伟"。单说我妈生我们兄弟姐妹四个儿女吧？从临产、分娩，到侍候月子，以及百日纪念宴，全是我奶奶一个人张罗的。我从未听见奶奶喊过累、叫过苦，她一直都很开心，很满足。总是说新社会好，什么时候都有饭吃，有衣服穿，没人敢平白无故欺负人。

我还依稀记得奶奶做饭时哼唱《小白菜》《解放区的天是明朗的天》……所以，我爸我妈对奶奶也是非常关爱，生怕她有个三长两短，说时刻挂怀着，不是夸张。每次爸爸妈妈出差回来，都要给奶奶带点她喜欢的好吃的东西。我记得一次爸爸从北戴河回来，除了给我们带了两颗大海星，别在了写字台上收音机的连接线上，和一掬小海螺，分别放在了我和姐姐弟弟的小手里，同时，还特意给奶奶带了一包大对虾，是晒好的对虾干儿。那个年月，这绝对是贵重食品。爸爸说："妈，这是给您带的。"并看着我们说，"谁也不能吃。"

这里要交代一下，我奶奶是天津人，从小吃鱼吃虾长大，到了西安后，这对虾怕是很长时间没见过了。奶奶乐得合不拢嘴，满眼漾着笑，接过来，拆开包装纸，里面是七八对儿"巨大"的大虾米。我们姐弟喊了起来："大虾米，大虾米！"奶奶说："这是对虾，一对儿一对儿在海里蹦的，一蹦几尺高。"并说，"回头给你们红焖了。"妈妈赶紧过来抢着说："妈。别！小孩子吃了都浪费了。您就自己吃吧。"那天，奶奶又哼起了《小白菜》，小白菜呀，碧绿的黄呀……

第二天，做中午饭时，奶奶拿出了那包大对虾，从中取出了一对儿，先用个大碗盛着，后用滚沸的开水泡上，待水凉了，虾泡软了，奶奶才将虾取出来，小心翼翼地，将虾皮一点一点剥下，放进那个大碗里继续泡；而那对剥了皮的对虾被放到案板上，被奶奶一刀一刀切成了一小段儿一小段儿，之后，又被奶奶再次放进大碗里，和虾皮一起泡着了。这一切准备停当后，奶奶开始炒菜，做饭，一应俱全地都做好了，奶奶说："今儿午，咱们改做个对虾海鲜汤。全家都尝尝鲜吧？"只见奶奶热油，放葱花、姜丝，将切成小段儿的对虾捞出，挤一下水，放进热锅翻炒几番，然后，将那碗泡过对虾的水，顺着锅沿儿，徐徐倒入锅里……待碗底儿只剩下了虾皮和一些细细的沙子后，奶奶才又细心地将虾皮儿拣出，放进锅里，而将碗底剩下的沙子，倒进簸箕……

我看着、想着，便问奶奶："奶，那泡虾的水，不脏吗？"奶奶就笑了，说："海洋里的东西，都是在盐水里浸泡着长大的，对虾干儿身上，有海鲜的结晶，这锅汤的味道，全靠这碗泡对虾的水了，倒了，就可惜了。"说着，汤开锅了，奶奶又将早切好放在案板上的海带片，用菜刀敛了，掷入锅中……

那天午饭，我们一家人吃的是米饭，三菜一汤，汤就是奶奶做的对虾汤了。我今生第一次吃到的对虾，就是奶奶做的汤里的对虾，虽然只有三两块儿，却觉得那对虾的肉，是特别细腻耐嚼好吃的呢，别看又泡又煮的，那温润的肉味，却是别样地好吃。而那汤，还真是不一样，有一种淡淡的腥咸的味道，那时候，我还没见过大海呢，所以就胡思乱想：那，大概就是海的味道吧？后来，我无数次来到大海的岸边，看浪拍岩崖，心潮澎湃，不思量，我早已经知道了它的味道——那是我奶奶的味道，永志难忘。

7

怕奶奶受累，我和姐姐一岁多，就被爸爸妈妈送进了幼儿园全托班；后来又有了弟弟和妹妹，也还是怕奶奶累着，也早早地就分别做了安排：弟弟送到我们家前排的太平哥哥家寄养，而妹妹则在刚满八个月时，就被妈妈的二姐——我们叫二姨的，接到武汉代养了。

我小时候非常内向，在幼儿园里始终都是一个人玩儿，很不合群。每天早上，妈妈送我和姐姐去幼儿园时，我都会闹着、拗着不想去。妈说："你在家调皮捣蛋，你奶奶管不了你。"奶奶就赶忙护着我说："不碍的，不碍的，让孩子和我做个伴儿吧？"于是，我就常常留在家陪奶奶了……后来上了小学，那是1966年——学校三天两头地不上课，教育要革命，教室里住进了解放军，同学们常常跑到学校去看解放军叔叔训练（我记得其中有一个解放军叔叔，还给了我三个子弹壳，我如获至宝，珍藏了许多年）；再加上寒暑假，我们兄弟姐妹在家和奶奶待的时间，真是比与爸爸妈妈在一起的时间还要多呢。

开始我们都还小，基本上都是看着奶奶做饭、炒菜、蒸馒头、煮稀饭。逢年过节，奶奶高兴了，会给我们做各种各样小动物形状的馒头。姐姐属鸡，奶奶会用面捏出一只鸡，然后把剪刀放炉口上烧一下，在捏好的鸡头下，剪出个鸡的尖尖嘴来，再用从米缸里挑出的没有脱壳的米，按在鸡头两边当鸡的两只眼睛，在鸡身两边狠剪两剪子，鸡身左右就有了两只鸡翅膀——奶奶说,这个蒸好是星星的(我姐大名王新星,小名叫星星);我属猪,奶奶会把捏出的猪头前面,再捏出一个长嘴,将准备好的黑豆,按在鼻子上,权当是猪的鼻孔了,然后再剪一剪子,猪的嘴巴就裂开笑了——奶奶说,这个是久辛的;弟弟属虎,奶奶捏得恰到好处,虎头在上、虎的身子和雄踞的爪子依序而下,都捏得特别有形,再用剪子在头上剪两下,就有了虎耳,脸上剪两下,鼻子和嘴依剪得深浅不同而有了模样,再用两粒红豇豆,按在虎鼻上方的两边,两只虎眼就暴突了出来,奶奶用食指轻轻沾点苋菜的红颜色,在虎的天灵盖儿上写个"王"字儿,那个虎头虎脑的虎,就栩栩如生了,然后,奶奶还要用剪刀在虎身上轻轻浅浅地毛剪上几十下,虎身上便支棱起了无数根的毛儿。"好啦,"奶奶说,"这个是小乐的,占山为王——虎。"我们看着奶奶将这个"虎馒头"和"鸡馒头""猪馒头"放进了蒸笼里,都非常开心。而弟弟呢?还真就觉得自己是一只大老虎了,显得格外神气。那时候妹妹不在眼跟前,在武汉二姨家,所以就没有她的份儿了。

奶奶看看蒸笼还有地儿,便从怀里掏出几枚硬币,用开水烫一下,说:"这一分、二分和五分,我包到面里,再蒸三个一样的小刺猬,看看你们谁的手气好吧?"于是,奶奶就团出三个一样的面团儿,分别包上硬币,捏出刺猬的嘴,用绿豆安上眼睛,快速地用剪刀剪出浅浅的毛刺儿,之后,一一放入笼屉里,我、姐姐和弟弟都看得入了迷,感觉奶奶太神奇了,爱戴的眼里,充满了欢喜与期待……

哇，出笼了！一笼屉的小动物，展现出一个神奇的动物世界。形式大于内容，虽然馒头都是一样的质地，但是拿在手里，看在眼里，想象在脑海里，却是完全不一样的；而对于那个舍不得吃，又不能不吃的馍馍来说，就多了一重灵性启迪的意味儿。当它们被我们姐弟仨人吃掉的时候，我们似乎也有了一点点对生灵的想象和觉醒。吃，不仅仅是吃，还有和世界的联系，对世界的介入和想象，还有奶奶的手艺和我的回忆，还有留在我心上的一种传承和期待……

8

我小时候常去的一个热闹的地方，是现在的西安建章路口。那时候大人小孩儿都喊这个地方"马路口"，至今，还有很多车辆厂的老人这样叫。其实，这里就是一个十字路口，我记得路口东南不远，是我们幼儿园，西南是百货商店，东北是菜市场，而西北是人民饭店，后来更名为"工农兵饭店"。

马路口卖什么的都有，四季不断的瓜果梨桃、小商品，有吹糖人儿的，有卖邮票的（不是寄信的邮票，是一种印着《隋唐演义》《小武侠》与《三国》《水浒》《红楼》人物等，供孩子们玩耍的小纸片，因为像邮票而得名），还有糖炒栗子的浓香扑鼻，吆喝豆腐脑儿、胡辣汤、荞麦饸饹的嗓门喉响……

像会动的老照片，我至今仍记得小伙伴黄毛强的爸爸，他站在一辆卖烧鸡、鸡杂小贩的自行车旁的样子。那小贩车后座上,有一个玻璃箱罩,罩着要卖的烧鸡、鸡杂,罩外顶端,有一盏小油灯,灯光照在黄伯伯的脸上,可以清晰地看到,他一边啃着鸡爪子,一边抿着小酒的神情……他冲领着我和姐姐的爸爸点头,我爸冲他热情地打招呼:"老黄,喝二两?"黄伯伯就举举手上的小酒杯示意一下。

马路口人来人往,车水马龙,尤其是晚上,小摊位上都点着油灯,盏盏灯火在昏黄的路灯下,又是一层薄薄的明亮,仿佛一只只眼睛在闪烁,远远望去,真有一种熙熙攘攘、生动鲜活的浮世绘之感。然而,这对我来说,却是今天再也找不到的旧时光里的诗意了。

奶奶是爱吃会吃的天津人。但那时候家家的肉票都有限,一个月也吃不上几回肉,哪里像现在,想吃什么吃什么?随着奶奶年岁越来越高了,营养跟不上是绝对不行的。有时爸爸或妈妈如果下班早了一点,回家看看没有什么荤的,就会悄悄地让我去马路口的工农兵饭店,给奶奶买两个肉菜回来吃。我至今都记得买得最多的是糖醋里脊或糖醋排骨,虽然红烧肉和回锅肉也没少买,但我奶奶口味偏甜,只要饭店有甜的,我就不会买咸的,这是父母亲交代得清清楚楚、明明白白的。

每次奶奶看到我买了肉菜回来,都会欢喜异常地立刻掏出她包在手帕里的钱来,价格她早都知道,很快就数出够数的钱,不容我爸妈拒绝,就硬塞给他们了。并说:"你们的工资,光每月的生活费,就花得差不多了,要给我和几个孩子添衣裳,还总想着我,给我买这买那的,我心里有数儿!"

如果我父母亲硬是不收奶奶的钱，奶奶有时竟然会急得要哭了……

这些家常事，一晃也就过去几十年了，但是我有时候就会想：都是一家人，奶奶为什么要分得这么清楚呢？这个问号跟了我很多年，而转眼间，奶奶也已经走了45年了，于今再想起这个事来，蓦然间就觉得明白了什么道理似的。我的奶奶真是非同凡人——她知道儿女关爱她，而她呢？又何尝不是每时每刻更体谅关爱着她的儿女呢？爱，并不是什么深奥难懂的大道理，能够随时随地体谅他人，足矣。

进入四月，天就暖和了。这季节，奶奶常常会带着姐姐、弟弟和我，拄着拐杖到外面走一走。几乎根本就不用说，我们就自然而然地走到了马路口。肯定的，奶奶少不了要给我们三个每人买个糖人儿，称二斤沙果、半斤奶糖、一杆甘蔗等，偶尔也会拎着买得的小零碎儿，拐进工农兵饭店要两笼屉小笼包子。我一直都记得，有一次，包子来了，热气腾腾的，我们就和奶奶围在一起吃，还边吃边听奶奶跟我们讲天津的狗不理包子。

奶奶笑着问我们："猜我为吗最爱吃狗不理包子？"我们当然不知道。奶奶说："都说咱天津狗不理包子蒸得好，好就好在那包子皮儿上了。"我一听，就竖起了耳朵。奶奶说："和的面不仅发得好，而且暄。关键和面还要特别注意，不能狠揉，揉狠了面就不软，也不生脆，更不暄和了，尤其吸的肉汁味儿就少了；调包子馅儿很有讲究，肉里的佐料，油、酱，调配腌制，也要计算好了，这样包得的包子，上笼经大火一蒸，馅里的油、料的味道，才会和油水儿一起渗进包子皮儿。吃包子不光是吃馅儿，我小时候就最爱吃狗不理的包子皮儿，和馅儿的味道差不多，像用馍沾透了肉馅的汤汁，和馅一块吃起来，格外地香。"

经奶奶这么一说，我们也都再看看眼跟前的包子，咂巴咂巴嘴里正在吃的包子，才发现——这儿的包子皮儿，还真是没有什么味道，馅儿的汤味根本就没渗进皮儿里，这么看，与狗不理包子是有点差距了。奶奶说："啥时候带着你们回趟天津老家，一定要去狗不理包子铺，好好吃上一顿。"嗯，可惜，奶奶直到逝世，也没有再回去过。而我对天津的向往，一直都盘桓在我的童年，至今都在。虽然后来我去过天津无数次，也吃过几次狗不理包子，但是，那味道却如魂一般，一直都只在记忆中，从未真正品尝到……

9

对了，我奶奶还特别爱吃青橄榄。但西安并不种植橄榄，很少有卖的。有时爸妈出差或亲戚朋友来往，奶奶会提醒一句："看见橄榄，别忘给我舀一斤。"

每当买回了橄榄，奶奶都欢喜异常，会立即洗了含上一颗。而且奶奶还会将洗净的橄榄，一颗颗擦得透亮闪光，然后用她的手帕包起来，放在她床头柜儿的浮头。看着奶奶含着橄榄的腮鼓凸的样子，感觉那一定是非常非常好吃的东西，便嚷嚷着也要吃。妈说："那个又苦又涩，小孩子吃不得。"

奶奶便赶紧给我嘴里塞进一颗，嘱咐我："含着，轻轻咬，嘴橄榄水儿，先苦，还有点儿涩，然后就回甜了。"可我哪等得及呢？一入口，就急着咬掉一块儿，嚼了。呸、呸！真是又苦又涩。这时候，奶奶就笑着伸过了她的双手——已经捧着等在我的小嘴边了。我吐出的那一块碎橄榄，被奶奶的手接住了，然后看都不看，就送到她自己的嘴里了，还说："小孩子现在吃不惯，不碍的，不碍的，长大一准儿喜欢，听话，全吐给奶奶吧？"于是，我就吐了出来，而橄榄留给我的记忆，却是绵长而又辽远的，无论在哪里遇上，我的两腮都会生津，并想起奶奶的双手——捧着接我吐出那颗橄榄时的样子……

20世纪80年代初，我在腾格里沙漠边缘的土围子里当兵，师部文化科的干事李韧从北京探亲回来，带了几盘港台地区的流行歌曲的录音带，约了我们几个要好的青年军官，晚上一齐到他的宿舍欣赏。那晚上，我第一次听到了传说中的"靡靡之音"——齐豫和邓丽君的歌：蔚蓝色的美，含着轻盈的思恋与苦和涩的滋味，在轻轻抚触着仍处在蒙昧中的我的灵魂，使我对人的潺潺心声，有了丝丝入扣的想象。尤其是齐豫的那首《橄榄树》，一下子就击中了我的心，让我立刻就想起了奶奶塞进我嘴里的那颗青橄榄——那又苦又涩的难忘的滋味。

我感觉那滋味与这首歌的滋味是那样契合，时空与物质和精神紧紧相拥，却是那样天地人神般地自然天成，使我感到美妙的事物一直都在，不管隔着多少山多少水，它们都是相同的感觉，不管你知道还是不知道，它们一直都在等着你，等着认识它的人，始终都在，而且还真是有点儿苦和涩，而一旦回想起来，也还真是有点儿甜……

不要问我从哪里来，我的故乡在远方。为什么流浪？流浪远方，流浪。为了天空飞翔的小鸟，为了山间轻流的小溪，为了宽阔的草原，流浪远方，流浪。还有还有，为了梦中的橄榄树，橄榄树。不要问我从哪里来，我的故乡在远方。为什么流浪？为什么流浪远方？为了我梦中的橄榄树。不要问我从哪里来，我的故乡在远方。为什么流浪？流浪远方，流浪……

这首歌，后来成了我的最爱，1991年7月，在解放军艺术学院第三届的一个晚会上，黄献国主任找我说："久辛，这个晚会差个主题词，拟个什么词儿好呢？"我几乎不假思索，脱口而出："为了梦中的橄榄树吧？"黄老师一听就笑了，赞我："你小子不愧是诗人，太好了！马上毕业了，让同学们在各自的岗位上，寻找自己的橄榄树，好。好！"于是，那天的晚会会场中央，黄老师亲自写了八个字的巨大会标，贴在了会场中央——为了梦中的橄榄树。

2014年5月，当我们中国作家代表团的旅行车，一次次地奔驰在北非的阿尔及利亚和突尼斯的地中海沿岸时，我第一次看到了大片大片的橄榄树林，我疯狂地拍照，仿佛看到了久别重逢的老朋友，嘴里不停地哼唱着那首《橄榄树》，真是有一种莫名的熟悉感，好像我早就来过似的。

我再次想起了在阿尔及尔三叶塔下的纪念馆里参观的情景，那是一幅长卷，展现着 14 世纪以来，英法美德西土等多国对非洲国家和人民奴役的历史，想到与突尼斯作家座谈交流时，大家同样的对文明与进步的艰难和痛苦的感受，那个苦与涩，就又一次使我想起了奶奶嘴里含着的青橄榄。只是那个苦，瞬间就变成了巨大无边的苦；而那个涩，也即刻变成了庞大无际的涩。难道没有甜吗？如果有，什么时候才能得到呢？为了梦中的橄榄树，直到今天，我对非洲大陆的祈愿，仍未释怀……

现在，我也养成了爱吃青橄榄的习惯。无论在什么地方，只要看到，都会舀半斤三两。后来，我百度了一下，知道青橄榄的营养价值非常高：含有蛋白质，脂肪，碳水化合物，多种维生素，和钙、磷、铁等微量元素。其中，鲜橄榄的含钙量在水果家族中名列前茅，每 100 克果肉含脂肪 6.55 克，含钙 204 毫克，比香蕉、苹果、柿子、桃子多 20 倍；维生素 C 的含量也是苹果的 10 倍，是梨、桃的 5 倍。橄榄仁含蛋白质 16.64%、脂肪 59.97%……我想，莫非我奶奶有先知先觉的能力？否则，她怎么会那么爱吃橄榄呢？老祖宗没有科学根据，但是他们的一些讲究和习惯，没准儿是神授的——那也说不准哪。

10

其实，我根本不会炒菜做饭。但是，如果迫不得已——

您硬给我只鸡,我也可以做得很好吃呢;您非给我条鱼,我也能烧得可口味美;哪怕您给我一个萝卜,我能炖出纯白鲜香的汤;您若给我一棵白菜,我还能炒出酸辣的醋熘白菜;您给我大米,我能蒸出米饭来,煮出稀粥来;要是难为我,给我几斤面粉,我兑水和了,会蒸馒头、会烙大饼,也可以擀成面片儿、切成宽面条儿、细面条儿,做几大碗肉丝打卤面,让三五好友一起吃个饱,也绝对没什么问题……

这真不是吹牛,虽然我不敢说自己是无师自通,但是我的这些"手艺",还真不是学来的,而是打小看着、跟着奶奶打下手,围着锅台盼吃食,跟着"转"习,耳濡目染而得的"手艺"。甭管什么时候,现在,您只要给我什么让我来做,我都敢即刻动手给您做,"没吃过猪肉还见过猪肘"呀!我奶奶的话就是这么说的。而她的那一套做菜做饭的程序,也早就化入我的身心了,几乎不用想,全套的作业流程与动作方法,我都是下意识操练,决不含糊。总之,我一准儿能给您做,决不犯怵、皱眉、作难,麻利得很呢。

最近,我特别想念我奶奶做的那道红焖墨斗鱼。记得小的时候,母亲买回几斤墨鱼,刚把草筐子递到奶奶的手里,奶奶掀了一看,就乐了,连说:"乌贼、乌贼,有些年头没见过了。"于是,奶奶便搬个小板凳坐了,又拿了剪子,便开始拾掇乌贼鱼肚子里的脏东西。啥是乌贼?奶奶说:"这不?"奶奶拿出一只给我看,并说,"也叫墨鱼、墨斗鱼。这个鱼贼得很,在海里遇到大鱼要吃它,它就喷一口墨水,乘着墨水荡开的雾帐,就飞跑了,贼得很,人都叫它乌贼,乌就是墨、黑。"

说话间,奶奶手里的剪刀,已经剪开了一只乌贼的墨囊,用拇指和食指捏住,然后用力一挤,就挤出一股子黑黑的墨汁来。"看到了吗?每只乌贼都有一个这样的墨囊。"然后,奶奶剪开乌贼的肚子,从里边拉出一个肉包,剪开,用力一挤,又挤出一个两头尖的长条儿,说,"这是乌贼骨。是一味良药,如果手脚身体哪儿破了,把它碾成末儿,敷上,可以止血。"记得我曾经放嘴里咬下过一块儿,尝了,味咸,但不是盐的咸,而是略有些咸。奶奶捏着乌贼的头给我看:乌贼头上有一对大眼睛。奶奶说:"这个不能吃。"说话间,就一剪子剪掉了。乌贼的嘴长在头顶上,奶奶给我看,又用手捏着乌贼的须说,它靠这七八条短肉须和这两条长肉须,在海里触摸吸食各种小吃食。奶奶说:"这须是活肉,脆,好吃。"说话间,她便剪了几根,在清水盆里洗洗,就放嘴里嚼着吃了。还要给我吃,我急忙就闭紧嘴往后缩,我可不敢吃生肉。

想来,奶奶生在海河边,肯定常吃生鱼肉。墨鱼可以酱烧、红烧,如果是墨鱼崽,还可以炒韭菜,非常好吃。我最爱吃奶奶红焖的墨斗鱼,具体做法?我现在想来,那应该是先化五六勺白糖,待糖化开泛红时,放入墨鱼翻炒,之后将大块的葱头切了,和准备好的蒜片姜片一起入锅,再翻炒一会儿,放料酒,放适量的盐,待墨鱼身上的水分蒸发后,再续水漫过鱼身,盖上锅盖焖烧,待水再次蒸发三分之二后,就可以起锅入盘了……

盛一碗米饭,攥两只盘中烧好的墨鱼,再舀两勺汤汁拌着米饭吃，那饭就有了墨鱼肉的甜腻滋味儿。那时候，我是吃一口饭，就一口墨鱼肉，那又脆又嫩又耐嚼的墨鱼肉，甜中有咸，咸中有甜，米粒儿的劲头虽然弱小，但是和墨鱼的劲头掺和在一起，吃起来也蛮带劲儿呢，且那滋味和劲头儿，自然格外地不一样。墨鱼没刺儿，大胆吃就是了。而一旦开吃，放心，须臾之际，就是一碗见底儿。我大声地喊："奶奶，好吃！"奶奶笑了，笑出了眼泪儿……

此情可待成追忆，这一追，就是五十多年前的事儿了，我没有一丁点儿的茫然，一切的一切都清晰得令我心碎，嗯，奶奶的笑容，就浮现在我的眼前……

最近这几个月来，我一直都宅在家里，总会想起奶奶做的各种各样好吃的东西。这不？今晚又念着奶奶做的红焖墨斗鱼了，是馋了吗？嗯，还真是的——这舌尖上的记忆，无须文字，却是不请自来了。这个想念，无影无踪无色无味，却可以将往事历历在目地呈现在眼前，这是个什么神呢？你以为过去就过去了，可是记忆却顽固不化，令你一想起来，就泪流满面。可以毫不夸张地说，这是我童年最有滋有味的日子，岂能忘怀？

常言道：家有老，是个宝啊！奶奶就是我的宝，我的福气，我们家的福气，我觉得这福气已经附入我的身心了，我延续着奶奶的生命和技艺。嗯，下回去超市，一定要买两斤乌贼回来焖烧，一来，要看看奶奶的手艺，我"眼习"丢了没有？二来，要亲口再尝一尝那童年的滋味儿，还能不能再找回来一点儿？三呢，也让女儿尝一尝，传到我手上的红焖墨斗鱼的滋味儿——尚能饭否？

11

奶奶去世时，我没有哭，连眼泪都没有掉一滴。我讨厌在人前流露感情，尤其是大哭大泣，我觉得像表演，很丢人，而我是极其厌恶表演的人。包括前年父亲去世，我也是没有哭，没有流一滴眼泪。并且还以我"长子为大"的身份，对母亲和姐姐弟弟妹妹们说："爸爸已经去世了，八十八，是喜丧。我知道大家都很难过，尤其是老妈！但是，我要对大家说一下，明天父亲出殡火化下葬，谁也不许哭！妈也八十三了，大家也都上了五十，要是谁一带头哭号，引得大家一起伤心，再生出个意外，就麻烦了。"妈当了一辈子教师，明事理，说："听你哥的。"我知道姐姐特别难过，特意对她说："如果难忍，回家关上门好好哭，别在公众场合哭，把亲戚朋友都带哭了，就不好了。"姐姐也点头默认了我的意见。

其实，我更脆弱。那年奶奶过世时我之所以没有哭，是我并不知道什么是死亡，直到第二年清明节给奶奶上坟时，我才突然意识到：我已经好久好久没有看见奶奶了——而且永远都看不到了！奶奶埋在陕西乾陵边的塬上，当时我二舅在西安庆安公司当运输科科长，专门调来了一辆大客车，把我们几家人都拉上了。我记得我坐在司机后面的位置，望着窗外移动的纵横的阡陌，想到奶奶每晚睡觉前都喊我催我拉灯睡觉，而我又抱着书趴在被窝里看得不依不饶，就觉得是我害得奶奶睡得少，减了寿，于是就呜呜呜地哭了起来。妈妈坐在我的身边，问我："咋了？"我说了两个字儿——奶奶，就说不出话了……哭得特别伤心，一抽一抽的，好像心都要哭出来了。在我今生所有的记忆里，我只这样痛哭过两次，这是第一次，那是1976年的清明，终生难忘。

奶奶得的是肺气肿，也许与她年轻时抽烟有关。我们家后来从花园七排搬到新楼院二楼二单元207号，是三室一厨的小套房。我与奶奶住一间、姐姐弟弟妹妹住一间、爸爸妈妈住一间。因为奶奶有气管炎，她一直都是趴在床上睡觉的，而且喘气声很大。我那时刚刚开始喜欢文学，正一本接一本地拼命读书，不分白天黑夜，抓到什么读什么，茅盾、巴金、欧阳山、浩然、郭沫若、闻一多、光未然、袁水拍……

尤其到了晚上，常常是越读越有精神，有时关了灯，我再穿上衣服，到厨房拉开灯继续读。那时候书少，借来的书都须限时交还，还晚了，别人会生气，甚至再不借了。所以，我总是本着"好借好还，再借不难"的心，在不停点地读书。我不记得我有多少个夜晚是直看到黎明才回床睡觉的，只记得奶奶说要告诉爸爸妈妈，但是奶奶一次也没向爸爸妈妈提起过。

那时我还有一个重要的任务，就是每天清早七点半前要去给奶奶打奶，无论春夏秋冬，也无论风霜雨雪，我每天都要骑着刚刚学会的自行车，飞也似的到花园粮店边的奶站，给奶奶打一斤羊奶，虽然不远，但是年复一年，日复一日，却也是很磨炼意志。记得奶奶病重住院期间，我都是打了奶，便直接送到医院奶奶的病房，由护士姐姐热好给奶奶送来。每次我给奶奶送奶，奶奶看到我，都会冲我笑笑，艰难地说："快上学去吧，别迟到了。"而我呢？几乎根本就没想过奶奶会去世，甚至根本就不知道死亡意味着什么。那天清晨，我打了奶送到奶奶的病房门口时，看到好几个穿白色大褂的医生在抢救奶奶，父亲和母亲和我都站在门口，傻子一样，痴乖乖地愣着……

后来，全家人都围着奶奶哭，那时奶奶已经走了。我望着奶奶额头上那三个常年拔火罐拔出的黑紫色的印子，感觉奶奶睡着了一样，而且是躺着睡的，看上去很舒服，不像在家里，奶奶一直都是趴在床上睡觉的。奶奶头痛，她每天晚上都要在前额上拔三个火罐，一个一个自己给自己拔，拔完，奶奶会说："这下好多了……"

奶奶生于1895年7月25日，卒于1975年11月9日，享年80岁。从1959年3月1日我出生，到1975年11月奶奶谢世，我吃了奶奶做的16年的饭菜！如果从母亲将奶奶自宝鸡铁路工厂接到西安三桥车辆工厂家中的1955年算起，奶奶在我们家整整20年。对我们家来说，奶奶绝对是功勋卓著。

奶奶生前，爸爸妈妈就为奶奶备好了寿棺。那是一拃厚的终南山的柏木打造的，放在我们家楼下自己盖的平房里。我至今还记得奶奶看这口棺材的眼神儿，她用手摸着棺木，摸过来，摸过去，像在摸着我的头一样，面色祥和得像白云似的，轻轻盈盈，干干净净，银白银白，一直飘进我的心——那是再无挂碍的心才独有的表情……

特别需要交代的是：我至今还在心里呼唤着的奶奶，其实是我的姥姥。因为少年父亲15岁就偷着跑出去投奔八路军了，他走后不久，我真正的奶奶因为想念儿子，尤其看见村上其他参加八路军的孩子，被日本鬼子抓住杀害后，头被砍下，挂在村头大树上的情景，吓疯了，不久大小便失禁，瘫在床上，久病不治，终于入土。

父亲和母亲结婚后，把我的姥姥当亲娘看待侍奉，所以，打我们四个儿女一个一个出生后，便逐一教我们把姥姥叫奶奶。这样想，我觉得奶奶就是姥姥，姥姥就是奶奶，我相信我的身上绝对有奶奶的血，也绝对有姥姥的血，我是他们——爷爷奶奶、姥爷姥姥的血养育了的儿女养育出的儿子，我深深地知道，我是他们的血肉灵魂，至今都在延续着他们的生命……

所以，我确定：没有死亡，所有逝去的亲人，他们一定会以我们人类暂时还不能认识的方式生活在我们这个世界上。

我还相信：当有一天，人类真正地破解了死亡的奥秘，并获得了与亡灵沟通的方法，我们一定会再见到我们故去的亲人。

我希望：我再见到我的先人的时候，我能够毫无愧色地站在他们面前，大声地说——爷爷的爷爷们、奶奶的奶奶们、姥爷的姥爷们、姥姥的姥姥们，我在有限的人世间，凭着你们给予我的诚实和良知、勤奋和智慧，充实地、有所奉献地、幸福并痛苦着过完了我的一生，没有做过辱没祖先——你们的事情。现在我要认祖归宗了，你们还认得出我吗？还要我吗？如果还要我，那我们就又团聚了，而我，就永远还是你们的子孙……

谢谢所有见证了我生命之一斑的朋友们！谢谢。

2020 年 6 月 20 日凌晨于京华
2020 年 6 月 26 日午于京华校定
2021 年 11 月 7 日校定

还 书 记

公元2023年7月8日下午，有幸受邀参加达州市委宣传部举办的"新时代巴山作家群系列活动"之创作座谈会。当我听着诗人蒋蓝、龚学敏、熊焱、杨献平、罗伟章等人张口闭口始终挂着巴山人要如何如何创作出优秀佳作时，脑袋里"腾"的一下子，就跳出了巴人和巴人的著作。他们口中反复叨叨着的"巴山人"，让我联想起了写《文学论稿》的作者巴人？是的。那么，巴人是不是"巴山人"呢？我突然觉得如果是的话，那他应该就是巴山人的文学鼻祖了吧？

我坐在围成一圈儿的会议桌前，没人注意，或有人注意，在大家的眼里，我也肯定是一位认真聆听的主儿。不过呢？此时的思绪已飘入40多年前的中学时代了。那时经过了"破四旧"，普通人家里很少有藏书，而我却疯狂地爱上了文学，到处找文学书看。我们班同学杨志勇说他们家里有一套《文学论稿》，问我想不想看。我当然想看啦。便立刻要他带我去看。记得他们家在西安车辆厂东工地数排平房中的西头，进门左手边是一张大床。杨同学让我坐床沿儿上等下，就弯腰从床下取出了上下两册的《文学论稿》，说："你看？"那意思是"我没有骗你吧"。我接过书一看，书封上的作者：

巴人。说心里话，这名字太特别了，熟悉又陌生，我知道巴金，现在又冒出个巴人，是兄弟俩吗？或许这正是令我记忆深刻的原因吧？而这两册图书，也是我今生今世第一次接触到的文学理论著作，于今拼命回忆，除了革命文学、工人阶级、人民性、斗争、典型等词外，留在我记忆中的，似乎只有一个底线了，那就是文学要写老百姓的生活，要为他们动了真感情，才能写出好作品。那时没有手机，更没百度，所以，我一直都不知道这个笔名叫巴人的人，究竟是何方神圣。一晃眼就到了今天，那赶紧的，查查看吧？于是乎，我"百度"了一下，立刻清楚了：巴人，即王任叔，1901年10月19日生，1972年7月25日去世，浙江奉化人。他不是达州人，当然也就不可能是巴山人了。结合王任叔即巴人的著作《文学论稿》来看，我猜他的笔名，就取自"阳春白雪，下里巴人"中的两个字，而他以此把自己定位为普通老百姓，那他的文学理想，肯定是为繁荣劳苦大众的文学而奋斗吧！

那天，也就是40多年前在中学同学杨志勇的家里，我向杨同学提出了很想借回家去认真读读的请求。杨同学开始坚决不同意，说"你就在我家看吧，每天来看都行，就是别拿回家"。而他家在东工地，我家在北花园，真是有点远。于是乎，我反复央求，说了一车好话，他总算松了口，同意我借回家看。他千叮咛万嘱咐，千万千万不要弄丢弄破了。我呢？也如小鸡啄米般频频点头，诺诺地应着是是是。说实话，看巴人先生这部著作，我看得真是迷迷糊糊，至今想来，几乎没留下什么印象。但是我发现，读书并不一定非要全部都看懂看明白,又不是做数学题,一点儿不能错;其实吧,读书就是读书,尤其是读人文类的书,不一定非要都读懂弄通全部记下来。想想看,如果读书人都有这么高的水平,那什么人才能读书、才配读书?肯定不是当时的我这样初识点字的文学少年了。难道没有很多学问的人就不能读书吗?我看不尽然。而且事实上,我读巴人的这部文学理论著作,最少让我明确知道了一连串陌生的概念:文学理论,文学的阶级性,斗争性,革命性,劳苦大众的审美观,抗战文学,创作,题材,概念化,等等。这些陌生的名词儿对于十五六岁的中学生来说,的确高深莫测,但是有胜于无,带着这些模模糊糊、似懂非懂的概念继续阅读学习,就有了后来并不陌生,甚至会有老友重逢的喜悦产生。所以,我对读书的要求并不高,也不会因为读不懂就放弃。记得当年我还读过父亲的《俄共党史》和《政治经济学》,那就更读不懂啦。一次,父亲发现我翻看他的书,随手就冲我脑瓜子来了一巴掌,训我:"看得懂吗?装模作样的!"是的是的啊,读书绝对不是读给别人看的,而是自己内心需要看、渴望看,是自己要去理解书中的内容,没有任何规定性,全部都是开放的。是你自己想怎么理解,就怎么理解,是你自以为是什么,就是什么。像听音乐,巴赫、老柴,听得懂吗?听不懂就不听了吗?看画,马蒂斯、毕加索,看得懂吗?看不懂就不看了吗?然而,听过和没听过,看过和没看过,那可绝对是不一样的啊!一如你去过罗马、莫斯科,和没去过是完全不一样的,虽然你说不清楚罗马、莫斯科的东西南北中。

后来呢？杨同学找我催要过数次，我呢？也若干次地推说没看完而暂拒未还。后来我上山下乡插队落户到了农村，他见不到我了；再后来，我参军入伍，他也参军入伍了，那就更见不到，他也再未找我要过了。我当兵是1978年底，19周岁。行前，我把家里最大的帆布旅行包取来，拉开拉链，塞了满满一包书，其中就有杨志勇同学借给我的这套《文学论稿》，还有黑格尔的《美学》1~3卷（那是我下乡插队认识的农村青年高剑奇送给我的入伍纪念，我从他送我的著作里，知道了什么是动态的美、静态的美，以及美的各种形态），还有王朝闻的《美学概论》、父亲常用的《辞海》（分册·试印本）、巴金的《寒夜》、老舍的《骆驼祥子》、秦牧的《艺海拾贝》、贺敬之的《放歌集》、范长江的《塞上行》、马雅可夫斯基的《列宁》，以及《曹禺戏剧集》《杨朔散文选》《郭小川诗选》《重放的鲜花》《汉魏六朝诗选》《岑参诗选》……那都是我非常非常喜欢，时常要翻看的书籍。记得入伍不久的《解放军报》上有一首小诗，写得很棒，题目是《我与〈大英词典〉一起入伍》，想必作者也是一位有志青年吧？不过我对诗中提到的《大英词典》，很不以为然，心想：我是和整整一旅行包的文学典籍一起入伍！这哪里是《从军行》，分明是进了高尔基的《我的大学》。

兵车西行，缓慢，走走停停，走了两天两夜，我以为到天边了呢，结果呢？才到古凉州，即今天的甘肃省武威市。闷罐子车里，我们新兵都睡在麦草上，而那包书就一直放在我的铺头前，包括几次三番地去兵站吃饭、登记，上车下车，我都是一刻不离地拎着这包沉甸甸的宝贝。到了军营，我被分到了高炮营直属高机排的航模班，代理排长是一个爱读书的人，看到我这包书后，对我特别热情。我呢？更像找到了知音般主动与之说话。尤其说到读书，我更是口若悬河，喋喋不休，特别爱显摆自己的见解。他呢？估计没想到一个新兵蛋子会带这么多书，而且还如此上档次，但他毕竟比我年长得多，明显地沉着老练，板着脸对我说："部队有规定，个人物品，一律放到贮藏室。"这我可真没想到，以为随便塞到床下，或放到哪个犄角旮旯里就是了。怎么办？如果放贮藏室，我要读书取书，还要去找和营长教导员住在一起的佘书记，钥匙在他那里，麻烦死了。代理排长看出了我的难处，说："这样吧，我住的是单间，你这包书放我宿舍，你什么时候想看，到我这儿取吧？"我连想都没想，忙说："太好了太好了。"反正大家都是爱书的人，而且人家还是代理排长，我的顶头上司，放他那里绝对是再好不过了。然而结果呢？这一松手，便与那包书成了永诀，彻底拜拜啦。连同杨同学借给我的《文学论稿》一起，再无踪影。事实上呢，我也像杨同学找我那样，找代理排长要过几次，人家笑着说："你要看什么书？我给你取呀。你拿回去放贮藏室，多不方便呀？别折腾了啊。"感觉我很不明事理，好像书是他的一样，我若要就是瞎折腾。加上他不久后上调师部，而我也先被选送教导队当文化小教员培训，后又调直工科报道组当新闻报道员，这一来二去的，也就像我的杨同学那样，顾不上要自己的书了。

达州的座谈会，大家发言仍然很热烈，一个接一个，当然，那个"巴山人"的称谓，也仍挂在大家的嘴头上。而我此刻，却沉浸在有关巴人所著的这套《文学论稿》的往事之中，不停地在想：杨同学忘了吗？代理排长忘了吗？40多年过去了啊，我能被"巴山人"的近义称谓唤醒，杨同学就不会因为某一本书或某一个情景唤醒记忆？更何况书是人家的书，人家怎么会轻易就忘记呢？像我念念不忘我的那包书一样，人家肯定也不会忘记；退一步说，即便人家真的忘记了，那么，我是不是就可以心安理得地不还了呢？天下有这样的道理吗？想到此，我的心一下子揪到了半空中，而且一动不动，像僵住了一样。这是一根"刺"，我心上一根，杨同学心上应该也有一根，当然，代理排长的心上会不会也有一根呢？先不管他了，我要先替我自己和杨同学，把那两根插在心上的"刺"给拔出来。于是，我即刻用手机搜索"孔夫子旧书网"，输入"巴人《文学论稿》"。我惊喜地发现，居然有售！而且还有照片。没错，没错，熟悉的书封，与记忆吻合，久违的老朋友啊！我的心几乎要跳出来了。于是乎，我立刻下了两套的单，心下决定：一套寄还杨同学，一套自己存读留念。

几天后，我回到北京的家中，看到我书房的写字台上，放着两套巴人著的《文学论稿》。未及翻书，我便给杨志勇同学发了一条微信——

  杨志勇老同学：你好。
  方便给我一个你的地址吗？一是想寄几本我写的书

给你留念。二是 40 多年前，我借过你一套上下两册、巴人著的《文学论稿》，原书现在找不到了。不过，我刚从网上购到了两套，一套还你，一套我存读。时隔这么多年才还你书，实在是有诸多解释不清的事情给耽误了，实在对不起啊！我深知一本书早读与晚读有不一样的收获，更何况是一晚就晚了 40 多年！这个损失是巨大无比的，我真不知道该怎么向你道歉啊，真是对不住了！盼复。

老同学杨志勇很快回复了我——

久辛：首先，我想说近 50 年了你还能记着我，保持我们的同学关系，真的很荣幸，也很骄傲。这些年我们天各一方，成家立业，联系甚少，但我时常会想起你。没想到四五十年前的事你还记着，我早已不曾记着了，真不愧是作家的脑子啊！关于还书一事，我真的好感动，你如果能用得着就留着吧，把你的作品给我寄点过来，我就很满足了。我的住址……

我要把杨志勇同学的书还给杨志勇同学，竟然让杨志勇同学很感动？我说什么好呢？志勇同学说："你如果能用得着就留着吧。"真是把那套借出去几十年的书不当回事儿了呀，善良的人总是以让人难以觉察的语气回复，以免对方尴尬。想想我自己吧？为什么对寄存在代理排长那里的那一旅行包书，一本一本如数家珍、始终耿耿于怀？难道是因为志勇同学借给我的《文学论稿》也在其中吗？是要讨回来还给志勇同学吗？设若这套书不在其中呢？我会忘记吗？即使不会忘记，我会说我忘了吗？我想我不会。但是志勇同学为什么会呢？过去了那么多年，现在突然说要还给人家？还有意义吗？更何况那套《文学论稿》在当时，是多么珍稀的文学理论著作啊！我能看到，就是三生有幸。却据为己有了40多年！我似乎看到了藏在我内心深处的贪婪、虚伪和狡黠，我问我自己：你可以对那位代理排长说那包书你忘了，"如你能用得着就留着吧"？能吗？！说心里话：在此之前，我绝对说不出，也做不到。但是，现在我觉得我可以了，真的可以啦。一个眼里容不得沙子的人，哪怕这粒沙子是自己长出来的肉刺儿，也必须把它拿掉，不管有多疼。真好！瞬间拔除，此刻，万里无云，凉风习习，且有花香飘来。好了好了，没事儿啦。

于是，我立马起身，去给杨同学寄了快递，连同我钤了印的几本拙作。之后，回坐在写字台前，思忖自语：嗯，巴山人，巴人，《文学论稿》，杨志勇同学，好好，生活绝对是最好的文学理论，在我心上弥漫。

2023 年 8 月 16 日夜于京华

《山海经》之源

——为青海湖国际诗歌节而作

最近，到保利剧院观赏了《秘境青海》之后，又被勾起了对《山海经》的兴趣。这不仅因为这出引起首都文艺界广泛好评的史诗音舞剧就取材于这部中国神话之"渊府"，还因为我的好友、著名画家张国琳先生，早在 1988 年以前就创作了极具现代感与先锋意味的大型版画系列《山海经变》。当时，国琳兄送给我一套，是第一组，共十二幅。其中包括：《女娲补天》《后羿射日》《共工触山》《嫦娥奔月》《夸父逐日》《精卫填海》《愚公移山》《刑天断首》《鲧腹生禹》等，我爱不释手，珍存至今。

当时我并未读过《山海经》，还是看了国琳兄的版画后，才专门跑到书店买了精装本《山海经》来读——可惜大部分读不太懂，但有关那十二幅作品所反映的神话故事，我不仅是读懂了，而且对其中勇于担当、自强不息、九死不悔、精神不灭的文字内容，尤其佐以国琳兄佳作的感染，我是深领了精义。上个月看了《秘境青海》，再找来《山海经》一读，又忽然有了新觉悟：我发现中国人早在战国初年似乎就对人类的未来充满了忧虑，你看《女娲补天》，你看《精卫填海》，如果是太平盛世，那又补哪门子"天"呢？又填哪门子"海"呢？包括《后羿射日》《夸父逐日》等等，我们的祖先似乎一直在用神话来暗示人们——灾难始终是存在的，忧患不能没有，担当时刻在前，恒心与毅力是不灭的精神，等等。既有近忧，又有远虑，先人真是先知先觉、大智大勇，无愧于后人啊！

关于《山海经》的作者是谁，一直是一个谜。古今中外，被人考证了一大圈子。我观八方高论，比较信服历史学家凌纯声的看法：《山海经》乃是以中国为圆心，东及西太平洋，南至南海诸岛，西抵西南亚洲，北到西伯利亚的一本《古亚洲地志》，它记述了古亚洲的地理、博物、民族、宗教等诸多宝贵的资料，其作者已难以确认了。而这个结论却正好与我的猜想吻合：我们的祖先们早就对人类的生存状况进行了勘察与考究，其宽广的视域与涉足的辽阔，即使在今天也是令人叹为观止的。更为难得的是先人们还自由伸展开想象的羽翼，以神话的方式来启迪我们后人，告诉我们生存的危机与发展的困惑，那每一篇神话，都充满了对未来的忧虑与焦灼。有所不同的是——他们忧虑与焦灼的是大自然对人类的威胁。然而，值得庆幸的是，现在来看要毁灭人类的似乎并不是大自然，而恰恰是人类自身的弱点与人格的缺陷，如：贪婪、自私、狭隘、无知等等。尤其当人类进入21世纪，也就是说当人类进入高速发展的新时代之后，这种种的弱点与缺陷又与金钱拜物相结合，与权力的私有化和制度与法规的不健全相遇。人类的丑与恶显示出来的邪行与兽性，每时每刻都在吞噬着人类的良知与公正，都在泯灭着人类纯真的天性与追求美好的希望……所以，当我们幸存于当今这个时代的时候，就不能不为人类的未来忧虑与焦灼。而我想得最多的问题是：那么，我们这个世界需要怎样的"女娲"？来"补"哪一片"天"呢？或需要怎样的"精卫"？去"填"哪一片"海"呢？作为青海湖国际诗歌节的一名参与诗人，我想，我们正应像《青海湖国际诗歌节宣言》所宣誓的那样：用我们的诗，去大书美好的理想，不要为我们的力量微弱而自卑。也许当我们真正齐心协力地去努力了，上帝便会赐予我们神力，并和我们一起"补"上那人性的弱点，"填"上那人格的缺陷，并赐福于我们全人类。

我想，到了那个时候，当我们的后人再来解读《山海经》，再来猜想《山海经》的起源，我相信他们会说这部著作所包含的思想，尤其是它包含的忧虑与焦灼，正是人类永恒的精神。它不仅鼓舞着我们大书瑰丽的理想，更给我们的诗篇赋予了永恒的精神。这精神使我们心明眼亮，使我们自信从容，使我们的诗行充满了阳光……

2009 年 4 月 16 日于京华

紫色的山谷

……如坠无尽的混沌中，不知如何运笔。一月又过，一月又来；昨夜一梦，留影至今；梦忆更丰富，细思极美妙；真是含意无穷，令我终于命笔……

那天在韭菜坪我如坠深渊，周围是无尽的云雾流岚，三米外不辨人物。那云那雾那岚，仿佛完全融合在一起了，湿湿的天，湿湿的地，湿湿的迎面来风……一吹而过，留下一脸细细的水珠儿；却又夺风而走，和着风的顺带，融于身后无尽的云雾岚气之中。我不知道是云是雾还是岚儿的埋伏，它们聚于韭菜坪之上，慢慢地浮游着、飘弥着、晃动着，挡了我的眼，遮了我的心，我的脑海里不由自主地蹦出了两个字——混沌。

然而，我理解与想象的混沌是干燥的，没有这么湿，也没有这么凉，怎么会有湿凉的混沌呢？我意识到的一个非常严肃的问题，正在向我走来——混沌的温度是存在的，或者说混沌是有温度的。有温度的混沌包含着怎样的意味呢？这又是一个问题。比如这个湿凉，它表达了怎样的感觉？湿了、凉了，一个是滋润了过来，一个是退了回去，它们合起来应该是矛盾的，因为一个是来，一个是去，它们竟然都被湿凉的混沌所包含。谁说混沌不是思想？作为存在，混沌在思想之前就已经诞生，而且有温度。我要不要去证明一下混沌有没有生命？我主观武断的感觉告诉我：混沌一定必定肯定有生命，这还需要说，还需要证明吗？愚蠢。混沌所具有的，是非常丰富的，它与思想一样，或者说它是思想的兄弟，它们站在一起，个头一般地齐，眉眼儿一样地大，人间所崇拜的思想，在混沌看来都是思想自身的丰富内涵，与我们完全不认识的混沌一样，亦是博大精深的，甚至是源远流长的。遗憾的是我们很少有机会，或者说我们很少有幸能够看到这个混沌，因为它是暗物质世界中的一部分，我们人类几乎看不到它的影子……

事实上，我是来看韭菜花儿的。据说韭菜坪的韭菜花与平原上的韭菜花儿原本是一个品种，但是长到了3400米的高原之上，尤其长到赫章的韭菜坪之后，它们就变了，原来的小白花儿，变成了紫色的，而且比平原上的花簇大了五六倍，是紫色的花球，一株一团，一团一株，高了一倍，摇头晃脑，一望无际，似紫色的山巅，居其上而环顾四周，呈现出来的是不一样的流线型的原野，各种各样的流线起伏，构成了一幅幅生命茁茁而生的动人画面……可惜，我的机缘不佳，待我与子潇终于来到山顶，扑入我眼前的竟然是如此的云帐雾帐的千重叠嶂，岚帐霾帐的万丈深渊。我陷入了混沌的世界，我不知所往又不知所措，沿着栈道环视了一遍之后，便觉得索然无味。于是，便驻了足，便与身前身后的韭菜花儿对视了起来。开始我是站着欣赏，后来便蹲了下来，再后来我干脆垫了一张纸，坐在了韭菜花儿的中间。我被紫色的花儿包围簇拥着，我一株一团一团一株地欣赏……我发现真正的紫色，是含着青含着红透着亮的颜色，尤其近前细看，犹如在放大镜下欣赏，才能真正看清楚那青红融汇的紫色，在那紫色的花冠上，是一粒粒的青红的翡翠，而且还有暗暗的光在敛气地闪烁，一粒粒青红的光在光的青红里互相映照，你照着我我照着你，一团的光照着一团的青红，一团团的紫色花球，在一团团的雾岚飘过的细沙般的水沫中形成了一个青红挂露的毛茸茸的云团，紫色的云团，一个挨着一个，一个个晶莹剔透的青红，闪耀着青红剔透的微光，一片微茫中的紫色海洋，静静地漫过了山冈，于寂静无声中升腾起一种天然的高贵的气息，于我的周边弥漫……

这当然不是天堂。这是人间罕见的花色，而且还有一些寒凉的感觉陪伴。这说明我所遇到的风光是真实的，真实得令人震撼。其实，美感的入侵是不宣而入的，甚至是突如其来的，任何人准备的好心情都是无用的，包括准备的最好的相机，也是无用的。在这个混沌的世界里，你还能拍下什么呢？美的呈现需要美的心灵，一个美的心灵的深处，始终跃动着一个吸纳着美的心脏，它并不需要太多的东西，在韭菜坪，它需要混沌的境界，和一点点湿漉漉的寒凉，就足够了。无须尽望一览，也不要扑面而来，那些一望而来的美，是属于无心的游客的。在这里，最后所需要的，仅仅是像我这样默默地坐下来，坐到花的中间，静静地欣赏身边的青红合孕的紫色，欣赏它的形色身姿，它的如米的花粒包含着的微光，它的亭亭玉立之上的紫色的云团，它的云团之上的花露所敛含着的晶晶莹莹的丝丝清香，它的唯一的风姿绰约，它的绝无仅有的不与人同……

于是，我终于命笔。在韭菜坪，我陷入了混沌；于韭菜坪的混沌中，我坐下来之后，双眼又看到了韭菜花的形色姿容。我一直都认为：想象即思想，思想即想象；一如清晰即混沌，混沌即清晰。哪怕坠入五里雾中，你都可以凭着想象，想象到更为真实美妙的境界。但是，这里埋着一个想象的依据，真实的依据。如果没有一个真实的韭菜坪上的韭菜花的依据，那么，你就无法想象由一朵花而蔓延开来的一个坡、一座山、一片山的紫色的云蒸霞蔚。现在，我可以想象了，不要那么多，在混沌中，我感知到了湿凉与一团紫云的飘过，我下意识地想起了散文家张长先生的名篇《紫色的山谷》。我记得张先生写的是云南的傣家姑娘裙摆上的紫色漫入山谷时的感觉，而我想写的是贵州赫章的一个山谷——紫色的山谷。我由韭菜坪上的韭菜花的此，想到了彼——属于我笔下的《紫色的山谷》。从赫章归来一个多月了，而韭菜坪上的云雾流岚，始终围绕着我，直至昨夜梦前，仍然驱之不去，感觉自己此次的毕节之行，怕要只字难全了……而后，入梦，不久便脑洞大开……起先是坡上的一片紫云飘过，而后是那紫色沿着坡向下的一片紫云漫过，再后来是直抵坡底的一片紫云的弥漫……那一凹谷底的紫色抱着万颗晶晶莹莹的露珠儿在一束阳光的照射下，反射出无数丝丝缕缕的光芒，交相辉映，和团拥抱，又沿着谷底的凹处漫上了山岗，山上山下，一束光所折射出来的光芒，竟然把整个山谷反照得亮亮堂堂，每一团上的光都是无私的放射，竭尽全力的放射，毕其一生的放射。哦，这一个山谷的紫色，紫色的山谷，是真正的光的山谷，光的交响，光的画卷……

嗯，梦醒了。之后，我终于命笔——先要谢过主人的盛情邀请；再谢谢我的梦，使我得此一文。

2018 年 10 月 20 日于京华

上林大龙湖游记

出南宁上高速，向北直行约300里，便是上林。

夜宿便捷小阁，晨被鸟啾鸡啼拽耳挠心，睁眼即起，拂帘尽望，楼下青苔之上雨露莹莹，曦光返照，一片葱茏闪烁。夜雨轻轻，如一笔带过之细微山风。洗漱毕，夺门下梯，上林故友已在堂间恭候多时，不觉心头一热，却是久违的司晨鸡、破晓鸟的清新，又分明是老友情、人间爱在心头盈漾，令我恍惚间回到蒙童乍醒的朴纯至简的少年时代，让我好一阵子地心潮起伏。

上林的烟火气最是令人着迷。早饭，我们围在路边小铺的低矮木桌边，羊血炒饭一碗，鳝段香粥两碗，碗是拳大小碗，粥粟淡咸，入口温润，肺心通畅，煞是意满神清。饭毕，遂起登车，沿乡路小径逶迤而走，一时过罢，便撞进山环水绕的大龙湖之波光潋滟中。

我向来喜欢夜游河湖，尤喜满天繁星倒坠水中晃动的意境，既可辨星之毫光于粼粼碧水，又可赏月之光华于幽幽之波潭，水天一色，天光云影，萦绕徘徊，把人间织成静美之雅韵天成的仙山楼阁，且又容凡俗之人在天地银河之间漫游，这况味，不说浪漫吧，那也是通古之文人骚客灵犀的一线心泉，沁人心脾，涵养浩然。若得三五知己同游，微醺之后环湖漫走，再你做李白我当杜甫地夸张膨胀一下，岂不尽得"竹林七贤"往圣之千古遗风的点点滴滴耳？故我对晨游大龙湖并未上心，私下以为，很难获得什么摄魄惊心之大美，权当健身漫步于晨光吧。

车沿大龙湖山间小路漫走，见形单影只之黑山羊在山岩噬草，为什么它们不是一群群而是一只只呢？有只小羊孤走攀岩，令我好生为它心疼。乡友告我：环大龙湖岸分布着14个少数民族的村寨，几乎家家都养了数十只乃至数百只黑山羊，而所谓的"养"其实很简单，即，清晨将羊圈栅栏打开，山羊蜂拥而出，各奔东西，谁也不与谁结伴，各找各的食。到了晚上，领头羊仰天长嘶，如歌放亮嗓，也就三五彩调儿，于是便见漫山黑山羊齐向村寨而走，从未少过一只，哪怕是很小的黑山羊。而主家逢年过节，随时可能从圈中抓出一只宰杀烹煮，香飘山寨，而黑山羊熟视无睹，仿佛理所当然，谁也不会反抗。这就是宿命的认同？第二天，黑山羊照旧日出夜宿，一如天理天真之天籁，让我对大自然的法则，有了人性与人道所不能理解的深奥之感。

我们上的是一艘名叫"龙生"的大轮渡。在舱顶，尽望湖之山水，犹如进入"山环水绕"的桂林城，其各具姿态的山在绿茵茵的水中漫游，使我对"从容"的人生有了另一番"从容"的感受，平稳、匀速、目标明确。犹如扑面的山风在脸颊上轻拂，提醒着我——这是在上林，在大龙湖，在壮乡。我思故我在啊！为了找到真正理解大龙湖的入口，我下了舱顶,来到轮机船长的身边。于是,我知道了湖岸村寨人家的生活,虽与陶渊明的世外桃源的生活完全两样,而那朴拙与丰满的意趣与情味儿,却是神似甚至有过之而无不及。我甚至猜想,上古之人,或许也不过如此,所谓地老天荒,海枯石烂,不就是一只羊、一尾鱼、一把草、一朵花的快活自在吗?比如,这个船老大,他姓苏,今年五十岁,属虎,育有三个女儿。他白天在码头开船,每月也就两千元。他笑着说:"这湖里有地下水道,年轻人不知道,弄不好会触礁。"所以他来开这个大船,不在乎那两千元。他主要靠网箱养鱼,湖中有许多网箱的标志。老苏船开得稳,且绕寻水道,如鱼在水,有一种稳坐钓鱼台的自在与潇洒。据我所知,一网箱鱼,有四五百尾,养个三两年,就是几千斤。而一斤鱼按老苏说,可卖四五元钱,他一箱鱼就是好几万元,工资哪能与之相较呢?他的满足可以从他脸上的笑容看得清清楚楚,而他的自在与心无挂碍的轻松悠然,却是我无法用语言所能描摹出来的。人家不写诗,也不作画,但人家天天在诗中驾船,在画中游走,诗情画意完全是实实在在的现实生活,相比古往今来的文人墨客的忧心如焚,苏老大的今天倒是实实在在的悠哉悠哉啦。

不觉间一个小时过去了,老苏指给我看:前边有一座雄之峻峰,酷似男根。我问他:当地人如何称呼?他先腼笑着说:"生命之源。"后又补充说,"独秀峰。"我知道桂林有"独秀峰",这个与那个,完全是两个不同的景物。据说峰底有七孔泉眼,白天有七龙出游,环峰缠绕嬉戏,而后夜入龙泉,灭迹静息于渊潭。当地人对此峰非常之敬畏，不仅因此说千年不朽，更因为两岸村寨人家多生双胞胎、龙凤胎，甚至一胎三五个之多，故两岸人家对此峰无比尊崇敬仰。然余观此峰，确是雄风独峭，巅钝而劲挺，自有一种力道蕴蓄之大美。老苏说，现在两岸山寨多为妇孺老弱之人啦，年轻人都出外闯荡去了。据说：当年有一女嫁到南宁，女婿是修路的，后来带出去了无数山寨的年轻人；现如今，大江南北到处都有大龙湖的子孙在外承包公路。他指给我看湖岸村寨的小楼房，说："原来都是木寨子，现在全是钢筋水泥了，结实得很。"孩子们在外边挣了钱，回来为父母大人盖新房，当然是用更好的建筑材料啦——我想，什么是反哺呢？什么又是养儿防老呢？中国人的传统观念，就是哪天你富得金银堆积如山，那要盖的房要建的寨，也首先是父母大人的，别管你是地老天荒，还是天涯海角，此乃难以移易之本性耳。

"你下班干些什么呢？"老苏答：拽条毛巾，往峭崖上走，站在峭崖上吼几声，然后从几十米高的峭崖上往湖心里一跃而入，像高台跳水，先钻他个三五十米的深水猛子，再浮出水面游个痛快；而后，搓洗净身，顺便将鱼笼收回。运气好，笼笼有大鱼小鱼，甚至有尖嘴儿鱼；运气不好，十几个笼子里，也有三五笼鱼，足够煮上一大锅香飘四溢的鱼肉，不仅全家够吃，而且也足够邀上三五好友来大醉一场。老苏好酒，两斤不在话下。按他的说法，我不难想象他与乡上村寨兄弟们把酒夜宴的情景，虽没有文人吟诗作赋的酬唱与窠臼，却是——杯杯见底，碗碗干净；娘娘戏得，皇上骂得；星星无法劝解，月亮无话可说；湖凉水柔，风冽山环；酩酊大醉，卧床而眠。倒也无碍身心，一梦东方之既白耳。默寻船老大苏兄之日月生活，我以为较之纷繁市井之喧闹声色来，这恰恰是最本真的好日子呢！

　　故友告诉我：上林是明代大旅行家徐霞客最眷恋的地方，他并且为上林的旖旎风光留下了一万四千多不朽文字。我心生好奇，找来反复诵读，却没有找到记载大龙湖的只言片语。后经寻问才知——大龙湖，乃1958年1月兴建，1960年之后才蓄水成湖，徐霞客哪有游历之福呢？太可惜、太遗憾了！于是，我捉笔写了这篇《上林大龙湖游记》，以补我敬仰的大旅行家徐霞客于此未留只字之白。妥否？请上林故友与新交正之。

2012年5月28日于京华

静园的品质

天津,是我母亲的故乡。

常进楼堂馆所开会,便常见白壁上的龙飞凤舞,而见得最多的——就是"宁静致远"。此语出自诸葛亮《诫子书》之"夫君子之行,静以修身,俭以养德,非淡泊无以明志,非宁静无以致远",并继语曰:"学须静也。"其中的意思:一是安宁沉静下来,才可以获得辽远的境界;一是要学问做到渊深博大,则必须宁心静气地学习,否则不然。这基本上是老生常谈,没什么新意。就连二十世纪二三十年代时,末代皇帝溥仪也知道"静以养吾浩然之气"的道理。故,他将天津原来陆宗舆的宅邸"乾园",更名为"静园"之后,才搬进去住。溥仪原本在这里是要"静"的,但他毕竟是人,且凡心不死,遇到朝拜与觐见的拱手跪拜,尤其听奴才们念念不忘往日的皇室之浩荡气派,心里自然就痒痒了,屁股也就坐不住了——还是当皇上好啊!于是乎,便粉墨登场,频频招幸遗老遗少,竟然正经做起了复辟的春秋大梦。那个"静"字呢?早就扔到爪哇国,灰飞烟灭了。及至小日本占领东三省,静园更是成了金丝编制的车马店,汉奸鱼入,倭寇穿梭,溥仪也忙得不亦乐乎,里应外合,心想事成,终于被撺掇着登上了日舰，披上狼装，偷渡入沈，成了伪满皇帝。人去楼空，那个静园，这回一下子也就真真切切地成了清清静静的"静园"了。干净得不仅纤尘无声无息，甚至连院子里的啁啾之四季鸟儿的鸣叫声，都叫得纯净一如雨后的树叶儿，被洗得纯洁无比，光鲜耀眼，自有了一番宁静的安详意味。嗯，这一晃，就是七八十年过去了，宁静当真是可以致远啊。

余生晚也。我来静园是最近的事儿了，但却真真地感受到了静园之静气逼人。虽然历史已成陈迹，然而那陈迹漫漶的高华之贵泽，仍然一如珠光宝气、仪态万方的大家闺秀。那阔绰，考究，那典雅，精致，尤其那一股子幽远而来的暗香浮动，真是让人于光波低暗的倾诉中，似可聆听到来自天地永恒的至理律吕。这里没有先人了，他们早就谢世而去了。这里只有无言无声的陈迹，它们一如它们自己的名字——静园，静静地立在自己的位置，不曾变换，也不曾移易。每临宾朋，天然无饰，贤淑雅静，沉鱼落雁，暗送芬芳。无论是庭院开阔合理的布局，还是花畦嘉树环绕的栽种；无论是堂屋门亭四层叠翘的飞檐角峰，还是室内摆设疏密的舒畅通达……那一件件经得住时间淘洗的家具，真是让人看到了自信从容、豪华富贵。阔，阔得有品质；豪，豪得有气势。七八十年过去了，然而那旧立柜旧桌椅，乃至那旧门窗旧楼梯，等等，等等。其做工精雕细刻之考究雅致，其形状优美耐品之巧慧入微，虽不敢说件件登得艺术殿堂，仅凭其做工的技艺之流畅与自身质地与品质的优良，也堪令今之土豪傻眼一辈子！人家是要阔，也要阔他个瑰宝一院；豪，也要豪他个举世无双。决不能像当下的土豪：阔？倒是阔得了，腰缠万贯、身价亿万，不是问题。而若要讲究这次第的文化与蕴含？那就完全是天上地下两重天了。在溥仪妻子婉容门厅与卧室，我看到一个弯头百合铜铸制的台灯，不仅下垂之白色玻璃灯罩设计别致，连灯柱都是仿百合花枝制造的。特别是那灯台上的一只连座小狗，其栩栩如生，似仍然在看家护院，警惕地瞪目四望。美，有时并不是浩浩乎无边无际地汹涌而来；恰恰相反，常常是轻轻悄悄细细微微地不请自来。它是细腻幽暗的，又是光滑轻盈的；它所透露的不是高大上，而是充满智慧与激情的精微巧；不是把人镇住的气势雄伟，而是令人心悦诚服的自叹弗如。我曾在一位当今富豪的家里伫立良久，不是我不认同他事业的成功，而是无法认同他的品位。他家里的所有东西都是市场上价格最高的，然而除了价格，却没有一样东西让我难忘。在静园，无论是客厅的天花板，还是婉容的小风琴，无论是溥仪的西服衣架，还是立柜上的小闹钟，其品质的精致程度，恰如它们沉静了七八十年之后，放到市场上，仍然是令人折腰、让人眼亮心灿的尤物一般。美，有人说是转瞬即逝的。而在静园，我看到的美，却是沉静大气，又自信从容，傲视天下，又碎细入微的永恒之大美。它的青春，永居怀春少女的妙龄期，它怎么就不老呢？这都又过去了七八十年了呵！

　　魅力，什么是魅力？一只小摆件，一个小院子，一方小城镇，一座大都市，等等。我想，它们都存在着一个有没有魅力的问题。那么，什么是魅力呢？在静园，我品味到了"静"

的魅力，又沿着静的庭院以及房屋和屋内的一件件物什，欣赏到了品质的魅力。是的，有品质，就不怕孤独，不怕寂寞，不怕静极之死寂，一如静园，它每天都大张门扉，从容大方地迎接四海宾朋，却自信盈溢地任人鉴赏。它凭的是什么呢？它凭的是品质，仗的是技艺——我可以肯定地说。物是如此，我还可以进一步说："人亦如此。感谢母亲的故乡天津，让我对物对人，有了品质与技艺的获得。"我要把这篇文章念给母亲听，我知道，她一定会说："你姥姥活着时爱说，做事儿先做人。"这又是老话，不说了。

2014年5月18日下午于京华

延 川 走 笔

打了个盹,醒来,拉开飞机的舷窗,向机翼下望去,蓦然发现:一条银光闪烁的"白练",以一个弯弯绕绕的姿态,由远及近地向我扑来。透迤如嫦娥舞袖,漫长如银龙伏地潜行。我几乎想也没想,便拿出随身携带的"艾派"(iPad,一款平板电脑),以每秒两张的速度拍摄了起来……

飞机飞得很快,我拍得也很快,待这条"白练"从我舷窗消失,我已经拍下了几十张"白练"透迤曲折、婉转而来的照片了。之后,我开始回放,真是——大地妖娆,九曲百折;江山优美,婉转如歌啊。人没磨难,难进深沉;事无渊源,哪来浩瀚?我坐在舷窗边,写下了这样的诗句:"俯瞰黄龙走,却是天在奔;扑入胸臆水,原是我纵横。"

下了飞机,我便打开"艾派"给前来迎接的延安大学教授梁向阳兄弟看,向阳眼睛一下子就亮了,指着"白练"最下边,也是最宽阔的那一道湾儿,对我说:"这就是乾坤湾,九曲黄河的第五道大湾儿,明天你们就住在这道湾儿的脊背上。"莫非上苍眷顾我?

1

我来延安有七八次了吧？但来延川还是第一次。从延安到延川大约还有两个小时的车程，向阳开车，我和《花城》的朱主编坐在车上向外看风景。记得我1977年第一次来延安，延安只有延河边上有一个三层楼的砖砌宾馆——延安饭店。开车去枣园参观，车一下子就可以开到毛泽东的旧居前。给我印象最深的是：延安的简朴之极，像早饭一碗小米粥、一个馒头、一碟咸菜一样。而今呢？延安已经是高楼林立，初具现代化山城的规模了。向阳介绍说：延川不仅是他的故乡，还是作家路遥的故乡，当然，还是作家史铁生与国家主席习近平等北京知青插队落户的地方。

说到路遥，我的内心是有些歉疚的。他去世时，我对路遥先生奉献给读者的生命之作《平凡的世界》等作品认识不足，以为他的表现手法并不先进，甚至有些笨拙，不是我们当时渴望获得的那种当惊世界、一飞冲天的写法。前年，有网友问我：如果路遥不逝世，他是否能得诺贝尔文学奖？我当即回复：绝无可能。是的。路遥的写法，从小说艺术的角度去分析，也许真的难以获此殊荣。但是，当时间以其无情冷酷的速度走到今天的时候，当我们蓦然回首时，才发现——当代人面临的生存困境，并没有被我们摆脱；相反，却愈加严重了。过去是生存的物质困境，路遥的小说就表达了强烈的对抗，甚至有精神的抗争。而这种对抗与抗争，难道对今天的人们来说，不同样是重要的吗？

因为路好,车开得很快。向阳问:"右边塬崖边是路遥的故居,要不要拐过去看看?""真的呀?去!去!"朱主编说。于是,我们的车子就拐下了崖,过一条山溪之后,便来到了路遥故居的崖畔下。有一条修过的斜坡石子路通向路遥的家,但因为没有人来而长满了荒草,最高的草没到了我的腰间。上得坡,一拐,便可看到十米外的一个小院,院门上是"路遥故居"几个字,院前的荒草更加茂盛疯野,显然,这里早已经没有人烟了。崖畔上的另外几孔窑洞,也被荒野的草遮蔽了。我对朱主编说:"你闻到了吗?"她问:"什么?"我说:"青草的气息。"浓郁的青草味儿,让我深深地来了一个深呼吸。我心说:这是这里最奢侈的财富——纯纯粹粹、清清冷冷的空气。院前,陷下去了个一尺宽的沟,再次说明:这里,已经没有人照护多时了。

进了院子,里边有两孔窑洞,窑里还挂着路遥的简介以及家人的照片。同时,有一股腐浊之气向我涌来,使我不禁在脑海里闪现出几个令我吃惊的问号:这就是路遥给我的《惊心动魄的一幕》?就是他《在困难的日子里》,写成的《平凡的世界》?在《当代纪事》中记录的《人生》?设身处地、反躬自省、扪心自问:把我放在这么一个地方,我能够有路遥百分之一的贡献吗?这是一位中国最普通的老百姓,以文字为百万雄兵,运筹帷幄、闯关夺隘,冲向中国当代文学最高奖台的布衣文豪吗?不要拿他与托翁比较了,更不要拿他与任何成功的人比较了,当我站在这个腐浊之气充盈弥漫的窑洞里时,像我 2009 年站在托翁图拉的豪华别墅里一样,我所感受到的是生存的抗争与拼搏的力量，那是完全不一样的。托尔斯泰晚年曾渴望将他的所有财产奉送给他周边当地的百姓，他的人生观里似乎并不是以积累财富为成就的，更不是以财富的多寡来检验他的才华与贡献的。所以他高贵地认为：这所有的财富都不值一文，只有分给生存需要的人们，才有价值。他富有，不仅精神富有，物质也非常富有，虽然他是用他的文字劳作所得。我问自己：那么路遥有什么呢？他除了精神，还有什么可以给予人们的呢？没有，什么也没有。一介寒士，苦斗终生，唯余一种精神，在世长存。

一只大手，抚摸到了一棵大树的根须，然后，仰望大树，它无法数清树上的叶子。我知道：这就是历史的纵深，历史的因果；当然，这也是现实的轻薄，现实的残酷。未来呢？未来在煎熬中梦想……

这是在哪儿？这是在延川县刘家圪崂村郭家沟的一个崖畔的窑院前，这是作家路遥伯父的家，也就是自小被从清涧的父母亲家过继给伯父家的作家路遥真正的家，今天被人们文绉绉地称呼为"路遥故居"的地方。

2

乾为天，坤为地。天地之间站着的——是人。所以延川人将黄河流经延川的第五道湾命名为"乾坤湾"，并将湾中小岛，命名为"定情岛"。天若有情天亦老，人间有情万古长。站在乾坤湾的湾头之上的最高处——乾坤亭，向山下的"U"字形大湾望去，让我有一种欣赏大地的妖娆之感。我在想，从青海巴颜喀拉山奔流至延川的黄河，为何弯弯绕绕地转了这么多的九曲回环之道，而不是一泻千里地直扑下来呢？忠直，不是比环绕曲折更畅快淋漓吗？是的，但忠直就失去了审美的价值，就一览无余啦。比如扭秧歌，那一个个女娃子如果都腰板挺直阔步而来，那该成何体统？扭秧歌的关键，或欣赏扭秧歌的关键，就在于欣赏女孩子扭动腰肢、摆动臀部的灵活与潇洒上，全在于一个"扭"字上。扭得好，有些长得并不漂亮的女孩子，就可以一下子变得漂亮了——因为有众人投以关注欣赏的热眼相望；相反，有些面容姣好而腰肢死硬扭不动、扭不开、扭不出花样的有模有样的女孩子，就有可能一落千丈、痛失姿色而显得生气不足，枉费了美丽的脸盘子。

大地亦然，黄河亦然。试想，如果黄河自青藏奔来，笔直入海，没有曲折，没有弯绕，没有百折千回，没有逶迤缠绵，那还有什么味道？仿佛大地熟谙人心，黄河才会随山赋形，与塬绕走，百折千回，山奔塬走，使之妖其河之腰，娆其河之肢，"腰肢"方如扭秧歌的绝妙女子之曼舞轻摇，其美之大地才有了天河如云似岚缠绕的大美无限啊！而一个定情岛，则将人间的灵魂——情，锁定在岛心，流注在人心。于是，其大美就有了人性，有了人味儿，有了人的精神啊。

我们是下午乘冲锋舟上的定情岛，从岛上仰望那个乾坤亭，犹如仰望一座山的峰尖，而夕阳就落在那亭顶之尖上。逆光，耀眼，但见霞光柔媚而下，将黄河水的金黄，照得愈加光芒万丈，使我想起小说《三国演义》开篇的词："滚滚长江东逝水,浪花淘尽英雄……"这里不是长江,但此时此刻给我的感受,却是一样一样的,都是那无尽的人生感叹,历史嗟呼。我在想:延川,这个出了路遥,出了近平的黄土地,今后还会出些什么英雄豪杰呢?英雄早已名闻天下,而黄土依然,黄河依然,依然在依旧的黄土地上放号:"天下黄河几十几道湾?几十几道湾上几十几条船?几十几条船上几十几条汉,几十几条汉子哟,在把那船儿搬……"

临别那天,县委召开延川经济开发恳谈会,刘景堂书记点我第一个发言。我没有推辞,拿出我提前预备好的发言提纲,提了五条建议,其中最主要的是:将"乾坤亭"改为陕北民歌的"放歌台",每月定一个放歌的日子,请全县知名的民歌手来放歌。试想,若放歌台上真的有定时定人来对着定情岛唱陕北民歌,说不准还真的有可能成为一个天下有情人纷至沓来"定情"的新的名胜呢!因为今天的人们,似乎对苍凉而动情的陕北民歌,别有一番滋味在心头。河,还是那条河;情,也还是那个情;人呀,你变,你变,你使劲地变吧!你还能变得不认先人?你还能变得不要娃了?前人后人、男人女人,不都是咱的心上人?用咱陕北话说:"难不成,你还不是个人啦?放歌台上,随便来个会吼叫的,哪怕吼一声,让人听上那么几嗓子,不也是一个提醒——东方红,太阳升,发了阔了,逛遍了世界,你呀,你呀,你也别忘了老祖宗……"

大家对我的发言,用热烈的掌声给予了肯定,我有点儿小得意。

2013年10月12日于京华

丹霞山水的内涵

那天在丹霞的碧水中放排，我坐在竹筏子的第一排，心里就美得把自己想象成了电影《刘三姐》中的阿牛哥，兴奋得手舞足蹈呢。然环顾左右与邻筏上的丽人，却失望至极地发现：没有一个比当年刘三姐的扮演者黄婉秋漂亮。我还当什么阿牛哥啊，快算了吧。一代不如一代，真是辜负了丹霞的好山好水了呢！

1

天有点儿阴。所以河道里的水是深碧深碧的，有一种混沌的光幽幽地随着波纹闪烁着。不明亮，也不透亮，似墨绿的翡翠。这样的天气对风景是一个考验，尤其对闻名遐迩的好山好水，没有了霞彩的云霓锦绣的装扮，你还能那么美吗？远山曲线悠扬，两岸修竹摇曳，竹筏子在水的中央漫步，如在竹林游走。自在，轻快，闲逸。河道宽阔，人在筏上便可以欣赏到两岸山峰的各种姿态。真是水几程，山几重，变幻的山与游走的水，在两岸的竹林上下变幻，水中天与竹上山，形成四道风景，它们叠加在一起，竟然有了水天一景，山竹合体,浑然天成的水墨意境。这若逢迎了旭日升,或晚霞落,那微茫茫的红纱,那鲜亮亮的橘色,那洁净无瑕的蓝天,交织着在水中舞蹈,在竹叶水珠上泛起莹莹的丝丝缕缕的晶彩,在山峰之上流光飞虹地妖娆,在水的中央起舞弄姿,在人们的眼前铺开云锦的万丈霞帔,那又将是一个什么境界的旖旎无限呢?

  我曾在晚霞夕照的桂林山水中漫游,那情一样的水与爱一样的山,与丹霞是何其相似啊?都是那么地碧透,那么地坚定。如果说有什么不一样的地方呢?桂林的山是青翠的山碧绿的水,而丹霞的山则是赤红的山,倒映在碧波中呢?就是赤色的水了。一树树的倒映在水中的红珊瑚,在翡翠般的碧水中燃烧,东一丛,西一丛,毫无规则地沉浸在碧波中遐想,由着涟漪变幻着不同形状的火焰,使阴云飘逸的丹霞水,有了与任何地方的水都不一样的暖意。特别诱人的是:丹霞山上长满了绿树,但身子却是红色的,而山下又是无尽的竹林翻卷着起伏的绿浪,绿浪的脚下又是碧水,碧水之中是盛载着欢声笑语的尾尾游船,游船之上盘旋着的是各色各样的鸥鸟与鱼鹰,在低矮的云中时隐时现地翱翔……时高时低,时缓时急,莫非山雨欲来了吗?果然,一会儿就下起了小雨,霏霏的,带着柔柔的、润润的、透着光的小风……尤其令人难忘的,是雨中竟然有几束阳光穿云而直射下来,恰恰又落在我们竹筏的上面!细雨的晶珠含纳了那光却又反射了那光,那光的迷离恰似怀春少女迷离而又晶莹的双眼,明亮,柔和,纯净,诱人。那一定是歌,唱不尽;那一定是舞,蹈不足的吧？

2

我掉进了美的山水之中了。被美环绕，拥抱，当然是幸福的。我知道。被美感染，触动呢？被美启发，撞击呢？那又该如何慨叹呢？在丹霞山的阴元洞前，在丹霞山的阳元山的阳元峰下，我第一次感受到了丹霞山逼人的真实，又真实得逼人。它所昭示与崇尚的生命意义：绝不是一个简单的生殖信仰的形象概括，更不是粗俗下流淫荡的野性镌刻。而是生命感觉本质的美妙渴望的永恒追寻；是我们先人从人自身的羞处开掘思想与宣示生活梦想的见证；是告诫我们后人没有什么见不得人的事情，哪怕把男女生殖器官放大千万倍也无伤什么大雅；甚至暗示我们后来的一代代子孙——生殖并不是生殖本身，而是生命美妙与美妙追求的宫阙之妙门。一日长于百年，一瞬美过千年，先人就是要向世人宣告这个意思，并且希望这个意思能够生生不息地传继下去，不灭，不息，不朽，能够永久，永远，永恒。所以，他们把他们的理想寄寓在山水的大美之中，让所有寻找美追求美的人们都来这里看看，进而想想：有多少生命是理性的生产？又有多少爱情是思想的结晶？噫吁嚱！统统不是呀。理性在这里是反动的，思想在这里是邪恶的。不可以否定人自身的美妙的感觉与美妙的体验，哪怕它是一刹那，一瞬间，一眨眼，也绝不可以无视，更不可以否定。"落霞与孤鹜齐飞"是思考的结果吗？

"秋水共长天一色"是理性的必然吗？偶然就是偶然，只有偶然的相遇才是艳遇，只有偶然的发现才是必然的出现，奇迹在努力的偶然中成为飞迸而出的彩虹，梦想在偶然的呈现后成为人们醒来的追求，偶然绝不是偶然，必然倒常常是偶然，偶然的一次坐失良机，没准是成功的一次机遇。偶然没有对错，像漫游没有目的。我甚至猜测：难道偶然才是我们人类诞生的根本原因？而对一瞬间的美的追求，没准儿就正是人类永恒的追求啊！关于这一点，在丹霞山下的中华性文化博物馆里，我们可以看到成百上千件先人创造的实物证据：有国画，瓷画，瓷塑，木雕，石刻，等等，等等。先人甚至图文并茂地详述各种姿态，栩栩如生，纤毫毕见。如果说阳元山与阴元洞是丹霞巧夺天工的巨幅画卷，那么这个博物馆内的一件件展品，就是进一步呈现这个巨幅画卷的一丛丛草、一树树木、一朵朵花、一叶叶绿。当我们将这两者合起来的时候便会发现：丹霞的内涵真是直入人心。真没有想到：这大美的山水环绕的红岩绿翠的深处，供奉的是人性的根本，人道的方向，人本的追求。初心与正觉，永远是递进与推动的关系，不可移易，颠倒，转换。肯定原欲，才能理解欲望，没有觉悟的根之原欲，就不会有条理化的理性整合，就不会有歌有舞，更不会有创造有艺术有科学……

3

电影《刘三姐》中的阿牛哥第一次看到刘三姐时并没有

说话，而是一个猛子跃入水中，给三姐抓了一条大鲤鱼扔上船头。此时无声胜有声，这个朴素又俊秀的小伙子对美妙爱情的追求由此开始。而刘三姐也没有辜负他，面对莫老爷的绫罗绸缎、锦衣玉食的引诱，与恐吓威胁、监禁囚锁的逼迫，凛然不为所动，最后还是将绣球扔给了意中人阿牛哥——选择了日出而耕、日落而息的简单朴素的平民生活。这样的选择在今天人看来，就显得殊为珍贵了！君不见靓丽的美女都选择了高富帅，甚至于有的都去做了二奶三奶？还有多少美女会毫不犹豫地选择这样简朴平素的生活呢？这样的生活滋味还有多少人认同并执着于此而乐不思蜀、永不后悔呢？在丹霞一个山腰的岩崖下的锦石岩寺，我奇遇了18位老少尼姑，老的七八十岁，少的三四十岁，她们睡在依岩崖而建的石屋里的木板床上，从早到晚，诵经听经之外，就是自给自足地种粮种菜。我有幸受邀去吃了一次素食的午餐，饭前第一道程序是洗手，之后是排队依次坐在石屋内的长条桌边的长条凳上。那天，我与远道从台湾赶来参加采风的著名散文家张晓风挨着坐，原本正是一个可以与她放聊文学的时机，没承想却被明确告知：吃饭不许出声，不许剩饭剩菜。我低头闷声吃了两碗米饭，留心记了记，尼姑们先后端着大菜盆来添了六次菜。菜，是全素。有瓜有薯有芹有秧有豆有苗，还有豆腐豆芽豆干与花生青豆；咸，大火炒的，有菜油煎炒的鲜香；因为是自己种的菜，没有施放化肥，故菜的原味很浓，可口。由于都不说话，五六排人都专心致志地吃饭夹菜，体味饭菜的滋味。我感觉：倘若每天都这样吃饭吃菜，一定会发现饭本身的更多滋味，与菜自身的无尽的味道。可惜，我们天天说的生活，一日的三餐两觉（饭后稍后是午休，加上晚上休息，故称"两觉"），真是被我们忽略了不少！什么是本真的生活？本真的生活是什么样的？我们天天说生活丰富多彩，但这个"丰富多彩"之下的生活是什么样的？是不是离开丰富多彩的生活就不是生活了？我们有多少人的生活是丰富多彩的？又有多少人的生活是单调寡淡的？难不成单调寡淡的生活就不是生活而是活着？那这18位尼姑为什么选择这样的活法？而刘三姐没有选择给莫老爷当小老婆，却选择给阿牛哥做寡淡生活的小媳妇儿，是不是一种愚蠢的选择呢？当丰富多彩取代了生活，附加值变成了价值，而原来的价值又变成了子虚乌有，这究竟是谁畸形了、变异了、改质了呢？山还是这个丹霞山，水还是丹霞的水，人？还是丹霞的人吗？！这似乎是这18个尼姑向我们这个时代与人发出的质疑，而且是以单调寡淡的生活方式，非常简单，一目了然。而对于我，却是一个提醒，一个追问，一个反思……

按照寺里的规矩，饭后自己洗碗。所以，我们都感觉异常的新鲜，连73岁的大散文家张晓风先生，都走到大大的水盆前亲自洗碗。其实，有一种美，是在一个规定的环境中展现出来的，与花儿没有关系，与山清水秀没有关系，与人的脸蛋儿与人身材的胖瘦高矮，与衣饰与化妆与珠光宝气与一切故作的姿态统统没有关系——只与人自然的行动和这个行动所包含的觉悟与觉悟的内化为精神的升华有关。洗个碗就很伟大吗？这是非常非常平凡的小事儿，但在这里却平凡得特别特别地平凡,一直到平凡得令人心动,这个平凡才又回到平凡的原处,依然平凡如故地平凡着,显示着平凡的永恒不变的精神、气质、风度……而寺院里就餐人员一个个蹲下来洗碗的细碎动作,就与每个人在家洗碗,在酒店散席后的扬长而去截然不同,它构成了一个风景,一个画面,一个细节……它让我们反思这个平常很少留意的小事儿,于不经意间却突然提醒了一下我们:洗碗,是饭后永远的一个客观存在的程序,像日升月落,似尊老爱幼,如果你不是畜生,你是一个人格健康的人,你就要洗碗——守规矩。

4

这样看来,丹霞的内涵似乎有点矛盾。大美的山水有原欲的昭示,也有严守规矩的戒律。是的,前者强调人之为人的根本,后者告诉人们:人人都有欲望,但规矩还是要讲求的。否则,岂不天下大乱?这是不是老祖宗心里的一个放之四海而皆准的价值观呢?从这个意义上说,美,从来都不是抽象的而是具象的,一如丹霞的山水,它之所以美,是因为它有丰富的精神内涵呵。不知同行的文友以为然否?

2014 年 6 月 11 日下午

盛 唐 之 名

按：长安内外，官民同乐，三天三夜，欢庆游宴，不亦乐乎。后盛唐之名，深入人心，广布传扬。

晨曦中睁眼，一片蒙眬。梦未走远，容我追述一下？大梦盛唐啊！

吾皇李隆基初登龙殿，召文武百官，曰："唐历六朝，循序渐进，已成盛世。然何为兴盛标志？"群臣互望无语，默寂无声。于是，皇上又宣召宗庙司仪，命其依典籍周礼，道明：何为盛世？何为标志？司仪大汗浃背而流，双腿如筛金沙，婆娑窸窣，面如土色。皇上知其尸位素餐，不学无术，然今日心情极好，便笑说："难道能养你们这些饭桶，就是盛唐之标志？"寂静。"难道我大唐无人？连个依典而言的人都没有吗？"话落，门前一熊姓卫士高声回答："盛唐乃开万世之先，绝无成例，更无典可查可考可据。缘此，才辉煌，才荣耀。"百官面面相觑，交头接耳。皇上大悦，言："好小子，有理。那你说说何为盛世之标志？该如何是好呢？"

熊小子挺胸昂首，口若悬河，一气滔滔，曰："入世必有入世之礼之仪，既是盛世，那必有盛世之礼之仪。予观长安，端正四方，东西南北，各有城阙。然盛唐至而无声无息，如怕见公婆之丑媳，岂有此理？"说到此，熊小子不说话了。俄顷，皇上大喝："问得好！我何怕之有？！"群臣曰："是呀！咱们怕谁呢？！"熊小子这才又开口："盛唐至，而人未知。名不正，言不顺；言不顺，行不果。此乃大忌。"皇上曰："有点意思。说说看？"熊小子曰："大唐历经沧桑，苦难辉煌。既入盛世，当行入世大典。长安东，有灞柳依依，一望无际。此乃东方日升，绿树成荫，喻我朝光明万代，故曰红门开，而福寿进，应在长安东门举入城式。但长安西，秦川八百里，沃野蕴万世之丰饶。此乃西方安恬，嘉禾默长，喻我朝衣食无忧，故曰绿门开，而永安进，应在长安西门举入城式。然乡谚有传——头顶青山脚蹬川，辈辈坐高官。予观长安城南，乃翠柏叠嶂，一碧连天之终南山也。此山高而可枕无忧，可依无虑，乃大吉之象，故应在南门举盛唐之入城式。然予又观长安北方，乃渭水长流，可灌溉田亩，可安逸垂钓，既是农家生产之根基，又是皇室游戏之胜地，亦应在北门举盛唐之入城式。浩浩乎！长安四方八面，均为上上吉祥之向，请吾皇随意定夺便是了。"

　　皇上探问："东西南北皆绝佳，那如何是好呢？"百官唯唯诺诺而不知如何是好。熊小子微笑轻松对曰："既是盛世入城，必与衰世弱世庸世天壤之别。吾恳请圣上——四门洞开，同举仪式；千旗万帜，鼓乐齐鸣；成龙形，鱼游而入，环城内外，通透布喜；沁人心脾，入城极角；鞭辟入里，进骨入髓。当否？"百官赞："绝佳！"皇上尖叫："封熊小子国相！"众信然。于是乎，长安内外，官民同乐，三天三夜，欢庆游宴，不亦乐乎。后盛唐之名，深入人心，广布传扬。

久辛梦醒，始知回了盛唐一夜，幸福无比。遂自问道："大梦谁先觉？"哈哈哈哈。

2013年7月27日 05：56

文野之合谓之雅

——初识汕头

汕头历史悠久。据考证,有一万年以上的人类生活史,有八千年的史前文化和五千年的文明。夏商周三代属百越之地,秦始皇三十三年(公元前214年)设揭阳县,隶属南海郡。遥想当年,秦始皇移民广西40万,经年累月地修建灵渠,而建成灵渠的那一年,刚好也是揭阳建县的公元前214年。我想,这应该绝对不会是巧合,而很有可能是灵渠建成前后,大秦帝国为规划统一天下,一并颁布设立的。而修建灵渠的那40万移民及其子孙,据史载,秦国有令不得回返,所以也很有可能流散于就近的岭南各地生根发芽,一代一代做了岭南人而于此繁衍生息了。潮汕地区富饶美丽,肯定少不了移民迁入。这在我对汕头的初次踏访中,就有很多蛛丝马迹的发现,尤其对汕头人质地的考察,更坚定了我的这一猜测。

当今世界流传着"三个一千万汕头人"的说法,即:一个海外一千万,一个内地一千万,一个本埠一千万,为什么汕头人的三分之二都在家乡之外闯荡呢?他们的这种敢闯敢拼的精神来自哪里呢?遥想秦国曾有一朝丞相,是大商贾吕不韦,而首都咸阳乃是当时世界最大的商贸中心,秦自嬴渠梁时的丞相至郡县乡里的官员，都是用高薪诚聘的其他诸侯国士子，想想看，这些士子们当了官岂能忘了家乡的爹娘而不隔三岔五往家送东西？又岂能不重商护商？满朝文武，净是外乡人，这架势，这气魄，这胆略！即使今天放眼古今中外，世界上又有哪一个国家能有如此的壮举——把自己的国家全部都交给"外国人"来管理？而当时的首都咸阳则汇聚了世界各地所有能来的商人在这里经商，如此之庞大的商贸市场的运行，其中如果没有蕴含着一个合理的商业理念和模式，是很难正常运行发展的。不怕小，所以才不怕大，敢于扩大，善于扩大，能够扩大，以大来淘小，又以小来汇成大，狂野的商贸文明，其中蕴含的精神，必定光芒四射，流播广远。所以，我想这种精神劲头儿与当今"三个一千万"的汕头人的精气神儿，是不是酷似乃尔？在中国，马化腾的名字叫得当当响，汕头人都以他为骄傲，岂不知整个汕头遍地都是工厂，产业链呈球形展开，遍布全世界，把生意做大做强的又岂止一个两个？汕头人的气魄，胆略，是不是也有点儿西北的大秦味道呢？

　　敢闯敢拼，固然是汕头人不言自明的质地。其实，在这个闯与拼的后边，还紧紧跟着一个做事精益求精、永无止境的追求。关于这一点，我这次应《香港商报》之邀来探访，就看得非常清楚。在汕头新福街道（现已撤销）的小公园，我看到一个卖水果的小店，不就是卖个水果嘛，能卖出个花儿不成？然而，人家就是卖出了名堂！他像我们师的张日景老师一样，站在买水果人的角度上来琢磨卖水果，不求一次买得多，而求人路过顺便就来买一块（份）吃。你顺便一块，她顺便一块，姑娘一块，小孩老人再各来一块，生意自然就兴隆得不得了。他是怎么做到的呢？因为他卖的水果都是提前去了皮儿和核儿，一块一块切好洗干净，放在保鲜柜里，随时随地都可以取出来吃的，有的还插上一个细细的竹签子，像拿着根冰棍一样方便。别人都是一斤两斤地卖，他是一个切成两半卖，卖精加工的品质，卖服务卫生和吃了放心，价格当然要高一点。你卖一斤的收入，不及他卖两个的高；你卖完拉倒，他细水长流。钱是一个不少赚啊——这就是汕头的后来人，做买卖和做事一样，永无止境。

在汕头开埠文化陈列馆，我了解了汕头开埠以来的历史事件和人物故事，但是给我留下难忘印象的，是展馆的这座1907年建造的小洋楼，楼梯的铁护栏与阶梯的铜护板依然光可鉴人。且不说这楼设计的精巧别致，仅棱角质地的完美无瑕，一百一十三年啦，一个历经百年以上磨难风雨之后的老美人，却是小楼昨夜又东风——风流依然不让当代啊！品质优良，当然源于人的质地优良。在侨批文物馆，我看到了大量的侨批和银信，上面的文字全是俊秀的小楷，都很见功力。想想，一个汇款单，竟然写出了汕头人的文化基因——恭敬、虔诚、精心、恒毅，可以从这些侨批上，看到汕头人的文化内涵与底蕴。我用手机拍了一个侨批，密密麻麻的，有三千多字，逐字逐句读完，抬头看看信封上的六个大字：双亲大人安启！令我心头一热，尽管都过去一百多年了，然而那些侨批人骨子里头对父母双亲的感情，却依然是那么浓烈真挚，那是汕头人心底真正的呼唤，令我看后好一阵子唏嘘感叹。

人常说：睹物思人。在陈慈黉故居参观，我就边看边"思人"。先说说这个故居的"皇宫起"的气势与格局，高大宽敞，坦荡精致，一看就是皇家园林的气派，而内里的装饰，尤其地、窗、门的拼图纹案与材料的色彩形状，又显然是域外的风格。2014年5月，我随中国作家代表团访问阿尔及利亚和突尼斯，所见王宫的装饰风格，就与这里的非常相似，由此我断定：陈慈黉故居大气壮观的源流，乃来自秦之后历代皇朝以及官员的影响，而内在的装饰则来自域外的亚非拉欧。在这里，我们可以感受到汕头人的文野之雅，既注重自身的传统文化，又能够广采世界各地之长，这种通透的纳天入怀的精神，还真是有点老秦人的风范。这样说来，我是不是显得有点牵强附会呢？事实上，我们常说秦统一度量衡、统一文字与道路，其实，更重要的一个"统一"就是：统一用人。秦以降，用人的流动性，破除了地域的僵化与模式，使先进的生产管理与文化教育理念广布于大江南北，这就是我猜测自秦代灵渠建成与揭阳县同时于公元前214年建立，之后的发展趋势一定与秦的统一文明有着密切关系的原因。而汕头人则始终坚持扬长避短，向内向外同时发展，不仅过去是这样，今天又何尝不是这样呢？

再看看秦牧故居的修缮与秦牧公园的建立吧？如果说汕头人对物质文化的投入，展示的是"狂野"的一面，那么他们在文化上的投入与用心，展示的就是"文雅"的另一面了。在我的心里，散文大家秦牧与杨朔、刘白羽、吴伯箫等，一直都是我无比敬仰的泰斗级人物。秦牧的《长河浪花集》与《艺海拾贝》等作品,曾给予过少年的我无穷的启迪和信心。他的散文作品集文史哲科学知识与常识为一炉,文字不仅感情饱满而且内容也非同一般地扎实丰盈又生动鲜活。没想到,在这里遇上秦牧故居,而且能在秦牧公园里小坐一会儿!英雄所见略同,汕头人与我的敬仰是一致的呵,在这里我真是有他乡遇故知的感觉。早在20年前的2000年,汕头人就开始了对这位现当代中国散文大家故居的修缮和相关文物的征集工作,据介绍,仅秦牧夫人紫风,一次就捐赠了100多件,包括秦牧的主要作品和生命最后一刻留下的手稿、眼镜和圆珠笔,使大先生家的这座建于清末民初的故居,实现了修旧如旧不说,还将故居外不远处的空地辟为秦牧公园,可见汕头人是非常有心又有远见的,他们要把自己尊崇的文化大家当作乡土之上的神明来敬仰,以期获得文学巨擘的光芒照耀,使他们世世代代的子孙,永沐文化的阳光。而秦牧文通天地古今与中外智叟的弘达之精神,我相信,也一定能使汕头人民的子子孙孙沿袭——而再领风骚……

2020年1月17日于京华301医学中心416室草

昆仑堂小记

前几天去宁都，参观客家人祖居，房屋建筑思虑周全，通风防水，内外构思合理巧慧，很是欣赏。看了几家宗祖房屋，均大同小异，没有什么可说的。唯一令我心灵受到冲击，受到震撼，受到雷击般警悟的，就是这个先祖之屋：熊氏宗祠！

屋内与其他地方客乡之居无异，唯这"昆仑堂"三字闯入我心，冲进我脑。问屋主："此匾何时所拟？何人所撰？"答："前清（清朝）。"哦，四五百年啦？遥想熊姓家族一脉，当年起了此高堂雄居，族上老人与族中出于翰林的儒生们，必定要围在桌前灯下细细思量，长久地漫议：该给此堂命一个什么名号呢？当然要能体现熊姓族人精神的啦。我站在此祠之中堂天井下，驻足良久，而百思不能得其解。宁都远离西北边疆，而比邻东南之海洋，中间隔着巴颜喀拉山、秦岭、巫山等等。昆仑山，那是一个多么遥远的地方呀？然而，熊氏先祖竟就果敢断然，拿来置于堂上一敬？他们岂止是挥毫写了"昆仑"二字？那分明是熊氏族人将全部的精神寄托，都融进了这两个字。先祖是要教导子孙后代：做人要像昆仑山——顶天立地；做事要像昆仑山——浩瀚巍峨。那一刻，我于瞬间触摸到了熊氏先人怦怦狂跳的雄心壮志，厚重，疯野、博大。有一种目空一切，什么都不在话下，坚定，沉雄，渊深，对后人寄予了不求眼前蝇头小利的、深谋远虑的希望。堂前徘徊，我仿佛接受了熊氏先祖的神示与启悟，一下子穿越了岁月的铜墙铁壁，又一下子跨越了千山万水、大海汪洋，明白了为何客家人能够遍布世界各地而兴旺发达，为何客家人无论在何种艰难困苦的环境中都能够自强不息、勇猛精进。他们，他们有这么个祖祠，这么个堂屋，这么个装有一座昆仑山的雄才伟略、博大浩瀚的俯仰天地镇邪压恶的精神圣殿，而大殿的正中央，就高悬着一个伟大人格的心灵象征——昆仑山。

古今中外，我见过很多殿堂，从俄罗斯圣彼得堡的冬宫到首都北京的故宫，各种匾额所撰题的"正大光明""清正廉洁""仁义博爱"等等。我见得太多太多了，那大都是标榜纯洁无瑕与秉持公正的。然而，我独见先祖熊氏族人去陈言而务尽，一扫标榜之轻浮陋习，蕙心诚挚地搬来一座大山，以前无古人，后无来者之势，给子孙后代树立了精神皈依的雅号——昆仑堂。这让我这个后来人警醒，发蒙，启智。从宁都归来数日，然"昆仑堂"始终在脑海翻腾，心头萦绕。故写此文以记之。

2013 年 6 月 30 日午草，黄昏改定

活着的古歌

有一种缘，会突如其来；之后，会与再生的缘串联在一起，形成一个人的精神轨迹，乃至精神世界和思情的境界。

我来到这个世界若干年后，才被一封家书带入一个意想不到的地方——大约是1981年底，我收到一封加盖着"义务兵"邮戳的书信，打开来看，才知道是弟弟小乐寄自四川西昌空军场站基地的。他高兴地告诉我：他当兵了，而且是空军。这比在大西北戈壁荒漠上当兵的哥哥我，自然环境要好多了。那时候发射卫星的航天城还没有建成，而我的弟弟在空军场站基地——西昌服兵役，所以，西昌自然就成了我们家的关注点、想象点，尤其是父母大人的思念天地。后来，弟弟考入空军沈阳航校，毕业后在西昌场站的汽车连当指导员，想象着我的同胞兄弟开着汽车奔驰在大小凉山的道路上，不由得就有一种自豪之情洋溢开来。虽然那时候我还没有去过西昌，但是，在我的想象里，这里是我非常熟悉的地方，是我弟弟奔驰向前、为一个连队操心、为空军建设奉献青春的地方——它应了马尔克斯的话：有亲人的地方，就是故乡。

第一次踏入我的这个梦里故乡西昌的时候，已经是38年之后的事情了。2019年4月的一天，《星星》诗刊的副主编干海兵打来电话,问我是否有时间到凉山彝族自治州的山寨去看看,那里正在脱贫攻坚,如果现在不看,以后就再也看不到原始的彝族山寨了。我一听就觉得机会难得,立即表示:我非常乐意去。之后不久,海兵帮我订好的机票信息发来了:北京—西昌!哦,大凉山在西昌,或西昌在大凉山?我小的时候读过诗人梁上泉写的《挑担茶叶上凉山》等一系列的诗歌,没承想,在弟弟从军的地方,还有一座山,一个诗人,是我很早就熟悉的人物。我有时会想,所有你最初遇到的人事,后来都会成为你的记忆你的经历,乃至成为你的财富。在飞往西昌的天空上,我又开始了想象:西昌,这个彝族自治州的首府之地,会以一个什么样的姿态来迎接我呢?或者说,到得西昌之后,会看到一个什么样的西昌呢?

扑入我眼帘的,是一个身材苗条而面容姣好的彝族少女,她拈着裙摆的两个角,做出的一个轻轻下蹲的姿态——那是彝人欢迎宾客光临的敬爱礼。前来接机的青年诗人、彝族兄弟马海子秋热情地接过我的拉杆箱,引着我到停车场去上车,而我的双眼已经被牢牢地拴在了到达厅正前方的一座雕像上。我问:那个少女雕像塑造的是什么人?子秋说:"阿嫫妮惹。"汉译名:妈妈的女儿。她的那个双手拈着裙摆两角下蹲的姿态,实在是太优雅了。让我想来,没有三千年的造化,百代的蜕生,绝做不出这么娴雅静淑的感觉来。忍不住的向往,使我丢下子秋,径直向雕像奔去,之后驻足仰望欣赏,"那其实就是一个眼神儿 / 和一个轻盈的体态,更具体地说 / 就是一个眼漾热诚而身体的轻轻一点 /——行一个彝家欢迎礼的自然下蹲/很轻,几乎就是微风拂柳的一晃/……嗯,很多美的闪现都是这样/像暗送的秋波,凤眼儿的一瞥/只有会意的情人和诗人/如我——才能于瞬息之间接收/并即刻转化为情感/进入灵魂,所以瞬间永恒,或永恒的瞬间/才是真正的艺术/追求的美之浩瀚"这几行诗,是我后来写下的当时的感慨。值得一说的是,这座雕像的作者,与南京大屠杀遇难同胞纪念馆前后左右的雕像群是同一个人,即大雕塑家吴为山。我们都被彝族少女的美所击中,又同时发现了一个伟大的史诗。在去往宾馆的路上,子秋边开车边介绍说:"《妈妈的女儿》是彝族民间流传的一部史诗,而这个雕像,是吴为山先生根据史诗和现实生活中的情景塑造的。"是的,我围着雕塑观赏良久,于今思之,我觉得吴先生真是艺术大师,他没有囿于史诗,而是更强烈地把历史传说浓缩在现实生活中的一瞬,将一个饱含着先人基因的瞬间体态凝固定影,显示出一个大艺术家洞察不朽之魅的创造能力。他为老子孔子马克思费孝通等等伟人、名人塑像,"这一刻/少女进心入魂/情怀刹那奔涌/斧凿刀刻为灵魂开先河/又塑出个——妈妈的女儿来。"于是,我的好奇心又忍不住了,忙问子秋:"这个史诗能找到吗?我非常想看看。"子秋说:"没问题,我家就有,回头我给您送来。"然而,我还是不能释怀,入住宾馆后,天还早呢,便在百度上搜索了起来——还真有!是汉语版的。再于是,我便在手机上读了起来……

这是一首千行长诗,我记不得阅读时中断了多少次,总之,我是陆陆续续读完的。我读得很慢,很用心,联想到开天辟地的中华文明，实际上有一个严重的缺陷，那就是对女性生命存在与女性文化的遮蔽，在中国卷帙浩繁的典籍中，表现女性的作品少之又少，甚至可以说少得可怜。而《妈妈的女儿》原名《阿嫫妮惹》，则以女性的生命历程为中心，从女儿的孕育开始写起，一直写到婚恋与后来的生儿育女，始终沿着女性的成长和境遇遭际的波折与创伤而一唱三叹，疼痛感伴随始终，命运的旋律挥之不尽，女性本体生命的深重写实与情感境遇的描摹，构成了这部罕见的以女性、女人、女儿为主角的史诗的独特的魅力，它直视女性的悲惨生活与命运，对于不合情理的世道，给予了强烈的抨击反抗与叩问。如，诗中写道"山上牲畜有九群／女儿没有一只羊／山下耕地有九坝／女儿没有地一坷／家中粮食有九囤／女儿没有一粒粮／姑娘长到出嫁时／枉自躲藏在闺房"。不仅如此，在中国几千年的传统文化中，关于女性的地位问题，似乎一直都没有过公正的对待，更没有成文的典籍形成社会尊重的原则。诗中展现的，假若女性出嫁后生活很不如意、很悲惨时，她们几乎就没有什么办法来改变。别说离婚，就是寻死，也是难上加难。"若在公婆家中死／引起冤家械斗来／弟兄为我把命抛／若回父母家中死／引起诉讼难分解／荡尽家产女心焦／若往山前山后死／路人认为葬虎口。"诗中的表达，读来让人有一种揪心的疼痛。尽管这部史诗的七言译法过滤掉了大量的生命感觉与意境的书写，但是，仍然能够让我们进入女性的情感世界，进入她们命运的境遇、伤痛、悲苦、期盼等等，使我们能够看到并感知与猜想到她们生命的艰辛磨难，抑或更多内容……在我想来，这不仅是一部为女性女人女儿而歌的史诗，想想我们就要开启的访贫问苦的采风活动，能够及时地发现并阅读此诗，谁说这不是上天赐予我的一个绝好的、理解这片土地和土地上的人们最好的方式呢？而我有了这首长诗提供的背景和意境，再看看今天彝家山寨与彝家的女儿女人们，我想这样理解起这片土地和人们来，是不是就更接近她们真实的精神世界了呢？

我们要去访问的地方，是昭觉三岔河乡（现属三岔河镇）的三河村，距离西昌市区有一个多小时的车程，包括最后的一截山路。在即将到达三河村的半山腰上，因为脱贫攻坚的首要任务，是实现公路的"村村通"，而我们的大轿车恰恰被一段即将施工修通而暂时尚未修通的路段拦了下来，这似乎也是一个提示，即曙光在前头，脱贫攻坚仍然任重道远……我想，这或许正是此次活动的组织者有意的安排，不让我们一下子就进村入户，而是让我们在前来的路上，先看看这里的路是如何开通的，这里的村寨，是如何改变的，原汁原味，艰难曲折，却又稳中向前。我心里默默地想：好啊，不玩花活，来真的，就是要这样一寸一寸地向前推进。虽然下车后要步行上山，但是我们却真切地看到了"脱贫进行时"的生动场景。

很快就要看到新世纪20年代的阿嫫妮惹了，她们是母亲，也是女儿。我与《星星》主编龚学敏、副主编李自国等，登上了一间向阳山坳中的茅草屋，屋里坐着一位67岁的彝家阿妈，她叫吉木子洛——应该就是当代的阿嫫妮惹吧？她家的门又低又窄，弯腰钻进茅屋后，我很难想象，时至今日，竟然还有如此简陋的供人居住的茅舍，屋里所有的家什都是20世纪五六十年代的旧陈设，床、桌子，和一个柜子，全都破烂不堪，除此，家中几乎什么都没有。吉木子洛有一儿一女，可惜的是他们都在市区工作生活，只能双休日来照看一下她。村干部看出了我们的心思，对我们说："这个寨子里的所有住户，包括吉木子洛家，都列入了精准扶贫的重点范围，下周开始就全部都要翻新了。公路也马上就修通了，吉木子洛的儿女以后要来，踩一脚油门，车子就开到家门口了。这次约请诗人们来看看，就是请大家来见证我们市脱贫攻坚的奇迹。"作为中共党员，我从首都飞来，看到如此窘迫的山寨彝家阿妈的生活状况，内心深深地感受到了脱贫攻坚工作的迫切与重要。《东方红》里唱道："共产党，像太阳，照到哪里哪里亮……他为人民谋幸福……他是人民的大救星。"中国共产党马上就要建党100周年了，而我们的国土上仍有生活在贫困线以下的人民，这如何能让中南海的领导们安心，又如何能让为了共和国而抛头颅、洒热血的成千上万的烈士们安心？现在，凉山彝族自治州首府西昌的党政领导干部们，严格按照中央的要求，在大小凉山上展开了脱贫攻坚战，不仅实现了公路"村村通"，而且彝家的山寨，也都翻盖上新啦！我想，《妈妈的女儿》这首古歌，是不是也该有一个新篇章了呢？

有一种缘，会突如其来；之后，会与再生的缘串联在一起，形成一个人的精神轨迹，乃至精神长相和思情的境界。我没有料到我的弟弟会从军西昌，也没料到38年后我会与吉木子洛阿妈相见，更没有想到 2020 年 12 月初，我会应《民族文学》邀请，再次来到西昌，而且又被西昌深深地触动了一次心灵——仍然是女性，仍然是女儿，是少女。

那天，我们一行作家乘车去"彝海结盟"之地参观，车上闲聊时听到时任广西作协主席冯艺与人说起了高缨。我知道，在诗人圈里就有好几个高瑛（缨）。艾青的夫人叫高瑛，写《丁佑君之歌》的也叫高缨，字不同音同，便问：哪个高瑛（缨）？冯艺回我："写《丁佑君之歌》的高缨呀？你不知道？他是原西昌县委宣传部的副部长，还写过电影《达吉和她的父亲》，去年二月刚刚去世。丁佑君的纪念雕像就在邛海公园里，我早上起来散步，还去看了。"真是完全没有想到，沉睡在我心中最少 40 年的记忆，突然就被冯艺大哥的几句话唤醒了……

我小学的同班同学毛钢，四年级时被西安外国语学校特招，我们两家住得很近，他每月都要回家一两次，而每次回家都会找我玩。一次他回来拿了一个笔记本给我看，上面是他抄写的长诗《丁佑君之歌》，并说这诗写得非常好，希望我也看看，我立即就接过翻看起来。说心里话，如果不是毛钢亲笔抄写，或许我不会认真看，但正因为是毛钢一笔一画抄出来的，这么厚厚的一本子诗歌，的确是惊到了我，对于自负且又刚刚开始喜欢诗歌的我，这一本子诗歌的确是及时雨般的精神食粮，他走后我便立即读了起来……毛钢的钢笔字方中带着点圆，也许是他写英文多自然而然带出来的痕迹，一行行诗句抄出来，显得格外整齐有序，而我读时也比读书上印的铅字更容易入脑进心。这首长诗,让我记住了丁佑君,知道了这个小姐姐才19岁,就英勇地牺牲了!于是,我也找了一个精致的笔记本,用了几个晚上,将毛钢同学的手抄本也用心地手抄了一遍,并在心里默默地感叹——这个小姐姐太伟大了,像刘胡兰一样,都是有理想有信仰的人。如果我没记错的话,那一年,我与毛钢都是十五六岁!这么多年过去了,我记不得丁佑君是哪里人、在哪里参加革命、在哪里英勇牺牲,但是我记住了她的名字和高缨的名字。真是没想到,竟然在西昌又一次提起了她和他,他们像神一样,竟然一直都活在我的心中,让我再一次地陷入情感的撞击中……

从"彝海结盟"参观回来,我找到接待我们的负责人请求说,我很想去拜谒丁佑君,不仅是我,我还要替我的小学同学毛钢,向丁佑君烈士三鞠躬。接待我们的市作协的朋友非常理解我的感受,当即决定:下午就安排车子和人员送我去。下午,车开得很快,似乎懂得我的心情。一个小时后,车便上了佑君大道,并行驶在佑君镇了。西昌人民没有忘记这位为了他们的解放而英勇献身的少女,以她英雄的名字命名了佑君牺牲前走过的路段,并将她殉难之地的镇名,命名为"佑君镇"。这当然是一份荣光,更是永恒的纪念。当我来到丁佑君烈士陵园,我的心里突然有了一种从未有过的感觉,那宽大的陵园和丁佑君高大的雕像,立即使我内心蕴藏着的几十年的情感耸立了起来,是,她应该有这么一块圣地,以容纳我们今天乃至以后的少男少女们来徜徉、来漫步、来缅怀、来追寻……我希望我们的年轻人在结婚的时候,也能像俄罗斯的青年男女去烈士墓献花一样,先来给佑君献上一束鲜花,并牢牢记住她,是她的牺牲赢来了胜利……

是的,革命的烈士已经慷慨赴死。

只剩下风烟浩浩,气象茫茫。

毫无疑问,丁佑君首先是"妈妈的女儿",其次才是少女,才是革命战士。作为女儿与少女,她没有辜负母亲的养育;作为革命战士,她没有辜负党的哺育和培养。诗人高缨为之而作的千行长诗《丁佑君之歌》太长了,我这里无法转载。为了让更多人了解丁佑君,我把百度的介绍压缩了一下:

丁佑君(1931年9月27日—1950年9月19日),女,别名:丁一之,生于四川省乐山市瓦窑沱一个富裕的盐商家庭,自小受到良好的教育,中华人民共和国成立后,丁佑君考入西康人民革命干部学校,加入中国新民主主义青年团,毕业后担任西昌女中军事代表。1950年9月18日,盐中区土匪发动反革命暴乱,丁佑君不幸被土匪绑架。土匪们对丁佑君进行了百般摧残,始终不能使她屈服。匪首竟卑鄙下流地将她剥光衣服游街示众,后又将她捆绑在柱子上用皮鞭、棍棒抽打,施老虎凳、用钢针刺穿她的乳头直至插进乳房,并对她轮奸、用枪击穿她的左胸,但丁佑君宁死不屈。1950年9月19日,匪徒围攻盐中区公所,妄图利用她劝说坚守碉堡的战士投降,丁佑君视死如归,鼓励战士们坚持到底,不要投降,并高呼"中国共产党万岁!"恼羞成怒的土匪向丁佑君开枪,之后,土匪抓提起她的双脚,将她在凸凹不平的山地上拖了一里多路，直至全身被粗粝的石子擦得皮开肉绽、血肉模糊，最后被丢弃在荒野中，被狼蚕食得只剩下头骨和一些骨架，时年19岁。

若干年后，《丁佑君之歌》的作者、79岁的高缨再次来到五通桥，为纪念丁佑君烈士题写了这样的句子——

白玉一样纯洁，钢铁一样坚强。
她永远十九岁。

老作家准确地概括了丁佑君烈士短暂的一生，这是对烈士的高山仰止，表达了自己对烈士一辈子的尊崇。1951年5月19日，中央人民政府颁发了毛泽东主席签署的"革命烈士证"，并核定丁佑君的革命功绩：记一大功。

是的，我完全没有准备，完全意料不到：会有一种贯通古今的缘，突如其来；之后，会与我的少年时代、现当下的生活与未来的寄望串联在一起；我在西昌从军的弟弟，吴为山的雕像《妈妈的女儿》，史诗《阿嫫妮惹》，昭觉三岔河乡的三河村的吉木子洛，以及丁佑君的英勇献身与后来西昌的解放和于今西昌卫星发射中心的直通宇宙的大国重器的巡游天外，都形成了我内心深处一个清晰可见的精神轨迹，乃至形成了一个庞大无垠的我的精神世界和思情境界。在这里，在我心上，西昌不是一个地名，而是一个又一个古老而又年轻的、一直都活在我们新时代的生命体，它有过往的历史，也有蓬勃向上、欣欣向荣的当下，更有辉煌的未来。它从远古走来,要向阳光明媚的灿烂文明的世界走去,这是我们56个民族的自信,浩浩荡荡,一往无前——如此,这后来与未来的一切,是不是可以当作祖国母亲的大地上,再次响起了《妈妈的女儿》的新篇章呢?

2021年1月14日草于京华

碑 帖 小 记

我师傅陶爷爷，原来是高级工程师，是学工科的。我母亲把我领到他家时，只叮嘱我叫"陶爷爷"，并未告诉我他的名号，所以我至今也不知道他的名字。但陶爷爷自幼私塾家学厚实，之后又受过大学教育。尤其可贵的是案几之上，从来都是笔墨纸砚齐全。虽然退休在家没事儿了，却是每天习书临帖。他不仅收了我与广军两个学书法的小徒弟，同时，他还是一位收藏家。陶爷爷收藏碑帖、汉瓦当，当然全是业余爱好，与今天一些人收藏以敛财为目的完全不同。记得师弟广军告诉我，师傅仙逝前有言，即，他逝后，要把他收藏的文物全部交公。广军后来遵师傅言，将师傅收藏的文物整整装了一三轮车，送到了西安小雁塔文管所——这大约是1979年以后的事了。

陶爷爷收藏碑帖，讲究个拓本。我小时候先临的是柳公权的《玄秘塔碑》，后改临汉《曹全碑》《孔庙礼器碑》《张迁碑》和《石门颂》。为了让我们理解其书法的意味风格，陶爷爷常带我们从西郊的三桥出发，去西安市内的碑林观摩，认柳、《曹》，识二王，并一个字一个字地讲解他偏爱的汉隶书法结构与韵味的不同。当然，他也介绍其他书法大家，如颜真卿、欧阳询等等。我印象最深的,是陶爷爷领我们来到怀素和尚的碑前,给我们讲毛泽东如何从怀素的狂草中汲得精华,写出了入乎古人、出乎古人的新狂草的巅峰之作。他教导我们,学习不是为学习而学习,而是为创造而学习,那才可能超越古人,成为一代天骄。他说:"你看毛主席的字狂不狂?可以说天下第一狂。但你看看人家的字,每一笔都有出处,进古出今,放得开,收得住,汲古与创新是结合得最好的,毛泽东的书法就验证了这一习书的真理。"转眼数十年过去了,反思陶爷爷的理论,又何尝不是写作的经验呢?

认碑读帖并不是目的,而是为了学习。当时碑林边上的许多人家,都藏有不少碑林的拓片。不像今人夸张说的那样,"文革"一把火全烧了。那不是中国人的价值观,中国人信的是老祖宗。你让他们烧,他们躲不过,会去烧一些。你若真让他们烧个精光?那才是真的绝无可能。作为见证人,我看到了民间力量的强大,他们根本就不可能真烧。记得当年陶爷爷就领我们到一个叫王乐天的老人家中,我估摸王乐天有七十多岁,他的老伴儿也有六十多了。碑林边儿上那条街,几乎家家像王乐天爷爷家,都在悄悄销售碑帖。他们有的人是碑林里面的拓工,有的是市井小贩。早在"文革"之前,他们就拓得了、收购了不少拓片。一来他们耳濡目染,知道价值;二来当时生活拮据,悄悄拓点或收购些拿市上贩卖,可补贴生活家用。

我记得当年陶爷爷就为我买下了柳公权的《玄秘塔》,

他说认碑是初步，临帖才是真正学习书法的开始呢。当时"文化大革命"把类似"封资修"的书都禁了，哪里有碑帖卖呀？只有碑林边邻家的老拓工手里才可能有。还不错，王乐天爷爷家的老太太看看我们，觉得是诚恳想学习书法买帖子的，就说："柳公权的六十。"陶爷爷说："太贵了。六十元就相当于五级钳工的月薪了。便宜点，便宜点。两个孩子学写字儿，哪里能要那么贵？"王乐天老人过来说："我家的是清拓片，可不是现在拓的。不行，一分不能少。你们不买，我们也舍不得卖呢！"陶爷爷见状，忙说："那拿来看看？""要，我就拿给你，不要就算了。在阁楼上，麻缠。"陶爷爷说："真是清拓，买。""取去！"王乐天老人对老伴儿说。于是，我见老太太从墙边移过木梯，放到屋梁上。仰头我才发现：其屋顶上有个衬层，用木板铺平了，可以放很多东西。老太太架上梯子，竟然一格一格地爬了上去。拿下展开来一看，陶爷爷说："果然是清拓片。"于是便买了下来。之后，陶爷爷又为我和师弟广军各买了《曹全碑》的碑帖。在我今天的回忆中，依稀记得是八元一帖，陶爷爷回家剪成一条一条，用粗麻线与粗麻纸为我们两个各装订了一册，供我们临习之用。后来，陶爷爷见我临习似有很大进步，便给了我一本同样用粗麻纸装订的小篆《千字文》，嘱我临习。说心里话，我临了一段后，发现自己先柳后《曹》，又临篆书，自己的字就有点四不像了。但陶爷爷却不以为然，他说："你自己写一段话，不要刻意走柳，也不要刻意走隶与篆，大胆写。"我写了"风雨送春归，飞雪迎春到"。陶爷爷夸奖我说:"你看,有柳也有隶,味道不是出来了吗?"可我却觉得自己的字很丑。

后来,我高中毕业上山下乡,一年后又入伍从军,书法就再未碰过了。去年,不知哪根神经兴奋了,我又捡起了毛笔,还在少年玩友海峰的参谋下,又跑到西安南院门外买了几百元的影印碑帖。回到家中,85岁的父亲见了,转身进了他的卧室,出来时却拿着一本粗麻线装订的碑帖递给我——"给你,这不是你小时候用过的帖子吗?还用买?"我接过来一看,果然是陶爷爷当年在碑林边给我买的篆书《千字文》。翻开一看,那篆铁画银钩,稳匀劲道,似老友重逢,一股热流涌入心头,心中不禁叹道:"爹啊!这老祖宗您还真为我珍藏着啊。"父亲想必猜中了我的心思,对我说:"一直压在我床头,搬了十几次床了,都在。"古人言:知子莫如父,又一次验证了。

2013年11月11日草,2015年8月21日改定

藏品与名节

收藏是有品格的，否则怎么会有收藏家？大凡能成为一家一门一派的，都有规矩，此乃方圆于内，形势自成。凡事有讲究、有格致，清清楚楚，才有家的范儿、门的形、派的势。除此，谁敢说自己有品格？

我小时候听书法老师陶爷爷讲收藏，那真是五花八门，源远流长，且样样令人叹为观止。火柴盒、烟盒、邮票、戏票、陶、瓦、罐、铜、铁、炉、金、玉、石等等，琳琅满目，缭乱人心。故陶爷爷讲：收藏绝不可以见什么收什么。你再有钱，到手的东西再贵重，如果没有品质格调，那你也不过是个收破烂儿的，与收藏家可没有任何关系。要想成为收藏家，那得你爱什么，推崇什么，信仰什么，才收什么。这叫有品质、有格调，才是有理想、有价值、有气节。

所谓有品质，说的是收藏的物件文宝，品相要正，质地要纯，做工精致，技艺一流；有格调，说的是物什的内涵，要有品格，有志趣，一物在手，常见常新，且是道统思想，高尚情操，绝不是形而下的低级趣味；而有理想，包括两个方面：一是收藏人有收藏的理想，二是藏品所含之内容有理想，此两条吻合，便可收藏；有价值，也有两条：一个是有精神价值，一个是有物质价值，前者是指藏品的精神、思想、文化的丰富度，后者是讲藏品的历史价值与经济价值，能保值、增值。如果一物在手，只有光鲜却不能保值增值，光图个外表，那就没必要收藏了；好的藏品，不仅有此二价值，还有气节，那就是更高的收藏境界了。比如，只收历朝历代清官与德高之人的物件家什，而拒收贪腐恶行之奸邪宵小与卖国贼的珠玉金山，等等。传说，早年长安南院门口曾有人叫卖秦桧的字。有一路人上来问价，叫卖者即报了高价，而问询者听罢连价都未还就掏钱买下。之后，当众点把火，将其付之一炬。围观人不少为之唏嘘，他便高声对市民言：留它存世，污我世道、毁我人心，见之、灭之。非其字不好，乃其人已经丧尽天良，岂容他以没有人性的奸恶之劣迹，污我芸芸众生之纯洁心耳？于是乎，路人拍手称快，叫好跳跃。其中道理，就正在于此。

收藏，收的是榜样，崇尚的是精神。否则，弄个汉奸卖国贼进来，那岂不是脏了各位大爷的雅室，污了诸位方家的清名。此其"收藏家之名节"耳！

2013年11月11日草，2015年8月21日改定

上 高 坡 记

从贵阳龙洞堡机场到花溪高坡乡扰绕村有一百多公里，按时接上我和女儿的司机告诉我：扰绕村是贵州省整个黔岭接天最近、地处最高的村子——也是我和女儿这次要去那里看星星，看流星雨，感受皎洁月光静流漫溻、银辉轻扬并以之独特广博的深情，沐浴着这里万物生灵的令人神往的地方。

女儿有点兴奋，这是意料中的。第一次来贵州，她喜欢自然气息浓郁的地方，我指着车窗外的山和乡野的景物给她看：怎么样？贵州就是大自然，大自然就是贵州，爸爸没说错吧？嗯，女儿应承了。这里的山是一座一座馒头形状的山，横竖成行，连绵不绝，而且是一绿到顶，四季常青；不像北方的山，庞大雄伟，气势不可阻挡，冬春两季百木凋谢，漫山遍野都是土石原色。看看吧，这都四月天了，春草才刚刚萌芽出绿，绝大多数的树林枝头，还是光秃秃的，萧疏的枯枝上，偶有几只麻雀在叽叽喳喳，仿佛在表达着春天到来的几点生机。与之相比，贵州的山就绿得有点假了，而那似假还真的山上，却有着湿漉漉的雾岚在浮游飘动着毋庸置疑的真，那是一望无际的毋庸置疑，让你毋庸置疑地喜欢这山、这水、这葱绿的万千气象……

一小时后，我问："到扰绕村还有多远？"司机回我说："马上。"之后不到五分钟，车停下，到了。我心生疑惑地问："不是要上高坡吗？怎么没感觉到上坡呢？"司机说："我们这儿的路平展，上坡时您感觉不到的。"嗯，这就是贵州"村村通"公路带来的新感觉吧？人世间的确有很多困难是客观的，如果你早早将困难问题解决了，排除了，一切也就迎刃而解了，当然也就不会觉察到困难的存在了。是，困难曾经存在，只是现在不存在了。这说明那是有人排除了这个困难，现在让人感觉不到了而已——一切都顺顺当当，平平稳稳，没有意外，没有悬念，这就是精准扶贫之后的新变化吗？

战国末期的宋玉说："风起于青蘋之末。"推而广之，大风、正风、好风的兴起，都是从细枝末节开始的。扰绕，苗语美好的意思；而扰绕村呢？我猜大概就是鲜花盛开的美好村庄之意吧？小村位于高坡乡西北部，平均海拔1500米。过去，这里几乎是没人愿来的地方。高，风大；没公路，运点儿东西上来很费劲儿；加上生产力水平低下，几乎没有什么农业机械化。那天，我们的车子进村后拐了几个弯儿，眼看着要出村了，却又慢慢地拐了一个小弯儿，之后，才稳当当地停在了一座小别墅的边儿上。哦，难道说这就是扰绕之绕吗？小别墅的对面是一片阔大盛开的油菜花地，抬头望去，金黄的波涛，一直漫到了坡头的边沿儿，好似一盆金色透明而又沁心的馨馨之香迎面泼来，把我们旅途的疲惫一冲而净。我在惊艳小村周边的金黄耀眼之余，思忖：车子怎么一下子就插到了田间地头，而接待我们居住的宾馆，竟然也在田间地头？这个接的可不仅仅是地气，而是天籁穹窿之音响色韵啊！

　　推开低矮的小木门，进得别墅的院内，清渠绕房，小桥伸入门楼，一座颇具现代气质且有点儿中国庭院风格、装修精致的四层小楼，便展现在我们的眼帘。进楼，疫情尚未彻底结束，一层服务前台的女主人要给我们测体温，还要填写身份证号码，要拍照留底，要分发房卡，完全是正规宾馆的程序。我是进驻了扰绕村吗？还是扰绕村里就有这么一个小别墅式的宾馆，专供游客居住呢？怀着这个念想，我来到了二楼的房间，虽然不大，却有卫生间，写字台，电视，床头柜。令我惊喜的有二：一是有电褥子，我知道高坡之上，早晚会凉，没想到房主会有如此细致入微的考量安排；二是房间与阳台由钢化玻璃隔离，拉开窗帘不用开门，敞开式的阳台只有铁栏杆儿稍有一点遮挡，躺在床上就可以看到一漫至高坡边沿儿的金黄——无际的油菜花海……

　　这意外的风景，是任何的诗情画意也不能替代的，真的风光，真的情景，真正的油菜花的气息，我，或者你，只要来呼吸一下，就能够品尝到金黄花香的味道……若是再动动身子，下床推开阳台的门，那浓郁的花香便会蜂拥而至，你陶醉其中了，哈哈，这是意料之中的事儿，所谓伊人，近在眼前，就是你，就是我，就是这此情此景此地的慷慨给予，就是那金灿灿的高坡乡，就是入梦的美景，令人疑似天宫的扰绕村的油菜花地……

　　我在想，如果花香也有色彩，或干脆就是金黄的，那该有多好？一推门：就是金黄夹着鸟语啁啾着一齐挤进门来，啊呀呀呀！那不就要被金粉扑面、被鸟语清心了吗？所有的来人都成了金塑活雕了？成了自然天籁的一部分，既是天籁的享受者，又是天籁本身，这该有多么奇妙啊！有时候，我真的是爱奇思妙想，人说花语无声，而我却觉得呢，花语一定是有声的情物，否则怎么会有彩蝶飞来、蜜蜂钻入？那一定是她们的花蕊如歌喉一般，以我们凡俗之人所听不见的喷发于内心动听的歌声，打动了蜂蝶敏感而又易动的心，使它们翩跹着成群结队地寻着沁心入魂的奇香逶迤着漫舞着飘游而来……

　　正像这个设计艺术而又精美的小别墅，如果不是刻意而为，为什么阳台的隔断会完全用钢化玻璃间离呢？其实，所有的用心，都会被人发现。叔本华说："生活即艺术。"当扰绕村的村民已经有了艺术之心，并以此心来设计自己的生活和生活中的一切场所的时候，谁能说这不是通过又一次的精神升华而获得的新的更美好的生活呢？是的呢，扰绕村辖4个村民小组，2个自然寨。我原以为我住的是个小宾馆呢。其实，是扰绕村无数民宿中的一个而已。现在，全村107户，户户脑洞大开，在政府精准扶贫政策的支持下，他们大胆地招资开发旅游资源来建设新农村，把地处高坡与天最近的优势发挥到了极致。他们向诗意的生活开发，把一个个古老的布依苗寨的茅舍，改造、建设成了城里人非常喜欢的既住着舒适又能来此看星星、望月亮、逛山野、穿茂林的民宿村寨……

我们住的这家民宿，由一位看上去不到四十岁的女士在经营，她告诉我：这个民宿小别墅，是她与三个闺密联合与房主和村委会签约，投资70万改造建成的。别墅前的油菜花地，是她最得意的地方。她说她先问了村委会，得知这块大田是种植田，绝对不会再建房后，她和闺密都动心了。于是，她们合资并设计建成了这个四层小楼。特别值得一说的是：她们特意设计建成的顶层，是玻璃穹顶——是星月屋，专门为浪漫的游客来看星星、望月亮设计的。她介绍说："我们想啊，城里的青年夫妻在城里住腻了，到这里住上几个晚上，夜里夫妻两个一起看着星星、月亮遐想未来，那该多么美好啊！"为人之美而美建其美屋，大于自美是谓大美矣。其实，我想象的是老年夫妻来住的情景，当然他们也肯定会看星星、望月亮的，只是那心思情潮，一定是忆往昔，峥嵘岁月稠。想想看？他们说着相濡以沫、点点滴滴在心头的酸甜苦辣，会不会忽生日已暮的慨叹？如果我们说年轻人在享受爱情甜蜜蜜的美好，是人间四月天的好，那么，倒不如说老年人在一起回顾与总结爱情林林总总的不一样的滋味，那个情景也是令人心动的。当然，他们与他们，年龄虽然不同，但此时此刻所说的，肯定都是情话，虽然此情话与彼情话，是完全不一样的情话。那我也还是觉得老年人的爱情似乎更真切更珍贵。而且，他们说自己的时候很少，能来此地看着星星月亮说，那该是多么幸福的美好啊！而且有永恒之物——星星和月亮做伴，这应该是一个多么令人神往的事儿呢？唉，中国人的老年，其实也并不清闲的，即使他们退休了、没事儿了，来此说了"情话"，那一多半儿，没准那主要的内容，仍然是自己的子孙儿女！有时候我想到此处，常常会羡慕欧美人，孩子一过18岁就OK了，就撒手不管了。他们带着老伴儿来这个"星星屋"看望星月，恐怕所说的"情话"内容，不会有子孙儿女什么事儿吧？想想咱中国人操劳勤奋，一旦享受到浪漫的生活，会不会比那些万事都不上心的外国人，更觉得美好呢？

那是当然的，为子孙儿女们未来的美好生活畅想，也是美好浪漫的一部分。总之，不管是哪一个年龄段的哪一部分人来，在看星星、望月亮的情境中，都是同样的一个难得的机遇。想想扰绕村民的浪漫开发，我就真真切切地感受到了一颗颗美好浪漫的心灵，我在心里小声地赞叹：美啊，好啊，美——好啊！如此浪漫的想象在过去可能永远是想象，而对于今天手有余钱心有梦想的扰绕村人来说，美予美人，美人之美，美美与共，实现它才是最惬意最美好的事情。我告诉房主：我就是带着女儿来看星星、看流星雨、看月亮的。她不无惋惜地告诉我，昨天她看了天气预报，预计未来的三五天，都是阴雨天。她说："我怕你们这次要失望了。"果然是，一连三个晚上，高坡乡扰绕村都是细雨夹雾岚的阴雨天，到了晚上，天黑得更是一点儿的亮缝儿都没有，星星也早就被埋进了夜幕深处。遗憾是肯定的。我想象了无数遍的流星雨在晴朗的夜幕上嗞嗞乱窜的情景，只能留待下次来看了。

永恒的诱惑在永恒的渴望里。也许我与女儿这个没有实现的渴望，会继续在我们的心里渴望着我们的高坡乡，渴望着扰绕村。我突然觉得：留下一个渴望在心里，刚好可以把那个遗憾压盖严实，更何况这个渴望里有星星，有流星雨，有银色的月辉挥洒在漫长无尽的夜的碧野晴天，那不是一样美好吗？

2021年4月27日05：09草于京华

清明观展小记

"心清目明，郊外踏青；筋随骨错，气伴神灵。思贤美质，暗追攀升；反躬自省，闲是英雄。"4月2日上午，携女儿晓雅去中国美术馆观看"陈大羽百年艺术展""黄来铎油画展"和"邓拓捐赠中国古代绘画珍品特展"。天有点阴，且有风。上了的士，才略感安然。的士司机姓刘，是中国第一代的士司机。他介绍：他1971年开始开的士。我愕然，怎么会呢？那年我刚12岁，虽然5岁时随父母亲来过北京，但据我所知，20世纪70年代并没有出租车。刘的士告诉我：他（19）71年开的是蹦蹦车，然后换成了华沙小轿车，后来开奔驰——趴在各宾馆接送外宾，再后来才是黄面的，富康、夏利和今天的现代。他开了整整40年的士，今年60岁，年底就退休了。身体硬朗，每日早5点10分起床，6点30分准时出车上班，中午11点回家吃饭，12点午休至13点30分，然后出车至17点30分，收车回家吃晚饭。饭后去游泳2小时，同时洗个澡，后21点30分准时上床睡觉。出车40年如一日，游泳20年未间断。在的士车上半个来小时，既对的士的历史有了了解，又对健康生活长了见识。出门就添知识、增学问，真有说不出的满足感。

到了中国美术馆，我和女儿先看的是"陈大羽百年艺术展"。大羽先生早年的写生精心细腻颇见匠心，尤其是他画的水乡的"水"，每一幅都不一样，我让女儿互相比较着欣赏大羽先生的"水"，不同的倒影画法与效果，不同画作中那最出彩的地方，并让她自己找出来。女儿悟性极高，一点即明，令我心中欣喜非常。陈大羽先生中晚年的画我不甚喜欢，画得都太率性了，不如青年时代的，也就是（二十世纪）五十年代的作品，每一幅的每一笔都很用心。我告诉女儿：一位优秀的艺术家，一定要把用心贯彻到底。每一幅示人的作品，都不能马虎。大艺术家都是用心成就的，哪怕你再有名、别人给的酬劳再多，也不能草率地将不成功的作品予人。要知道收藏作品的人也许并不懂得欣赏，只是要买个名字满足虚荣心而已。他们花钱收购、帮助收藏，使之流传后世。这原本是件好事，但若传下来的是次品，或并不能代表你水平的作品，传到世上高人那里，那不就让人笑话了吗？而你的名声不也受损失了吗？所以自己都不满意的作品，千万不能让它流到市面上去，宁肯毁之——不管多缺钱，也不能放任其流。一误人，二误己，更是对艺术的亵渎，切记！

我和女儿都极喜黄来铎先生的油画。黄先生的每一幅作品，都堪称是上佳之作。我教女儿要先从黄先生画作的光源找起，然后顺着沿着光源找画家对光景的不同的、丰富的表现方法与大胆新异的用彩。看画展原作，与欣赏一般的印刷品完全不同的是：原作留下了画家绘画时的生气与最初的原始印记。如果有慧心，便常常能发现画家的高妙之处。我指给女儿看黄老先生画作的每一笔的准确,用色的奇异鲜活与生动细腻的笔画。女儿看得入神,一点即明。我发现:女儿对黄先生画作的复杂、丰富的表现力,有一种天然的、可以找到入门钥匙的天性。例如,女儿对黄先生画的水乡,那一片片的莲叶儿和莲叶儿周边的光影的笔画和烟囱及房屋倒影的精细准确的表现,以及对光源相对应的关照,等等,都有较为明确的指证,看得出女儿慧心了然的兴奋。当然我也异常高兴。值得一提的是,我们在观瞻时黄来铎先生也在现场,我忙上前恭请,并为女儿与黄先生拍下了难得的合影。我告诉女儿:"你长大就会明白,黄先生一定会与陈逸飞、靳尚谊先生一样,被认为是中国最优秀的油画家。"

"心爱斯文非爱宝,身为物主不为奴。"在"邓拓捐赠中国古代绘画珍品特展"厅,我与女儿一同欣赏了邓拓先生所收藏的许多展品,而女儿最欣赏的是大师石涛的写生小品,那每一幅作品的构图都令女儿欣喜,尤其是其中一幅的山,画面上的山是一个"S",沿"S"是树,树是远近大小各有不同,稀疏浓淡蜿蜒而走,画得极是潇洒,我和女儿驻足良久,研讨半天。我们被石涛的才华折服,看到了石涛面对山水的领悟与表现的天才之能。在书画展的后记中,我记下了邓拓先生的一句诗:"心爱斯文非爱宝,身为物主不为奴。"邓拓先生收藏的这些艺术珍品,虽不能说件件瑰丽,但说"斯文之宝"却绝不为过。然而他全数捐给国家,以无私的行动,证明了他"不为奴"的心志与情操,令我敬仰。

回家的的士上,我向司机讲了来时的士刘师傅说的的士史和他的养生之道。司机说:"我是密云的农民,是两人一辆车。我每月必须挣够一万元,交了份钱、除了油钱,才有可能剩下个四千来元。如果生病歇几天,或遇到车出毛病,我就等于白干了!"这几句话,又将我们上午所得的欣慰彻底抵消了。或者说,让我们回到了现实生活的严峻。司机师傅说:"你们上午碰到的司机,是北京三环内的市民,他们出道早,一人一辆车,中午可以回家午休。我们呢?两人一辆车,晚上回不了家,就靠在车上睡一会儿,第二天接着干,身体干三年就完蛋×啦!"

清明长假第一日的上午,我和女儿这样度过,有欣喜,也有说不出的难过。

2012年4月3日于京华

阴山下，天似穹庐爱笼四野

从内蒙古回来半月有余，脑海里总是浮现出这么一句话：阴山下，天似穹庐爱笼四野，人似骏马情注蹄下。大草原一望无际，足够驷马撒欢天边上，也足够牧人朗笑云端。这词儿四六不靠，既无律亦无韵，却是自恋得舍不下，写出来看看、念念，联想到采访乌兰察布的几个人物，竟然觉得意思还真是没什么词儿能够代替。

第一次深入阴山山脉腹地，草原因为地势接近山脉而有了无际的波浪起伏，晨光与夕照的光芒，在起伏的原野上轻抚着花草的海洋，把个草原骄傲得妖娆妩媚得不得了不得了的。这边亮了，耀眼的绿黄泛金；那边暗了，墨绿的草叶含紫。最多情的是那些各色的花儿——光来了，争宠般地千姿百态、娇艳诱人；光去了，一副寂寞公主的冷艳高贵、低眉顺眼、谁也不搭讪的样子……关键的是四野八荒的，全都是纯天然的花草，无名无分的，却是一律茂盛得葳蕤稠密、蓬蓬勃勃。这世间万物生长的道理，不都是因为内在的需要才按捺不住地向外生长的吗？一如人，没有相爱就没有孕育，大自然也是有爱的吧？所以我说："天似穹庐爱笼四野，人与自然，都是爱物或物爱。"正如我又说，"人似骏马情注蹄下，人与马融会贯通,一齐奔腾,那才是真正的天人合一啊……"

一

爱人,人爱,在草原是很平常的风景。在乌兰察布,我听说了一个"光明行"的故事。据了解,乌兰察布是内蒙古12个盟市之一,户籍人口约280万,常住人口约180万,下设11个旗县区,其中8个国家级贫困县(现已全部脱贫),全市60岁以上农牧区低保老年人数将近22万人,这个数字是够吓人的,毕竟中华人民共和国成立70年了呀,8000万党员,哪一个不急呢?2015—2017年,第一轮"光明行"活动,为乌兰察布1206名贫困白内障患者免费实施了复明手术,但仍然不能满足贫困患者的需求。2018年,在时任内蒙古自治区主席布小林的带领下,第二轮"光明行"活动展开,他们决心在三年内,为1万名贫困患者免费实施白内障手术。其中就有平安保险集团定向捐助的450万元,将有2000名贫困白内障患者得到救助而重见光明。而这每一位免除失明的患者,都是那位小白院长带着一群白衣天使们去干出来的。

当然,所有的数字似乎都不像草原上的花儿草儿那么鲜活,为了牧民的"光明",乌兰察布朝聚眼科医院在姑娘院长的精心组织下,集中抽调优秀医护人员,组建了五支白内障医疗队,深入到全市11个旗县区开展义诊筛查。自2018年项目开始至今,已经筛查45690人,覆盖58个乡镇,806个嘎查村,组织义诊560场次,手术665例,行程178338公里。

不要说这么烦琐的数据了,哪个患者的筛查,不是医务人员亲自上门上手检查的呢?那个姑娘院长叫什么呢?我特意留心了一下,很别致的名字,微信名:白斯斯,芳名:白斯日古楞。嗯,像她穿着的白大袿,纯洁、卫生,且令人赏心悦目。她剪着好看的齐耳短发,加上她的大眼睛,明亮的光一闪,似乎就能把人的心照亮。她给我留下了很明亮很利索的印象。

她告诉我:手术安全第一,为此,专门制定了详细的手术流程、用药规范、应急预案等等,每一位做复明手术的医生,都有1000例以上白内障手术经验。通过术前、术中、术后每一个环节的严格把控,确保每一位患者的安全。患者术后出院,除了常规复查外,还要安排专人进行回访,手术患者100%电话回访,30%入户回访,为患者负责到家。她的语速适中,却很清晰。我知道,所有的工作都需要耐心细致、周到平和,光明来不得丁点的瑕疵。

……在实施项目的过程中——他们遇到过孤苦无依的五保老人;遇到过听力、视力双重障碍,生活不能自理的无助老人;遇到过家徒四壁,视力日渐下降却无力手术的老人。但因为有了平安的"光明行",他们都得以重见光明,又可以享受大草原美丽的风景和蓝天白云的抚慰了。作为项目实施医院的院长,小白院长见证了太多的感动。她对我说:"平安集团的善举,不仅是一次次成功的手术,而是让患者重新拥有了生活的尊严。《人民文学》主编、评论家施战军对我说:"这个白姑娘院长有境界。"

小白姑娘院长还马不停蹄地向集团申请了"复明8号"

手术车——这是流动手术车第一次来到乌兰察布。所到之处，很多牧民都围着车看，白衣天使在车内车外忙碌的身影，给农牧民们留下了难忘的记忆。爱人与人爱，在这里是白衣飘飘的天使们奔驰向前又忙碌的身影，使所有的受爱者，心里都有了爱的形象。自今年7月8日起，手术车在察哈尔右翼中旗、商都县、卓资县实施手术150人。像大草原上无数的白蝴蝶中的一只，翩翩飞舞在连天的花海浪峰之间。"复明一人、温暖一家、影响一方"，为平安保险为乌兰察布脱贫攻坚献上了一份爱的心力。

爱人与人爱，政府层面与企业层面和个体医生层面，实现了爱人的大融合。而大融合又为草原的农牧民们，带来了光明。太阳与月亮，是编织日夜的金梭与银梭，疾病夺走的光明，爱人的人们用这两把梭子，又精心地给他们织出了一轮太阳和一个月亮，把光明又送了回来。71岁的郝共考老人在7月9日入住"光明行"第26号病床，在此之前，白内障已经困扰了他很多年了。郝共考曾是一名乡村学校的体育老师，常带着学生们一起打篮球。看篮球从空中划过，是他难忘的美好记忆。他的手术很成功，手术过程不到十分钟，经过了三天的恢复，摘下眼罩的一瞬间——"你问我看到了什么？我说我看到了幸福。"不是一块红布，而是一块白纱。当《人民文学》主编、评论家施战军为术后71岁的老教师郝共考揭下白纱，他说的第一句话是："看见了，可清楚了。"这是平安保险"光明行"为1000多白内障患者免费实施手术的其中一例。我有幸见证了这一难忘的时刻。

二

乌兰察布，在我没来之前，我和我的家人不知道喝过多少蒙牛牛奶。女儿小时候最爱说的一句话是"我爱喝奶滋滋"。女儿喝完奶后，总会咬着吸管吸几口，她喜欢听吸管发出的吱吱声，即奶滋滋。逢年过节，我的家人喜欢到小肥羊火锅店去吃好吃的涮羊肉，然而却没有想过有一天，我会与小肥羊餐饮连锁有限公司的原总裁卢文兵成为朋友。这是一个草原上的传奇人物，他总是在创造奇迹，开创新的传说……

据说，常年吃燕麦的人，都活了100多岁。有历史上的名人为证。宋美龄，活了106岁；陈立夫，活了101；马寅初，活了100岁。在这里，燕麦有了另一个名字，叫"优麦"，顾名思义，优秀的麦子将为优秀的人提供优质的食粮。7月13日下午，我们采风团一行来到阴山优麦食品有限公司采访产业扶贫。这个公司坐落于乌兰察布市察右中旗，依托阴山南北优质的燕麦资源，进行燕麦的多种产品加工、仓储物流、燕麦文化与推广一体的燕麦产业运营，包括中国最大的燕麦片单体生产空间。无尽的草原再不是荒芜的土地了，平安产险通过扶贫保模式借贷银行资金，为阴山优麦企业提供免息免担保的扶贫贷款，帮助企业发展产业。长寿粮食在这里产出，在这里加工，在这里向全中国乃至世界各地销售。

这个传说已经变成了现实，平安保险创造的奇迹，在内蒙古优秀人才的手里，又创造出了更大的奇迹。他们通过设置保底回收价带动贫困户进行农业生产、为贫困户提供用工岗位、土地流转增收等多种方式进行扶贫助力。截至6月底，阴山优麦产品已累计销售1500万元，为贫困户实现年均增收4670元。而创造奇迹的人，一个是平安保险人，另一个就是原蒙牛乳业集团副总裁、原小肥羊集团总裁卢文兵，他曾荣获2008中国经济年度人物称号，现在，他又把创造奇迹的落脚点，放在了优麦，放在了草原，并且已经造福于草原牧民和内蒙古人民——他是汲取大草原精华成长起来的人，又带领着一个团队开发提取了草原的精华，反哺父母的草原，为祖国母亲提供最优质的粮食。

他总是能够从熟视无睹中发现闻所未闻——这是卢文兵创造奇迹的秘诀。比如，与牛奶不同，马铃薯的上下游产业链特别长，一般没人敢进入，但卢文兵敏锐地看出马铃薯消费潜力大，产业链长，值得终生去做，而且一做就做他个热火朝天……

他生于内蒙古察右中旗，高中在铁沙盖中学（现察右中旗第三中学）读书，毕业于内蒙古财经学院（现内蒙古财经大学），后留校任教，又再读中国人民大学，有深厚的学识修养。先后在自治区证监会与光大证券工作，其实，他本来可以坐地发福起家，却非要选择艰辛的创业路，丢弃安逸工作去创办小肥羊并一举成名。

传说一直在延续着。看看正在风头上，他却又开辟新的战场了。卢文兵把市值几个亿的企业，以几十亿的价格卖给国际一流企业，从投资人、职业经理人的角度，这应该是一个完美的收官。然而从生活质量的考量中，我们会发现，他总是选择新天地、创新路，他是一个非常有担当的男人——一个草原上的汉子。

传说中的卢文兵一直关注着农业。

土豆，中国北方最熟悉的一种菜食，他却从中发现了一个巨大的产业——薯业。民丰薯业的马铃薯基地所在地——察右中旗是他的家乡。与别人做马铃薯产业的理念不同，卢文兵投资马铃薯有三个原因：一是马铃薯在中国当下可谓最安全的食品；二是与国际平均消费水平相比，中国马铃薯消费存在巨大的市场空间；三是马铃薯产业上游可以开发种薯，中端可以供应品牌菜薯，下游可以加工成各种个性化的食品。他瞅准了这三点，坚信马铃薯的产业链很长，足够他做一辈子。

要赚钱，卢文兵是最早进入证券行业的人，像有人喜欢打扑克，卢文兵喜欢投资。当他投资成功时，他会获得比打赢一把牌高一万倍的喜悦。他以投资闻名全国，人称"草原上的巴菲特"。你还别说，他与巴菲特还真有一些像，他们都从事价值投资，且长期拥有优质公司股权。

2004年年底卢文兵受邀加盟小肥羊，当时一股是5块钱，总股本6000万股，市值4个亿。到2012年2月份出手时，一下子就卖了几十亿港币。从当时年利润两三千万，达到后来的2个亿的年净利润。他在传说中仍然创造着奇迹。

"人不能把钱看得太重，很多人做事不成功的原因，就在于对钱想不开，所以当你把钱想开的时候，也是你做事最容易成功的时候。每做一件事情，一定要把你这个钱给想好了，自己少拿点儿，人家多拿点儿，包括合作伙伴，包括你的客户，包括你的上下级，如果这个想开了，以后做事儿肯定容易成功。"卢文兵如是说。

他干一项成功一项，而且像牛一样用心用力用情，对大草原的爱升华为对人的爱，又从爱升华为责任与担当，爱人者人亦爱之，他获得了大草原的爱……

三

阴山下，人似骏马情注蹄下。这句话，我是有所指的。从小白姑娘院长，到优麦大王卢文兵，他们都有着对大草原不同凡响的爱，且都超越了他们自身。在乌兰察布市察右后旗最北端的土牧尔台镇，我们又一次被易地扶贫搬迁的故事感动了。

土牧尔台镇曾属于国家深度贫困地区，当地居民多为汉族，以农业为主要谋生手段。这里土地贫瘠、水资源缺乏、农村基础设施十分薄弱，村庄居住分散、住房条件很差，90%的常住户居住在高危的土房里。为从根本上解决农村人口的住房保障问题，土牧尔台在脱贫攻坚中全面实施易地搬迁工程。2016年以来，全镇共撤并了50个自然村，新建集中安置点30个，分散安置点10个，共新建住房2326户。只有一米六身高的时任土牧尔台镇党委书记谢文君，向我们介绍了易地扶贫搬迁的基本情况。

我们看到：新建成的土牧尔台镇易地搬迁集中安置点，

是适应小村整合、易地搬迁、集镇扩容的需要，兴建的一处全旗规模最大的集中安置点。现已实施通水、通电、排水排污，以及道路硬化工程。配备了中心广场、社区服务中心。平安集团为土牧尔台镇易地搬迁集中安置点提供了园区绿化、新能源路灯、配套健身器材和桶装垃圾等基础设施，并协助当地现存小微企业实现产品线上销售，协助扶贫合作企业搭建电商"精准扶贫专区"。

谢文君书记介绍说："完成易地搬迁之后的土牧尔台镇2018年人均收入人民币6000多元，2019年有望达到人均8000元。"我们采风团的作家在与土牧尔台镇易地搬迁集中安置点的村民宋佃林、付吉民交流中了解到，村民们对搬迁后的新生活十分满意。从外表看上去，你很难相信付吉民是一个已经做过4次手术的肝癌患者。被问及搬迁后是否住得惯时，他开心地说："娶媳妇时，父母亲都没给盖过这么好的房子。"

村民宋佃林和吴悦都已经年过六旬，子女在外地工作，一年中只有中秋和过年两次团聚机会。我问他们："想不想孩子呀？"他们说："如今都有智能手机，想孩子了，我们随时可以和孩子们视频嘛。"的确，在内蒙古大草原深处的易地扶贫搬迁工作，是比其他地区更为困难，但土牧尔台镇的村民并没有因搬迁产生不适，反而过上了越发幸福、富足的新生活。与阴山脚下的农牧民零距离地倾心交流，仿佛触摸到了共和国这棵大树的根系。把根留住，这就是中国共产党人完成脱贫攻坚任务——最大的动力和目标。

在阴山下的大草原上，我们参观了巧娘工作室和在工作室里忙碌着的"巧娘"，欣赏了她们手工制作的作品。有花瓶、有各种小动物，还有用易拉罐做的梅花、菊花、竹子，个个精巧别致，煞是好看。做一个小摆件，可以获得二三十元手工费。做手工的"巧娘"闫俊林告诉我们，她们的手艺，是北京门头沟的一位大姐教给她们的，第一次是镇党委组织她们七八个妇女去学习，之后，门头沟大姐又来了五六趟，手把手教。现在，只要农闲了，她仅凭这个手艺，一个月就能有五六百七八百手工收入。她家里养了五头猪，加上种燕麦土豆，日子过得比较宽裕。

人人都会有烦心事，45岁的李淑清离异后生活寡淡无味，就搬到安置房与父母亲一起生活了。她儿子在呼市当武警，今年21岁。说到巧娘工作室，她眉飞色舞了起来，她说："过去没事待在家里净胡思乱想，一会儿是儿子什么时候回来，一会儿是儿子冷不冷热不热的，也没什么收入，却净想些不着边际的事。现在好了，和姐妹们一起做手工，说说笑笑，日子一下子过得轻松愉快了。"

时任镇党委书记谢文君，他儿子考上了军校，已经大三了。说起创办巧娘工作室，他有一套完整的理论：扶贫开发，关键是把人的潜能挖出来，有了巧娘工作室扶贫工作一下子就与人心接通了，我们基层党组织要做的事情，就是把党的思想落实到老百姓的生活中，百姓越欢迎，党的工作就越有效。嗯，草原上升起不落的太阳，人人能享受到阳光，就是幸福指数在上升。他说得真形象，好。

离开乌兰察布半个多月了，我的心仍然在阴山下的大草原起伏，过去是纯大自然的，现在则有了人和人家，有了小白姑娘院长，有了卢文兵董事长，有了谢文君书记，有了"巧娘"，他们在蓝天下劳动生活，创造奇迹，不久的将来又会有什么新的传说呢？一定会有的，那是大草原的精华养育出来的精华人物，他们生来就是要创造奇迹与传说的。爱人者人恒爱之，人爱之而受爱者更加倍地爱人，这是大草原真正的良性循环，是人心向善向爱向美好的大循环，草原美如斯，是因为有爱人的平安集团公司的第一份爱的启动，之后就呈现出来了现在的大美……

2019 年 7 月 27 日于京华

我今生今世见到的唯一真名士真豪杰
——悼周涛

他的心劲儿太大了，大得可以高入云天之外，大得可以鞭入九重地宫之内。凭着他的才华，他有资格这么牛。牛，劲儿当然就大，一挥手，就是两千多行的长诗，再一挥手，又是两三万言的散文。我有时觉得，他若哪一天不管不顾、彻底口无遮拦地写评论，没准儿一不留神也能写出个《文学的幻想》，把别林斯基给比下评论家的神坛。

他很机智，读他的诗文，可以随时看到他的灵幻文字与机巧慧智，他饱含深情又豪气干云。看他写动物写故乡写西北，除了可以看到他壮阔的胸怀，还可以看到他对描写人物事物的深挚与由深挚而发现的新见解，独到深邃，言人所未言，而这见解一旦落入文字的排列中，则又充满了豪壮之气。他的确是骄傲的，似乎在他的言行里，骄傲是使人进步的阶梯，而谦虚则代表心虚，是不自信，很虚伪的表现。所以，他似乎不太受人待见，我知道，鲁迅也很不受人待见，那又能怎么样呢？我写，就是我觉得我写出来就是世界第一没有第二，否则我写它干什么呢？我觉得周涛就是这样想的。他这样不由分说的主观武断，表面看是粗暴的，其实是一种不耐烦，他仿佛在说：对于一个精神坚守者来说，这个常识还需要解释吗？事实上，今天的这个你好我好大家好的多元并举的新时代，对文学的竞技场来说，绝对是毁灭性的——首先毁灭天才，当然，其次也毁灭蠢材。周涛无须任何人肯定，他的《神山》《山岳山岳·丛林丛林》，他的《哈拉沙尔随笔》《蠕动的屋脊》《吉木萨尔纪事》《伊犁秋天的札记》等，像大漠戈壁上的胡杨，巍然屹立在那里——哪怕没有一个人来欣赏，他也傲然挺立在那里，不容任何乌鸦置喙。这不是你们写的文学史，而是作家作品垒铸起来的历史。事实上，周涛对自己，是有着非常清醒的认识的，而且认识得非常有分寸，是经过问心用心仔仔细细考量与计算过的，他开玩笑时说的不是玩笑的话，可以佐证，比如他说到自己在"新边塞诗人"中的位置时，就操着略有点沙哑的声音说："我是愧在杨后，羞于王前啊！"这里的"杨"指诗人杨牧，而"王"则指的是王昌耀。生前，他就对我等说过无数次："昌耀必定成为中国最大的诗人，我周涛不如昌耀。"而对"新边塞诗人"中的另一位杨牧，则表现出了一点儿不服，当时报刊上发表的评论说起"新边塞诗人"，总是以杨牧打头，周涛屈居老二，却又排在昌耀前边。他争强好胜，却知道自己的不如人，这样的自知之明，绝对不是狂妄，不过是另一个维度上的勇于进取。不是吗？可爱的老周涛永远葆有一股子天真的精气神儿，作为小老弟，我是多么地羡慕他的天真、他的横绝天地的才华与汪洋恣肆不让任何文坛宿将的那一贯到底的天真无邪又蛮霸骁勇的执拗啊！

初识周涛，是1987年冬，原兰州军区文学艺术表彰大会期间。后1988年9月，又一同参加全军西南诗会。在去往九寨沟的吉普车上，因为山路崎岖，颠簸异常，我晕车了，吐出了肚子里所有的东西，人感觉就要"嗝屁"了。这时候，周涛和马合省两位老哥轮流抱着我，那温暖至今依然在心头，让我什么时候想起来，什么时候的内心，就有一股子暖流涌遍全身，包括此时此刻。我没有对任何人说过，其实，我内心一直把周涛当作我的榜样，无论是作文还是做人。作文作自己的文，做人做自己的人，不与任何人同，独出机杼，自构自己的美学世界就足够了，不慕任何伟大人物的任何伟大的经典，也许正因为如此，我与周涛有10年以上没有来往了，不是不想，而是我怕受影响。我固执地以为，越是喜欢谁，就越要离他远一点，这样才能成为自己，成为一个像自己、有自己味道的人，或作家。

今天下午，我正在深圳梧桐山顶眺望香港沙头角，一则短信发来，是诗人祁建青告诉我"周涛逝世"。我绝对不敢相信，他那么旺盛的生命力，怎么可能呢？之后，朱又可兄弟又讯我"是的，我刚从医院太平间出来"。惊闻噩耗，我半天醒不过神儿来。在下山的车上，我想起了他生前曾对我说过的话："我周涛，进可成为国家栋梁，退可成为当今名士。"现在，他实至名归了！他是我今生今世见到的唯一真名士、真豪杰。他这一世英武，怎一个稀世的风流，怎一块高贵的风骨，能不令我敬仰、能不让我缅怀？！

全军西南诗会结束后，我写了篇小文《兀立荒原》。发表后，周涛专门给我写信，埋怨我说："你怎么把我私下告诉你我的最大理想也给披露出去了？！"语气非常严肃。我呢？像做了错事儿的小学生一样，立刻写了道歉信，而且很长时间都在心里自责。直到若干年后的一天，收到了他寄给我的一本书《周涛印象》，他竟然将此文收入其中，我这才松了一口气，并暗笑：大哥有点装了吧？明明很开心，却训我太随便，闹得我多少天都没睡好觉啊。于今想想：也许此文向大家告白了——周涛最大的心愿，也可以说是理想，就是新疆人民能为他塑造一个铜像。现在周涛老哥去了，我觉得新疆人民一定会满足他的心愿，为他塑一座铜像。只是我希望落成揭幕时，能再邀我去见证一下，毕竟我是当事人啊！！

周涛大哥不朽！

2023 年 11 月 4 日深夜于深圳急就

文明是融合后的创造

自20世纪80年代以来，中国文学界一直迎着八面来风，翻译与介绍了世界上主要的文学经典与文学大奖的主要著作，包括最新的哲学、历史与文化等等方面的著作。近年来，伴随着中国经济的迅猛发展，国家文化战略的转移，我们开始注意将自己的古典文化与人文著作及当代学者、作家艺术家的著作向外推介与翻译出版。这显然是非常好的事情，有来有往，才是交流，不能光来不往，不能妄自菲薄。正确的发展，必须是交流的，互动互换与互助合作，才能促进文化的真正的融合。

交流并不是目的，交流是为了寻找共识，形成一致的正确的发展观，以促进人类的文明融合，形成世界共同发展的价值观。这才是交流的目的。否则，我们出那么多书干什么呢？仅仅为了让写书的人出出大名，然后高高地挂起来？那又有什么意思呢？也就是说，出名挂号、成名成家并不是目的；可以说出书与交流也不是目的；目的是通过与人类世界中的有见识、有学问、有才华的精英们的交流，把他们对人类的关怀、对人类进步的思想与建议表达出来，然后通过出版发行，通过翻译介绍，通过相互交流，修正偏差，形成共识，并依此共识去促进人类的共同进步，实现人类社会的永久和平与发展——这才是目的。

事实上，由于中国几千年封建社会的封闭与战乱，中华古老的文化经典，也就是中国古代的先哲们的思想与文化，包括近代以来至今的文化精英们的思想文化成果，从来就没有真正地进入过西方文明的价值体系，也就是说现在世界上通行的价值观，是在中华文明缺席的前提下形成的。这恐怕无论如何也不能说是公正与科学的。在中华文明缺席的前提下形成价值观与世界观的所谓文明世界里，大约自唐代以后，伴随着国家的没落，中华民族就一直在西方世界的偏见中——被描绘成一无是处的劣等民族，哪有什么文明可言？又何谈借鉴与吸收中华文明为世界文明的一部分呢？正是基于这个认识，我才深深地感到：中国政府今天对外的文化战略，即建立孔子学院，积极推动中华文明与先哲典籍的翻译出版，加强对外文化交流，等等务实的工作，非常重要非常正确。因为，我们的祖先不仅早就创造过灿烂的文明，而且也对我们的子孙后代谆谆地告诫过：切不可妄自菲薄。还因为，只有当世界文明包容了全人类的文明成果而创造形成了真正的文明之后，才能代表人类文明，而绝不是用某一地区、某一大国、某一大洲的文明，来取代来自全人类的真正的文明。尽管那些地区与国家的文明，可能的确有很多有益于人类发展的文明成果。但是，那也不能成为排斥与拒绝其他文明的理由。人类的文明，一直是全人类共同的文明，而不是我覆盖你，你侵略我，不是你强迫我，我役使你；文明必须是共融之后形成的我中有你，你中有我，是你要尊重我，我也要尊重你的共同的文明。也正是基于这个认识，我才深切地感到对外交流与翻译工作的极端重要，才需要一个对外交流与对外翻译的平台与战略。

其实，中国作家协会就正是一个对外交流与翻译的平台。不仅每年有数十个作家代表团出访，而且，它所拥有的中国作家协会会员所创作出的作品，也每年都有一部分被官方或非官方翻译介绍到世界各地。作为中国作家协会的会员，我有幸出访欧洲与非洲，亲自体悟，感慨良多。在波兰与俄罗斯，我们与当地作家、学者座谈。我们知道波兰有六七位诺贝尔文学奖获奖作家，也知道俄罗斯从陀思妥耶夫斯基、普希金到当代的索尔仁尼琴和布罗茨基等等作家与诗人。我们的交流发言都是很专业也很有诚意的，是尽其所有的交流，然而很遗憾，他们几乎都对中国作家的作品知之甚少，甚至是少得可怜！当波兰作家闻听作家王宏甲的《新教育风暴》首版印刷数万册后，都兴奋得尖叫了起来。他们纷纷起来问我们讨要在中国翻译出版的"经验"与电子邮箱，包括我回国之后，还能时不时地收到他们介绍自己著作、渴望在中国出版他们作品的电子信函。然而，他们对了解中国与中国作家的创作，却显得兴趣寡淡。在俄罗斯，他们的作家也只知道中国现代作家中的鲁迅、茅盾、郭沫若和极少的当代作家，如莫言、阎连科，但对中国的发展却充满了好奇。这种情况在非洲显得更为突出，无论是在阿尔及利亚，还是在突尼斯，他们的作家与学者对中国的高速发展，有着极其浓厚的兴趣，包括对中国的历史与现实。他们渴望知道,中国为什么会在短短的三四十年中发生天翻地覆的变化。其实,在中国作家的作品中,这些变化都是非常深刻、生动的,当然也是非常感人的。比如莫言的小说与贾平凹的小说,比如大批书写改革开放的优秀的报告文学与散文、诗歌等等。然而,也许是翻译得太少的缘故吧,他们知之甚少。虽然文学并不能为历史与现实提供答案,但却可以通过作品,如小说与报告文学和诗歌,了解一个国家的历史与现实,从而获得一个相对深刻、全面的印象。2009年,我应时任中国作家协会副主席陈建功之邀,参加了一次中俄作家的座谈交流,我记得非常清楚,俄罗斯的当红作家拉斯普京发言说:"我20世纪60年代来过北京,那时的北京像个大县城,而这次来北京,我几乎认不出来了!中国改革获得成功,人民生活发生了根本的改善……"在与菲律宾作家代表团座谈时,我记得也有一位老作家大发感慨,他说:"我来过三次中国,一次比一次印象深刻,至今,我已经完全不认识中国了,她发展得令人吃惊,但是,我们不知道中国发生了什么,怎么会如此迅猛地发展?"这些年,我隔三岔五地会受邀参加中国作协与来访的外国作家代表团座谈交流,广泛地与世界各地的作家有所接触与恳谈,我感到世界对中国充满了好奇,他们非常想知道中国经验。但是非常遗憾,由于我们作家很少有正面书写这样的中国经验的作品,或写了也由于出版翻译的质量与数量的问题未达到良好效果,而使得世界对中国的了解仍然处于一知半解的猜想之中。

这使我想到了我的两本诗集的翻译过程与出版的一帆风顺的过程。在2007年的一次中波作家座谈会上，我无意中介绍了我书写日军在中国南京大屠杀的长诗《狂雪》，我记得在座的一位波兰银行的出版商当即就向我索要这首诗，并表示要出版；2014年5月，我随中国作家代表团访问阿尔及利亚，当时任中国驻阿使馆文化参赞石跃文先生了解到我写的《狂雪》与阿国在法国殖民时期的大屠杀有某种相似后，也当即表达了出版的意向。诗歌经阿尔及利亚作家协会等非常积极的推动得以顺利出版。我的波兰文版诗集《自由的诗》与阿拉伯文版诗集《狂雪》，先后在波兰和阿尔及利亚出版的原因，我猜想，大抵是可以从诗中看到一个诗人对中国历史的一些诗意的挥洒吧？其实，我的这两本诗集，并不是我的全部作品。我只选了与中国历史相关的几首抒写历史的长诗，如：《狂雪》书写日本侵略军在南京的大屠杀；《蓝月上的黑石桥》书写国民党29军在卢沟桥的对日抗战；《肉搏的大雨》书写彭德怀元帅指挥的"百团大战"；《大地夯歌》书写中国工农红军二万五千里长征；《柠檬色》《云游的红兜兜》等长诗抒写个人心灵。通过这样的作品展示，我以为，如果译得足够好的话，外国读者是一定会通过这些诗歌理解并认识中国命运的转折与转折的历史必然。同时，通过展示一个中国诗人心灵的痛苦经历，也可以洞察与体验到中国人的生存困境与幸福之源……我猜想，为什么我的诗集能够在外国作家只关心他们的书可否在中国出版，而并不在意中国作家的作品是否能够在他们国家出版之际获得出版，其中的缘由是什么呢？我感到：作家大多数都是很自我的，无论中国作家还是外国作家，这基本上是通病。但是出版商与读者却是完全不一样的。以诗歌为例，自20世纪80年代以来，中国诗人一直在向外国诗人学习，每当外国的一位新的有影响的诗人的作品翻译出版，中国诗人都会当即找来学习，态度真诚，学得扎实，导致中国当代诗歌的"同质化"现象非常严重，几乎都是模仿翻译体在写作。当然，这并不可笑，因为可笑的是生活本身。然而，时至今日，应该仍然这样写吗？模仿了三四十年了，有人已然忘了自己的母语与母语的优雅高贵了，甚至你让他回过头来用母语写作，他已经只会"什么的什么的什么了"，而不知道中国的汉语表达是不用或少用"的、地、得"的，甚至忘了汉语的书面语常常是一个字就是一个词的常识了；尤其令人忧虑的是我们的某些作者已经没有自己的历史观与价值观了，基本上丧失了对历史事件的认知与分析能力，那还怎么表达呢？所以，我们今天在各种刊物上看到的诗歌，基本上是碎片化的生理情绪的自然表达，提炼的能力被模仿的激情过滤，任何一件历史事件都被无情的价值观的混乱给涂抹得乱七八糟，只留下了悲观、厌世与逃避的书写……问题是，这样的写作在西方已经进入繁华落尽的时代了，人家怎么会感兴趣？出版商怎么会投钱给你出版？我猜想，人家渴望的是你们自己的表达——中国人自己的历史、现实与生存危机与幸福感的真实表现，他们渴望通过我们的表达，来了解中国的经验与教训，明白中国的历史与现实，知道中国的痛苦与渴望，而这些，我认为，才正是世界渴望了解与投资出版商们渴望翻译出版的。同时，也可以说是中国作家与诗人应当笔下用力的地方。

值得一提的是，自莫言获得诺贝尔文学奖后，中国作家在世界的影响力显然得到了极大的提高。我认为，自中国新文化运动以来，一直被排除在世界文学之外的中国作家，终于结束了缺席的尴尬，而事实上，在世界文学的版图上，也终于有了中国作家的名字，这对于中国来说，的确是一大喜事。因为莫言获奖之后，世界各国都会翻译出版莫言的作品，而莫言的20多部长篇小说与上百个中短篇小说中，充满着中国思维与东方的哲学思想。虽然很不系统，也不全面，但文学不是理论著作，她是一种生活与生命的状态，而莫言所呈现出来的中国人的生活与生命状态，无疑将影响世界，并使世界产生对中国更多了解的渴望与好奇。世界是一个整体，人心都是一样的。我们渴望获得世界各国的经验与教训，世界也同样需要中国的经验与教训；而与世界的文化交流，需要的正是这样有历史有现实的交流，包括翻译出版，我们需要翻译出版我们中国自己的经验与教训，以使世界共同借鉴和汲取，如果仅仅是模仿，如果其中没有自己，或者没有自己的亲人、国人与切肤的疼痛，翻译了也没有什么人会感兴趣。因为优秀的文学，一定是参与了推动了文明建设的文学，她是思想的先锋，精神的指引，而文明是一种交融，是先锋与先锋的交融，是精神与精神的撞击，是在撞击中的交融，是在交融中的撞击，她们正是在这样的撞击与交融中完成了创造……文明是为人类谋福祉的，它与沽名钓誉无关，当然翻译可以将一位作家介绍到另一个国家，但是能不能进入另一个国家公民的心灵，并使他们形成世界观，那就要靠作品自身的质量与力量了，非人力所能为。伟大的作品，一定是人类文明的成果，她将影响人类的生存与发展。

原载 2018 年 4 月 25 日《中国艺术报》

红柳花开的时候

——忆写我与《解放军文艺》40年的情谊

若干年后，尤其当我成为一名编辑，特别是成为一本刊物的负责人，主编一本杂志的时候，我才深深地体会到——其实我很早很早就进入了你的心，并且被你写进了你的通讯录里，列入重点作者的名单。我非常非常惭愧——我被你记下的时候并不知道，我像一个不知好歹、不明事理、不懂感恩的浑小子，以为自己是勇战三英的吕布，凭的是自己的本事，拼的是自己的才华；直到我年过花甲，才发现自己仍然没有长大，仍然不谙世故，仍然在艰难地成长中。我实在是觉悟得太迟太迟了！天真是可爱的，而鲁莽则是可笑的；率性是动人的，而愚蠢就是可悲的了！其实，我很早很早以前就被你装进了心里，只是我自己却一直都以为我在外边。我要感谢文主编清丽妹子，是她的再一次的约稿，提醒了我：明年是《解放军文艺》创刊70年了！她要我写一篇与《解放军文艺》交往的回忆文章，这才勾起了我对往事的回顾与记忆。真是蓦然回首，方知我一直都在你心中啊！包括此时此刻，我都在《解放军文艺》重点作者的名单里，而往前细数，日月如梭，想起我发表在《解放军文艺》上的第一首小诗《红柳花开的时候》，那应该是1981年，转眼就将近40年了——我一直都在您的心中，而我竟浑然不觉！有一种关注，比爱更实在；有一种扶助，看似无形却比天大。因为爱常常是无力的，而扶助，哪怕是轻轻地一扶一助，却是庞大的苍穹也做不到的给予，甚至是至关重要的给予。所以，在务实的我看来，尤其是耳顺之后的我于今想来，关注、扶助对一个人来说，绝对是至关重要的，请允许我在这里浪费一点版面，向《解放军文艺》的新老编辑们由衷地道一声："谢谢！衷心感谢！感谢你们的心中一直都有我，虽然我是一个长得很慢很慢，而且至今仍然在成长期，还没有长大的孩子，但是我分明感受到了此时此刻的您，仍然在关注着我、扶助着我。我真是觉得对我这样一个自大狂且又刚愎自用永远拒绝成熟的顽劣之徒——您真没必要这么关注、扶助！假如我再不开窍觉悟、明了事理，而开启感恩之心，说心里话，那您就真是太不值了！"

20世纪70年代，父亲虽然被打成了"走资派"靠边站了，但是报纸杂志却还一直都给他保留着。所以，我每隔一段时间，就能看到《解放军文艺》。虽然那时我不知道什么是小说，什么是散文，但其中的诗歌，我却是一篇不漏地期期都要看的，印象最深的，当属张永枚、李瑛写军营生活的诗篇。1977年底，我从西安上山下乡插队落户到陕西省扶风县五泉公社高家大队三合生产队后，报刊是看不到了，我却于一年后的1978年底应征入伍，来到了腾格里沙漠边缘的兵营，《解放军文艺》《解放军歌曲》再次成为我久别重逢的好朋友，而其中的诗歌作品，则又开启了对我的新一轮的滋养。我记不得自己是从什么时候开始给《解放军文艺》投寄诗歌习作的了，在我的记忆里，我第一次在《解放军文艺》上发表的诗歌，是一首短诗《红柳花开的时候》。而且在发表前收到了署名程步涛编辑的一封信，通知我这首诗即将发表。从那时至今，将近40年过去了，之后，《解放军文艺》又陆续发表了我的短诗和组诗，印象深刻的有《军诗百家》专栏上发表了组诗《军旅方面》，而责任编辑仍然是程步涛——也就是说，我进入《解放军文艺》心头，是从进入程步涛编辑心头开始的，这个确认，相当于一道阳光不偏不倚地伸进了我的心灵，使我及时地感受到了温暖，尤其对于大漠边关冷星寒月下的我，一个普通士兵，是巨大的激励和鼓舞。后来，解放军文艺出版社又创办了大型文学期刊《昆仑》，我注意它每期必发两位诗人的大组诗而且配发一篇阐述性的评论，我非常看重，心里暗下决心：一定要在这个栏目上发上一组。我写我的戈壁兵、大漠情，写了一组又一组，然后挑选了自己最理想的一组投给了它，那个时候根本不用寄给个人，都是将诗稿往信封里一塞，剪个角儿，只要地址没写错，就绝对能收到，而且编辑肯定认真看！果不其然，《昆仑》的诗歌编辑李晓桦给我来信了，并告诉我：我的诗将和另一位诗人乔良的一起发表，配发方位先生的评论。乖乖啊！上《昆仑》了，还配了评论。这组诗的名字为《在中国西部拾起的诗》，其中有这样的句子——

假若你想认识我们脚下的祁连山
真的，不必亲自来
只要你撕开祁连兵的胸襟
看看他们那国防型号的胸大肌
便能理解祁连山的崇高

那是两块漂泊在太平洋面的大陆
一块是东半球一块是西半球
结合在一起便组成了世界和平
——这个神圣的概念

（选自1986年刊登于《昆仑》的组诗《在中国西部拾起的诗》之一《祁连山》）

因为与乔良大哥的组诗《黄土族》发在一起，使我有了更近距离学习的机会。我反复诵读他的诗，体会着他的凝重而繁复的咏叹与深思，那深沉的忧怀和新异又陌生的句子，使我对语言的内敛与张力，获得了许多的启发。这期间，我又在《人民文学》《解放军文艺》等刊发表了组诗《活到黎明》《热血流程》《云游的红兜兜》《中国兵法》等，诗歌使我获得了灵魂的救赎，它既拯救了我，也让我有了反哺社会的成就感与荣誉感。我深深地爱上了诗歌，并且发现诗歌不仅可以抒发自己，同时，对历史、对现实社会，也可以以美学的方式，去影响社会。我甚至认为：什么是伟大的诗人？

以自己的诗艺创造出来的美，对人类社会影响大，甚至形成某种推动社会进步力量的诗人，才是伟大的诗人；与之相反，特别是阻碍社会进步、人类文明进步的"诗人"，就是反动诗人。这么多年来，我之所以能够做到"不畏浮云遮望眼""晴空一鹤排云上"，就是自那个时候起，我明白无误地确立了自己牢固的艺术观、人生观、世界观。我坚持紧紧盯着时代生活中那些人性美好的东西去创造，哪怕是很细微很精粹的，我都会寻微探幽地追寻下去，不用心就不可能发现人性的美，更不可能凭着自己的发现去大书特书创造出美。值得补上一句的是：这里说的美，不是美丑的美，而是审美的美，是形而上的美。所谓的审美创造的自觉性，我以为，这就是。盲目努力，和知道努力奋斗的目标，是不一样的。前者四散八荒，常常浪费感情与才华，而后者的创造，才能真正形成瑰丽的理想，达到一个设定的高度。

1987年4月，《解放军文艺》《昆仑》联合举办"全军西南诗会"，我有幸受邀参加。那一次的诗会说是全军，其实也就只有十来个人，都是精挑细选出来的。我从兰州飞到成都报到，竟然有幸与大诗人李松涛住在一个房间，第一眼看到松涛，就觉得他长得像关云长，而那个大义的情怀，是我在我们相交的半月中越来越强烈地感受到的。周涛当时刚刚从意大利访问归来，没回新疆，直接从首都国际机场飞抵，其他人都是同一时间准时到达。之后，我们从成都出发，先去九寨沟、黄龙、若尔盖大草原，返回成都后，再去重庆参观，再之后，顺江而下，在宜昌下船乘军分区提供的面包车至湖南慈利、大诗人元辉（李家许）的老家，进入人间仙境张家界。我们住在山上木制的寨子里，早上起来推开窗子，雾岚从东窗穿入从西窗飘走，犹如仙境一般，而窗外耸立的一座座山，则如雄峙的擎天柱，生机勃勃又欲射天狼，那一幕幕的动人画卷，至今仍在我的心头萦绕，美是永恒的，在心里，是毕生的力量源泉。参加这次诗会活动的有诗人元辉、纪鹏、王树、周涛、李松涛、程步涛、马合省、蔡椿芳、李晓桦李今夫妇、尚方李台克夫妇和《传记文学》主编涂光群先生等。我们在宜昌下船后，还有幸与原广州军区举办的文学笔会一行相遇，与老朋友评论家周政保、作家节延华等相见，真是有说不出地高兴，许多许多难忘的情景，今天依然在我心头……去九寨沟、黄龙，要走盘山道，因为晕车，我几乎虚脱。我与周涛、合省坐在北京吉普的后排，两位老哥看我难受，就轮流抱着我，让我趴在他们的大腿上睡觉；在重庆鹅岭上，接待方安排了重庆火锅给大家伙儿品尝，在山上的一个露天凉亭摆开阵仗准备开吃，结果诗人元辉、王树、晓桦、合省、松涛等没吃几口就都喊辣，真是又麻又辣！只有我和周涛吃得津津有味，锅里少说也有两只鸡，让我与周涛挑肥拣瘦地饱餐一顿；从张家界的山上下来，我们便驱车直走长沙，吃了散伙饭，大家就各奔东西了，只有我与松涛大哥留了下来，他说第二天要去拜访诗人弘征和颜家文，希望我陪他同往。我是第一次来长沙，便应了大哥。我记得很清楚，在爱晚亭下，松涛大哥给了我三个忠告：第一，赶快结婚；第二，盯着《人民文学》等大刊攻，要冲出行业诗人的小圈子，成为全国的大诗人；第三，要写大作品，写长诗！古今中外能流传下来的大诗人，靠的都是大作品，今天还想靠四六句成李白杜甫？门儿也没有！松涛大哥这一番振聋发聩的教导，被我牢牢地记在了心上，并一步步躬行至今地落实了。事实证明，他对我的点石之语，真是让我受益终身，没齿难忘。而这一次从西北至西南又东南的漫游式的大笔会，虽然没有写什么作品，却使我的胸襟次第打开，心里不仅有了方向，而且还有了一张中国人文地图，写起诗来自然就有了腾挪自如的空间，如《狂雪》中的这一段——

> 国民 国民的党啊
> 你们就那样抡起中国式的大刀
> 一刀砍下去 就砍掉了国民 然后
> 只夹着个党字
> 逆流而上 经过风光旖旎的
> 长江三峡 来到山城
> 品味起著名的重庆火锅
> 口说 辣哟
> 娘希匹

一个邮票小镇固然可以写成世界名著，而时空交错与变幻的巨大人文版图，谁说不更能为诗人的天马行空提供更加挥洒自由的创造空间？所以，我感激《解放军文艺》和《昆仑》为我提供的这一次看似闲散实为精神激荡的游历机会。

在我的印象里，20世纪八九十年代，即陶泰忠、凌行正、佘开国、郭米克、刘增新几任主编时期是军旅文学，特别是军旅诗雄风排空的最好时期，而我就是那个时期受到文学浓郁风气的熏陶，一步一步跟着周涛、松涛、晓桦、合省等爬出来的。那时与我联系最多的，是诗人刘立云，他是一位包容宽厚的好兄长好编辑，虽然我的诗风也许他并不喜欢，但是他的心里却的的确确一直都有我，几乎重要的活动与约稿，他都想着我，念着我。1995年5月，时值世界反法西斯战争胜利50周年，《解放军文艺》策划了"黄土岭诗会"。时任副社长的著名评论家范咏戈与主编郭米克亲自为参加诗会的诗人送行。社里专门包租了一辆面包车，将我们：领队刘立云，组员梁梁、简宁、王一兵、杜红、张子影、我和《中国青年报》的编辑记者王长安全都拉上了。在这次诗会上，我们登上了狼牙山五壮士跳崖的峭壁，探访了黄土岭战斗遗址和击毙日军中将阿部规秀的老宅子，拜谒了义士荆轲的古碑刻，在易水河两畔实地考察了抗日旧战场……为了能圆满完成诗会赋予的创作任务，我提前做了功课，认真阅读了有关百团大战的相关材料，心里一直琢磨着要再写一个大作品。所以，我在寻访中一直在找能将我带入百团大战氛围与境界的所有细节。记得我们从狼牙山下来的时候，遇上了一场兜头的大雨，把我们都淋成了落汤鸡。下山也就更加艰难，脚下滑是肯定的，又没带雨具，一个个狼狈不堪，下山后飞也似的钻入车内；而天，也一下子就黑了，本来一小时的路程，车子东扭西歪竟然走了两个多小时。到房东家时，人家已经吃过晚饭,以为我们在外面吃不回来了呢。结果,几乎没有什么吃的了。我冲房东问:"家里有鸡吗?"应:"有。""杀两只?"应:"好。""家里有馒头吗?"应:"有。""那馏一笼。"鸡很快就杀好洗净切好了,还不错,房东家有高压锅,鸡块往锅里一掷,花椒辣子大料桂皮盐、葱姜蒜一倒,上火。不一会儿,锅就吱吱啦啦射热气了。又一会儿,一锅鸡就倒入一个大白脸盆儿了,刚出笼的馒头缭绕着白气。谁在问:"有蒜头吗?"应:"有。""那拿两瓣子?"我们八个兄弟姐妹,有坐床沿儿的,有坐桌前的,有立门口的,总之一人一碗鸡肉一个馒头一头蒜,自己剥,自己吃,香,香啊!两个馒头一碗肉,外加一头蒜入肚之后,我这才想起问床沿上坐着抽烟的大爷:"老伯,您打过鬼子吗?"大伯沉默了一会儿,应:"鬼子倒是没打过,俺炸过鬼子的炮楼子,锄过奸,还毁过路。"我忙说:"您是老英雄啊!给我们讲讲?"他说:"说起来也挺怪的,每下大雨,像今天你们遇上的大雨,上级保准要下达任务,要么锄奸,要么炸炮楼、端村公所……"我身上被雨淋湿的贴身衣服还没干透呢,他竟然又说到了大雨,而且是百团大战时的大雨!我的头皮至脊椎骨,一下子从上到下麻凉了下来,眼前立刻就展现出了大雨中的"土八路"们的身影,形状像我们自己被雨淋了一样,不一样的是他们在以游击战的方式,与日本鬼子战斗,我知道我被带入境界了,一首诗的境界已经诞生,剩下的就是条理化地把境界推到极致了……从北京飞往兰州的飞机上,我为即将展开的这首长诗,起了一个湿漉漉的名字——《肉搏的大雨》,并在开头加了一个题记——

> 五个月的百团大战
> 差不多每次战斗
> 都有大雨……
> ——一位参战八路的回忆

我的伎俩在于:诱使读者进入我创造的这个符合历史真相的战争境界,大雨滂沱之下的人影晃动,八路军战士与鬼子拼刺刀时臂关节肘关节嘎吱嘎吱作响的声音,是声音的汪洋大海,色彩的深暗与闪烁——本来是一个非常难以把握的题材,即一千八百多场零星的战斗高度集合在大雨的笼罩之下,一百零五个团的不同场域的战斗,被我八百行诗句浓缩为一首结构严谨语言陌生又充满激情的境界式诗行,我不是自信,是对境界的真实有更深切的理解和信任,因为往事如烟,而感受切肤,我只写切肤的感觉境界,这个比历史资料更可靠更真实。"黄土岭诗会"五月中旬结束,我六月中旬就把诗稿寄到了立云的手中,后《诗潮》罗继仁主编也想发表,于是我就让他与立云协商,立云很大气,积极支持老罗也发,再于是:此长诗于1995年8月同时发表在《解放军文艺》和《诗潮》,后又被《新华文摘》转载,而这首诗创作的缘起,就是这次诗会。

我最早知道优秀编辑王瑛的名字,是1987年编辑《当代军人风貌·兰州军区卷》时,飞来原兰州军区组稿的文艺社编辑王安刚告诉我,他们编辑部分来了一位南京的、很漂亮很优秀的女大学生,性情好,很有才。可惜呀,那时她主要在编选小说,我们几乎无缘相识。后来知道,在全军的作家圈子里,只要是被王瑛盯上的作者,几乎百分之百是要获奖的,无论是全军奖还是全国奖,都少不了王瑛拔擢的作者。我的同班同宿舍同学——赵琪、徐贵祥和后来的我,就都受到了她的拔擢,虽然她拔擢我的时候很晚了,但她一上手就是大手笔,毫无顾忌,大张旗鼓,比我的想象更大,而我则必须努力才行,否则我真是怕她瞧不上呢!好编辑与好作者,永远有一种互相等着看你表现的感觉:我写好了,你发得出来吗?我敢发,你写得出来吗?对峙与较量,是一种上升的抗衡,对顶的结果就是作品的更加上乘,这种感觉不是一般编辑与一般作者所能遇得到的,这就是一种幸福的机缘巧合——我遇到了。那是1997年4月的一天上午,王瑛打来电话向我约写长诗,当时我就想:她不是编小说的吗?怎么开始编诗了呢?不过当时我手上还真有一首长诗《钢铁门牙》,正琢磨着给哪家大刊有可能发表并产生影响,而王瑛的电话则促使我下决心给《解放军文艺》。这是一首写现实军营训练生活的长诗,即使是今天,现实军营生活,特别是训练生活,都是诗人们共同感到非常难写的,是块硬骨头。但是我就想啃了它!很长时间里,我都在想象着自己如何突破寻常的表现形式,而以一种飞翔的方式把我所体会与想象到的训练生活表现出来。终于,日思夜想的我又终于获得了一个灵感,即我将阿拉伯神话传说中的"飞毯",置换成我的战友在单杠训练翻飞下落时磕掉的一颗门牙，我的想象被细节化心灵化地展现了出来，这颗门牙上天入地，帮助这位军人克服了重重艰难险阻，嚼碎了遇到的种种孤独寂寞和痛苦，从而使他成为一个真正的军人。而我也完成了一次较为痛快淋漓的挥洒，我的诗篇按捺着激情和赞美，一切从这颗门牙优雅的飞翔开始，把所有的训练生活融汇在了一起……这首诗，后经王瑛编辑并更名为《锻造荣誉》，作为压卷之作，发表在当年庆祝中国人民解放军建军70周年作品专号上。王瑛担任主编后，对重振军旅诗雄风，用尽了心思。她多次召集我、笑伟、天鹏、启垠等商量，而且还把诗界的专家学者请来和大家一起讨论，如张同吾、李小雨等，就被她请来与大家一起研究，出谋划策。上至总政领导，下至普通未名的诗人，她都倾注了满腔的热忱，而且还常常从自己家里拿出酒来与我们大家一起分享，王瑛的侠肝义胆，与军旅文学风，是契合的，与我更是对脾气。2007年，为庆祝建军80周年，王瑛早早地就给我打了招呼，并多次召集大家一起讨论选题，也正是因为王瑛的执着与坚守，使一批至今活跃着的军队诗人，始终保持了良好的状态，而我正是在这个时期，写出了我到目前为止最为专家学者和读者们叫好的作品——1800行长诗《大地夯歌》。这首长诗无论体量还是艺术的丰富性和深刻动人的程度，都达到了人们意想不到的境界。这首诗发表在建军80周年诗歌专号上，之后，王瑛还编发了我的长诗《致大海》（1500行修改版）、《蓝月上的黑石桥》，值得一提的是：《大地夯歌》被《新华文摘》转载，《致大海》

被《中华文学选刊》转载,《蓝月上的黑石桥》被《诗刊》的刊中刊《中国新诗选刊》转载。记得王树增见到我,对我说:"你写的《夯歌》我一口气读完,真是好。"凌行正社长也在研讨会上发言并撰文,对这首诗给予了高度的评价,等等。其实,我对《解放军文艺》的感激之情是与日俱增的,而且一直在汇聚,一直储存在我的心底,似汪洋之大水、如大海之波涛,日夜回荡在心头。说心里话:点点滴滴在心头,一滴也没有流失过,只是我这个人过于自尊自持,尤其怕当着人的面表达感激。我总觉得真正的感激之情不在语言中,而在行动里,比如姜念光与文清丽两位主编接手《解放军文艺》后,几乎都是第一时间给我打电话知会于我,并郑重向我约稿,征求办刊意见……真是快呵,转眼之间40年就过去了。在这个漫长的时空里,《解放军文艺》的新老编者给予我的关注、扶助与拔擢,现在已经化成了我的感恩之情,浩浩乎、渺渺乎,滚滚而来、汩汩而出——当年,红柳花开的时候,我在《解放军文艺》发表了第一首小诗,而今,当我的两鬓斑白的时候,我已陪伴您走过了40年!在您70年的光辉历程里,我有40年是和您在一起的。所以,我感到无比地幸福和骄傲,我认为一个人、一个诗人,当他的艺术和思想被他的拥趸所推崇,那一定是他替他们表达出了他们的心声。在过去的40年里,《解放军文艺》像我的国际机场,一次又一次地助我诗的钢铁巨鸟起飞,星河浩瀚,宇宙无边,我想我还要陪在您身边,尽快地从一个不断被您牵念、扶持着的人,变成一个体谅着您、理解着您的人。如果可以的话,早点变成一个能够帮助您的人，分担您的责任、困难与挫折，成为一个让人觉得有用的人，这或许才是我唯一不辜负您厚爱应该做的吧？我祝您永远健康平安快乐幸福……

谨以此文纪念《解放军文艺》创刊70周年，并祝未来更加辉煌！

2020年12月6日长水机场改定
原载《解放军文艺》2021年12期

2021年,初登上海崇明岛,
写了散文《玫瑰总是有刺的》